KB094141

이세계 마법은 뒤떨어졌다!

9

히츠지 가메이 지음

유나기 일러스트

김보미 옮김

뻥 하고 그야말로 마술 같은 소리를 퍼뜨리며

삼각모를 눌러쓴 곰인형이 공중에 나타났다.

축구공 크기였던 것이 순식간에 거대해지고 ―

자, 이리 온.
나의 귀여운
곰인형아——

Sie kommen,
Meine niedlich bär kuscheltiere

하이데마리 알츠바인

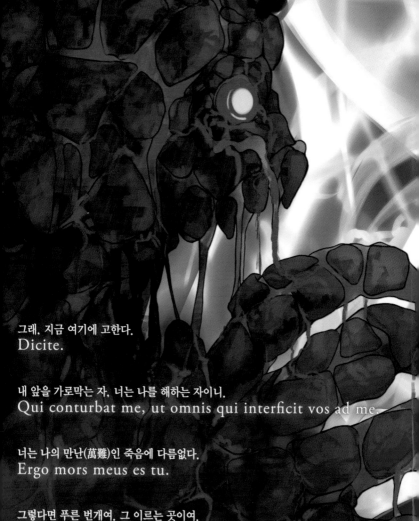

그래. 지금 여기에 고한다.
Dicite.

내 앞을 가로막는 자. 너는 나를 해하는 자이니.
Qui conturbat me, ut omnis qui interficit vos ad me.

너는 나의 만난(萬難)인 죽음에 다름없다.
Ergo mors meus es tu.

그렇다면 푸른 번개여. 그 이르는 곳이여.
Fulgur caeruleum. Procal.

하나로 묶은 끝에 있는 것이여. 나의 벼락 앞에 산화(散華)해라 ──
Qui praemisit personam. Fulgur dissipati.

──죽음이여.
너는 내 벼락 앞에
멸하리

Abreq ad habra

야카기 스이메이

"하움!"

"잠깐, 메, 메니아!
혼란한 틈에 무슨 짓이야!
어이, 손가락에 침 묻었잖아!"

목차 *contents* **9**

이세계 마법은 뒤떨어졌다!

커버 그림, 본문 일러스트 | **유나기**

이세계 마법은 뒤떨어졌다!
9

히츠지 가메이 지음 ㅣ **유나기** 일러스트 ㅣ **김보미** 옮김

프롤로그 아득히 먼 저편에서

——문득, 다가오는 낌새를 깨닫는다.

그것이 발소리인지 옷이 스치는 것인지 숨결이 있는지조차 분명하지 않다.

그것도 그러리라.

이곳은 장소의 실체도 없고, 확고한 형태조차 없는 곳이기 때문이다.

흡사 심해 저 밑바닥처럼 어두운 웅덩이 속이자, 그저 흰빛 속이기도 하다.

파악하는 법은 이곳을 관측한 자 나름이리라. 그자가 이곳을 암흑이라고 생각하면 암흑이고, 새하얀 빛 속이라고 생각하면 새하얀 빛 속이다. 형태가 옥좌든 우주든 상관없다.

——그렇다. 이곳은 온갖 것을 내포한 장소이기도 하므로.

신의 좌. 외각 세계. 틈새. 명칭은 여러 개지만 신격이라는 존재가 그 존재를 유지할 수 있는 것이 이 장소다.

그리고 지금 이곳에 앉은 것은 여신 아르주나. 스이메이 일동이 소환된 이세계를 지배하고 손보고 현재의 형태로 만든 신격의 하나.

그렇다면 이곳이 어떤 장소가 되느냐는 그녀의 마음이라고 할 수 있으리라.

그녀가 이곳을 장엄한 신전 안이라고 생각하면 장소는 즉시 바뀐다.

애매하고 분명하지 않았던 주위는 수면을 손으로 휘저은 것처럼 맥없이 뒤틀리고, 이윽고 장면이 전환된 것처럼 여신의 몽상이 현실화한다.

높은 천장 아래, 거대한 흰 돌기둥이 늘어서고 제단 같은 장소가 나타난다. 옆으로 늘어선 창문에는 스테인드글라스가 끼워져 있고, 투과시킨 빛을 다양한 빛으로 바꾸고 있다.

보통이라면 가장 안쪽에 설치될 여신상은 없고, 의자와 그곳에 걸터앉은 한 여성의 모습이 있다. 흰 원피스를 휘감고 꿈결 속을 떠다니는 듯 턱을 괴고 눈을 감고 있다. 옆에는 왕홀이 아닌 신홀(神笏)일까. 인간이 만드는 것이라면 권위의 상징이지만, 그것을 초월한 신격이라는 존재의 것이라면 대체 그것은 무엇을 나타내는 걸까.

꿈을 꾸면서 기다리노니.

장소의 구현, 여신의 현재화에 맞춰 다가오는 낌새 또한 나무 바닥을 밟는 소리와 옷 스침, 숨결로 바뀌었다.

"──잘 오셨습니다. 나의 권속인 종이여."

천천히, 어렴풋이 눈을 뜬 여신 아르주나는 다가온 정령을 정중한 말씨로 맞이했다.

검은 장발. 동양인의 황색을 띤 피부. 여학생용 블레이저를 입고 목에는 빨간 목도리, 손에는 반장갑을 끼고 있다.

차림은 완전히 아노 미즈키지만── 물론 이곳에 나타난 것은 그녀가 아니다. 그 모습이면서 그녀가 아니라면, 누군지는 말할 필요도 없으리라.

아노 미즈키―― 그 모습을 한 정령은 아르주나 앞에서 공손히 무릎을 꿇었다.

"우리의 어머니이자 위대한 분이시여. 그 잠을 방해한 무례를 용서하십시오."

"나는 잠을 깨웠다고 화낼 만큼 옹졸하지 않습니다?"

"아닙니다. 어떤 신격은 잠에서 깨면 세계를 부숴버린다는 내력도 있기 때문이옵니다."

아르주나는 정령이 원래는 갖고 있지 않던 그 지식의 출처를 짐작했는지 평온한 표정인 채로 말했다.

"그것은 당신이 몸을 빌렸던 소녀의 지식인가요?"

"예. 그러하옵니다."

"그 모습도, 그 소녀의 것이었지요."

"예. 저는 이샤크토니의 아이처럼 모습을 갖지 아니하기에 이 모습이 된 것이겠지요."

"말투도 그것에 기반했군요."

"예. 이 모습이라면 이 말투가 적당하다고 판단했습니다."

정령은 그렇게 호언하고는, 씨익 하고 입꼬리를 끌어 올렸다. 웃으면서 내뱉은 말은 미사키가 들으면 얼굴이 시뻘개져서 분노할 법한 발언이다. 딱딱하고 예스러운 말씨는 그녀가 진즉에 졸업한 흑역사다.

그런 정령에게 아르주나가 물었다.

"당신한테는 그자를 돕고 감시하라는 명령을 내렸을 텐

데요?"

"그것이, 쓸데없는 방해가 들어와 이렇게 『틈새』로 돌려보내졌습니다. 책무 도중에 되돌아온 점 진심으로 면목 없습니다."

"당신을 내쫓을 수 있는 자라는 것은."

"어머니의 생각을 이해하지 못하는, 그 어리석은 자들의 손에 의한 것이옵니다."

"이계 소환의 **연고**로 불려온 자 말이군요. 분명 그 세계에 있는 자들에게는 내 생각이 닿지 않겠지요."

아르주나는 그 평온한 표정에 질림과 체념의 색을 비추었다.

"그 세계의 자들은 모두 『상념(생각)』과 『정신(마음)』이 강하게 있습니다. 하지만 그렇기에 품을 수 있는 갈망도 분에 넘쳐요."

"이상에서 발견해낸 빛을 희망의 도표로 착각하는 것은 어리석은 일이겠지요."

"그런 까닭으로 인한 연고인데…… 어려운 문제예요."

"실로 말씀하신 대로입니다."

정령은 아르주나의 말에 동의의 뜻을 바치며, 깊이 머리를 숙였다.

그러자 여신 아르주나는 정령에게 투명한 시선을 향했다.

"지금, 그자는요?"

그자. 단지 그 말만으로 정령은 누구를 가리키는 것인지 짐작했을까.

"그자는 조금씩 어머니의 힘에 익숙해지기 시작하고 있습니다. 다만——."

"무슨 걱정이라도 있나요?"

"힘이 익숙해지는 것이 지나치게 **빠릅니다.**"

"흠…… 그자가 이곳에 온 후로 별의 순환이 절반 정도 됐나요……. 그래서 지금은 **어느 단계**에 왔죠?"

"예. 현재는 제2단계, 의식의 통일화가 시작될 무렵입니다. 원래는 힘이 서서히 익숙해진 다음에 일어나기 때문에 앞으로 별이 두 번 순환해야 하지만…… 그 때문인지 쓸데없는 말에 현혹되기 쉬워져 있는 것 같습니다."

"당신의 판단으로는 외부의 말에 흔들리고 있는 구석이 있다는 건가요?"

"어리석은 자들이 그자에게 접촉을 시도했을 때 했던 말이 머릿속을 떠나지 않는 모양입니다."

"……적응이 지나치게 빠른 탓에 곤혹스러움이 표층화한 거군요. 원인으로 짐작 가는 게 있나요?"

"그자의 『상념』이 유독 지나치게 강한 것과…… 필시 이계에서 반입된 무구의 영향이 아닐까 합니다."

아르주나는 단편을 헤아려 이어 맞춘 추측을 듣고, 잠시 사색의 기운을 풍기듯 눈을 가늘게 떴다.

"새크라멘트(현사상병장, 現事象兵裝). 다가오는 종말을 부정하기 위해 만들어졌다는 무구 말이군요. 그게 **그자를 이끌**

고 있다고요?"

"현재로서는 단언할 수 없지만, 강한 영향을 받고 있는 건 틀림없습니다. 이대로 의식의 통일화가 시작되면, 딜레마에 빠질 우려가 있습니다."

"그건…… 난처하군요."

"네."

딜레마란 그의 감정과 아르주나가 주입한 사명의 충돌이다. 그렇게 되면, 그의 움직임이 의도를 벗어날 우려가 있다. 아니, 그뿐 아니라 이대로라면 강요와 압력을 견디지 못하고 더 다른, 위험한 선택을 할 가능성도 부정할 수 없다.

딜레마의 양측은 양쪽 모두 이 세계를 생각하는 것과 다를 바 없다. 그것을 견딜 수 없어졌을 때 선택할 것은 과연 이 세계를 생각하는 것이 될지 어떨지. 좀 더 다른 무언가에 감화돼버릴 가능성마저 있다.

"……당신은 다시 한번 그자의 곁으로 돌아가세요. 그자가 쓸데없는 말에 현혹되지 않도록 이끄세요."

"그럼 또 그 소녀의 몸을 빌리는 것입니까? 지나치게 빙의하는 건 간과할 수 없는 부담이 됩니다."

"몸에는 소질이 있는 것으로 기억하는데요?"

"정신입니다. 심신 모두 완전히 성숙하지 않은 나이의 자라서 섬세합니다."

정령은 빙의에 대한 걱정을 호소했다. 분명 그 몸은 아르주나의 판단대로 건강하며 신비에 대한 적응력도 의외로 좋다. 그러나 빙의한 동안은 아무리 해도 그 사이의 기억이 떨어져 나가버리게 되므로 그것이 괜한 걱정이 되고 만다.

한번 쫓겨난 탓에 그녀의 의식이 원래대로 돌아가 기억의 누락을 자각했다.

그 후에 한 번 더, 또 한 번 더 횟수를 거듭하면 분명 두려워지리라.

그것은 그 나이의 자가 아니더라도 받아들이기 힘든 일이다. 의사적으로 기억이 사라진다는 불안에 짓눌려 정신을 소모시킨 끝에 있는 것은── 폐인이라는 말로리라.

그것은 정령도 너무 가여웠다. 그 소녀는 착한 아이다. 그런 인간에게 그런 미래를 부여하는 것은 안내자가 해서는 안 될 일이다.

그러나 여신의 생각은 그렇지 않은 모양이다.

"상관없어요. 모든 것은 이 세계를 온갖 위협으로부터 지키기 위해서. **희생은 있어야 해요.**"

"…………."

긍정하는 걸까. 희생을. 어쩔 수 없다고 하지 않고, 희생해야 한다고 미리 단정하는 걸까.

"심정은 알아요. 하지만 이 세계가 끝나버리면 모든 것을 잃게 돼요. 그렇지 않나요?"

"……말씀하신 대로입니다."

"대답이 늦었군요."

"죄, 죄송합니다……."

정령에게는 아르주나의 지적하는 목소리가 무척 차갑게 느껴졌다.

가차 없는 것은 당연하다. 정령은 아르주나의 아이다. 그 뜻에 맞지 않으면, 즉시 어머니 된 자의 안으로 돌려보내지는 것이 이치리라.

정령은 비위를 거스른 것을 깨닫고 얼어붙었다. 그러나 이어진 목소리는 의외로 부드러운 것이었다.

"지금 것은 넘어가죠. 당신은 지금부터 다시 그자의 곁으로 돌아가세요. 그다음은 당신의 재량에 맡길게요."

"어머니의 분부대로 하겠습니다."

정령이 그렇게 고하고 자리를 뒤로하려 한 순간 문득 아르주나가,

"……그리고 하나만 더."

"무엇인지요."

"그자의 친구를 잘 살피도록 하세요."

"그자의 친구라면…… 우리 라이── 죄송합니다. 그 이계의 술사 말씀이십니까."

"그래요. 그 남자가 그자에게 접근했을 때는 특히 주의하세요."

아르주나의 말에 정령은 생각했다. 그자와는 몇 번 대화를 나눴지만, 그렇게까지 경계해야 할 사람 같지는 않았다. 실력도 그리고 사상도 장애가 될 것 같은 자는 아니었다.

"어머니. 솔직히 저는 그 남자에게 경계가 필요하다고는

생각하지 않습니다. 분명 가질 수 있는 힘은 강하겠지만 어차피 인간 아이. 조만간 그자도 힘을 추월하겠지요."

"경계해야 할 것은 힘뿐만이 아닙니다."

"그 남자도, 그자를 현혹시킨다는 말씀이신지요?"

"그자와는 거리가 가까운 만큼 귀에 들리는 말은 클 거예요. 그 두 사람은 서로에게 큰 영향을 주고 있어요."

정령은 스이메이와 레이지의 지금까지를 떠올렸다. 분명 두 사람 모두 서로의 의견을 존중했다. 레이지는 스이메이의 현실적인 생각을 의지하고, 스이메이 또한 레이지의 바른말에 이해를 보였다. 어떤 의미로는 균형이다. 서로가 그때그때의 말을 가슴에 간직하고, 길을 벗어나지 않도록 균형을 잡고 있다.

서로가 갖지 못하는 것을 갖고 있기에 그것으로 서로 보충하는 것이다.

"힘만 익숙해지면 한쪽의 목소리는 작아지겠지요. 힘을 얻는다는 것은 곧 그런 것. 술사의 실력이 그자보다 낮아지면, 하찮은 말이라고 귀 기울이지 않을 것입니다."

그러나 아르주나는 고개를 가로저었다.

"아뇨, 그렇게 뜻대로 되진 않을 거예요."

"……분명 어머니께서 내리신 힘은 그자를 포함해 네 개로 분산되어 있기는 하지만, 그렇다고 해도 고작 술사 한 명을 당해낼 수 없다고는 도저히 생각할 수 없습니다."

"아뇨. 내가 줄 수 있는 모든 힘이 집약돼 있다 해도, 그

자가 그자를 웃도는 일은 없어요."

정령은 처음으로 스이메이에게 분명한 혐오감을 드러냈다. 창조주의 위광조차 웃도는 것은 인간에게 있어서는 안될 일이었다.

"그 남자가 그 정도 존재라고요?"

"그렇습니다. 그 남자는 그만한 그릇과 그에 걸맞은 숙명을 안고 있습니다. 그것을 부과한 것은 우리보다 훨씬 진리 저 깊은 곳에 존재하는 것이겠지요."

"그것은."

"그러니 주의해야 합니다. 그자는 그 술사를 웃돌기 위해서, 따라잡기 위해서 그 무구를 의지하겠지요. 그렇게 되면──."

"무구가 이끄는 것의 영향을 강하게 받게 된다."

"그것뿐이라면 그나마 다행입니다. 그것은 인간의 욕심을 이용하는 마성을 갖고 있습니다."

"욕심을 이용한다?"

"그것은 본디 『근원』으로 이어지는 것. 소유자의 강한 상념(생각)을 공물 삼아 힘을 부여하고, 그것을 끝없이 원합니다. 그래서 더욱 강한 욕망(생각)을 바라고, 속삭인답니다."

"…………."

"이야기가 옆으로 샜군요."

여신은 한 호흡 쉬고 정령에게 일렀다.

"다시 한번 기억해두세요. 그 술사 소년은 신격을 세계에서 쫓아내고, 다가오는 종말조차 그 힘으로 없앴다는 것을. 그리고 빛에 손이 닿는 자이기도 하다는 것을요."

"빛? 빛이라는 것은?"

"내가 힘을 하사한 소녀를, 어리석은 자의 종으로부터 구할 때 썼던 빛. 그것은 인간의 분에 넘치는 빛입니다. 그 빛에 손을 뻗은 자의 **어떤 소원도 이루어주는 무한한 빛**. 그것은 그러한 것입니다."

"──읏, 그런 것을 인간 따위가 쓸 수 있다니!!"

"그것이 필요해지는 순간이 오면, 분명 그자는 손을 뻗을 겁니다. 모두의 바람을 위해서. 모두가 생각하는 최선을 추구하기 위해서. 그리고 결코 멀지 않은 언젠가, 그것을 손에 넣을 때가 오겠지요."

"어째서 한낱 인간에게 그런 일이 가능한 것입니까?"

정령의 물음에 여신은 숙고하듯이 눈을 가늘게 떴다. 그리고.

"그자는 허락된 것일지도 모릅니다."

"무엇에 허락되었다는 것입니까?"

"모든 것에. 그리고 모든 것인 하나에. 모든 것이 태어나는 장소에. 그의 숙명 또한, 그곳에서 태어난 것이겠지요."

정령은 여신이 한 말의 뜻을 이해할 수 없었다. 너무나도 추상적이어서. 그런 정령의 당혹감을 헤아렸는지 여신이 깨우치듯이 말했다.

"알겠나요? 그 이계의 술사는 조심하세요. 가까이에 있으면 분명 당신도 그가 눈부시다고 생각하게 될 테니까요."

아르주나의 말에 정령은 고개를 숙여 응답했다.

물론, 반론은 없다.

여신의 말에 짚이는 구석은 분명히 있었으므로.

제1장 귀환

세계라는 것은 무한히 존재한다는 주장이 있다.

그것은 크기가 아니라 숫자를 가리킨다.

그것들은 평행 세계로 불리며, 특정 세계 하나를 기준으로 했을 때 이웃해서 존재하고 있으며, 그 세계상도 기준이 되는 세계와 비슷하지만 다른 것이라고 한다.

예를 들면 이 세계의 지구에 존재하는 사람이 이웃하는 세계의 지구에는 존재하지 않거나, 이 세계의 지구에서는 경찰관으로서 양지를 살아가는 사람이 이웃한 세계의 지구에서는 범죄자로서 음지에 숨어서 살고 있다. 극단적으로 이야기하면 주사위를 굴려서 나온 눈의 차이만으로도 평행 세계는 시산(試算)된다.

사상(事象)―― 즉 『누군가가 무엇을 했다』, 『무슨 일이 일어났다』가 이끌어내는 결과의 숫자만큼 『IF』가 있고, 모두가 생각하는 『그때 그랬더라면 결과는 다르지 않았을까』라는 후회나 기원이 다른 세계에서 이루어져 있는 것이 된다.

이세계란 또 다른 사고방식이며, 이 또한 비슷하나 다른 것이라고 할 수 있으리라.

……어느 저택 정원의 잔디밭 위에 푸른 불꽃이 튄다.

여기저기 휘저으며 사방을 비추는 인광의 정체는 마력이 나타내는 빛인, 마력광이다.

이윽고 마력광선이 지면을 뻗어나가고, 원 모형 안에 기하학무늬가 수없이 그려진다. 흡사 그것은 미주 전류(迷走電流)처럼 저항을 깨부수고 휘젓고 다니는가 싶더니, 이번에는 낮과 밤의 경계를 무너뜨릴 만큼 강렬한 발광이 주변을 가득 메웠다.

이윽고 그것이 차츰차츰 약해져갔다.

발광이 멎자, 진 위에는 다섯 개의 그림자가——.

소년이 한 명에 소녀가 네 명이다.

——이세계의 야카기 저택 앞에서 행해진 계도(界渡) 의식은 무사히 끝나고, 전이의 마법진은 문제없이 기동했다. 스이메이, 페르메니아, 레피르, 리리아나, 하츠미 다섯 명은 무사히 스이메이 일동이 원래 살던 세계로 전이하는 데 성공했다.

그리고 스이메이가 내려선 곳은 낯익은 마당이었다.

그것은 집 앞쪽에 마당을 만드는 일본의 건축 양식과는 정면으로 대립하는, 가옥 뒤편에 마당을 만드는 설계 유형이다. 전체적으로는 서양풍의 정원을 본떠서 만들어졌고, 벽돌조의 포석에 좁은 길(어프로치). 정원용 테이블과 의자는 물론이고, 잘 손질된 산울타리 안쪽에는 작은 정자도 있다.

벽돌 포석은 떠오른 부분과 가라앉은 부분 탓에 울퉁불퉁하다.

테이블과 의자는 햇빛과 비바람에 그대로 노출돼 나뭇결 색에 깊이가 나타날 정도다.

프로스티그레이 색상의 정자는 담쟁이덩굴에 휘감겨 푸른 잎에 침식돼 있다.

주위에는 활기를 더하는 것처럼 작은 석고 인형이 몇 개인가 놓여 있었다. 밤이 되면 움직일 것 같은 외관이지만, 밤이 아니더라도 움직이는 장치(이유)가 딸려 있다. 사방에 침입자용의 덫이 쳐진, 집에서도 1, 2위를 다툴 만큼 위험한 장소이기도 하다.

문득 스이메이가 돌아본 곳에 야카기 저택의 위용이 드러났다. 과거의 정취를 풍기는 퀸 앤 양식으로, 도처에 마 퇴치용 메달리온이 장식돼 있고, 옥탑까지 있는 철저함마저 엿보였다.

시선을 떨구면 베란다. 불투명한 유리 너머로, 모호해진 흔들의자의 윤곽을 볼 수 있다.

——돌아왔군.

스이메이의 가슴 속에 퍼진 것은 안도에서 오는 향수였다.

아버지 카자미츠가 늘 걸터앉아 있던 의자를 보고, 그것이 또렷이 떠올랐다.

전이할 때 이세계에서는 낮이었지만 이쪽 세계—— 일본은 현재 밤이었다.

(시간이 달라…….)

별안간 그를 덮친 것은 불안이다. 물론, 이런 상황을 예상하지 않았던 것은 아니지만—— 이것만은 어찌할 수가 없다.

이 오차가 시차 정도의 것이라면 다행이지만, 만약 시간의 격차가 크면 문제다. 저쪽 세계에서 보낸 시간과 이 세계에서 흐른 시간이 일치하지 않는다는 것은 이 세계에서 혼자 남겨지게 되는 것일 수도 있다.

그리고 그 차이가 크면 클수록 영향은 크다.

스이메이가 리얼 우라시마 타로(浦島太郎)는 참아달라고 마음속으로 빌고 있는데, 흥분한 목소리가 들려왔다.

"밝아, 요."

먼저 날아든 것은 리리아나의 목소리였다. 마당에서 보이는 거리를 응시한 채 평소에는 졸린 듯 반쯤 뜬 눈을 동그랗게 뜨고 있다.

그것은 다른 두 사람 페르메니아와 레피르도 마찬가지였다.

이세계에서는 밤이 되면 거의 암흑이다. 밤을 밝히는 것은 달빛과 별빛, 사람이 만든 불빛 정도다. 대도시에는 마력등이 설치돼 있지만, 기본적으로 그것은 귀족이 사는 장소의 치안을 지키기 위한 것이지 어디에나 있는 것이 아니다.

그러나 이 세계는 다르다. 일본에는 곳곳에 외등이 있고, 주택에서 새어 나오는 생활의 빛이 있다. 그 축적된 빛이 밤의 어둠으로부터 거리의 모습을 또렷이 떠올리고 있다.

특히 야카기 저택은 한층 높지막한 곳에 지어져 있다. 거리의 풍경이 잘 보이는 경향이 있어 더욱 눈에 띄리라.

문득 레피르가 무언가에 이끌리듯 하늘을 올려다봤다.

"스이메이. 빛이 움직이고 있어…… 저건 별이야?"

"응? 아니. 저건 비행기. 사람을 태우고 이동하는 이동 수단이야."

"이동 수단?! 저게?!"

"스이메이 님?! 저건 상당한 높이라구요!"

"뭐, 그렇지. 이착륙 장소가 머니까 기본적으로 1만 미터 정도려나."

"이, 1만……."

단위에 관해서는 이미 배웠기에 이세계의 세 명도 이해했다.

레피르가 물어보듯이 하츠미 쪽을 보자 그녀도 힘주어 끄덕였다.

"저것도, 기계……였구나. 정밀한 구조로 만들어졌다는."

"응. 이 세계는 그 기술로 만들어진 게 도처에 있어."

이윽고 거리의 빛과 비행기에 정신이 팔렸던 이세계 멤버들이 뒤를 향했다.

"……여기가, 스이메이 님의 집이에요?"

스이메이가 끄덕여 긍정하자, 처음으로 스이메이의 집을 본 세 명이 멍하니 중얼거렸다.

"……크네요."

"크네."

"굉장히, 커요."

"그렇지."

"그래?"

하츠미의 목소리에는 살짝 질린 기색이 묻어났다.

스이메이는 태어났을 때부터 이곳에 살아서 잘 모른다. 다른 단독주택에 비해 부지 면적도 넓고 호화로운 구조인 것은 분명하지만, 그래도 해외의 호화 규모에는 당하지 못한다. 미국에 가면 일반인도 엄청나게 으리으리한 집에 살고 있다.

특히 일로 세계 각지를 누비고 다니는 스이메이에게는 세 사람의 놀란 반응이 와닿지 않았다.

여전히 어딘가 모자란 반응을 보이는 스이메이에 하츠미가 질린 한숨을 토했다.

"일반적인 집에 삼층 같은 건 그렇게 없어!"

"아. 응."

"저기, 스이메이 님? 이건 어쩌면 하드리어스 공작의 집보다 큰 거 아닐까요?"

"마당을 포함하면 그쪽이 넓겠지만, 바닥 면적은 이쪽이 위일지도 몰라."

스이메이가 멍하니 말하는데, 레피르가 미간을 주무르고 있었다.

"스이메이 집은 상당한 부자인 거 아냐?"

"뭐, 집안만은 나름대로 역사가 있는 정도야."

스이메이가 별거 아니라는 듯이 어깨를 움츠리자, 하츠미가 옆구리를 쿡 찔렀다.

"레피르 씨. 이 거짓말쟁이 말은 듣지 마. 이 주변 일대 땅은 거의 스이메이 집 거야."

"이 주변 일대, 요?"

"응. 그렇지 않으면 바로 옆에 우리 집 같은 걸 마련할 수 있을 리 없으니까."

하츠미가 모두의 시선을 이끌듯이 옆집으로 눈길을 옮겼다. 그곳에는 하츠미의 집, 쿠치바 저택이 있었다. 스이메이의 집과는 대조적으로 완벽한 일본 가옥이었다. 게다가 도장까지 딸려 있었다. 부지는 넓고 집도 컸다.

물론 페르메니아 일동은 눈을 동그랗게 떴다.

"정말, 부자구나."

"뭐, 마술사한테는 땅과 돈이 필요하니까."

그렇다. 마술사에게 금전과 토지는 중요한 것이다. 마술의 매개로 쓰는 물품을 마련하려면 그에 걸맞은 경제력이 필요하고, 의식에는 지형적 요소나 풍수도 크게 관련된다. 그래서 토지 확보는 최우선이며, 필요한 토지를 손에 넣는 데는 금전이……, 하고 된 거다. 무사는 굶고도 먹은 척한다는 말과는 대극의 위치에 있다고 해도 좋다.

문득 어디선가 엔진을 고속 회전시키는 소리가 들려왔다. 갑작스러운 폭음을 들은 탓에 리리아나는 놀랐는지 어깨를 움찔 떨며 서리가 난 쪽을 돌아봤다.

"저 소리는, 뭐예요? 멀리, 떠나간 것 같은데요."

"아, 폭주족인가. 어디 바이크광이겠지. 여기서는 큰 소음이 빈번하니까 이런 건 별로 신경 안 써도 돼."

돌아와서 새삼 생각하게 되지만, 이세계는 매우 조용했다. 큰 소음 따위 웬만해서는 발생하지 않는다. 반면, 이 세계는 소음에 시달리는 일도 있고 오래간만이기도 해서 몹시 시끄럽게 느껴졌다.

스이메이가 그런 생각을 하고 있자니, 하츠미가 휴 하고 한숨을 토했다.

그것은 안도의 한숨일까. 보니, 얼굴도 제정신이 든 것처럼 긴장에서 벗어난 것으로 변해 있었다.

"……돌아왔어."

"응. 이런 걸로 돌아왔다고 실감하게 되는 건 솔직한 말로 우울하지만 말이야."

"정말이야. 엔진 소음이라니, 운치고 뭐고 없어."

하츠미는 부아가 치민다는 듯이 뺨을 부풀리고 그렇게 내뱉었다. 뭐라고도 말할 수 없는 짜증이 솟구친 걸까.

그런 생각을 하고 있는데, 그녀가 갑자기 품에 기대어왔다.

"앗…… 갑자기 왜 그래?"

"……다행이다. 돌아왔어. 나 계속 다시는 못 돌아오는 거 아닐까, 엄마를 못 만나는 거 아닐까 생각했어. 그래서……."

"그래."

하츠미의 그것은 가슴 속에 응어리진 불안의 토로다. 그런 그녀의 머리를 부드럽게 쓰다듬었다. 토막토막에 요령 부득인 말이 그녀의 북받친 심경을 나타내고 있었다.

감정의 파도에 금색의 머리카락이 흔들리고 있다. 그만큼 기뻤던 것이리라.

그러나 그때였다.

갑자기 집 쪽에서 마력의 낌새가 느껴졌다.

"──이건!"

"──!"

별안간 높아진 마력에 페르메니아와 리리아나가 곧장 움직였다. 재빨리 태세를 갖추고, 전신에 막힘없이 마력을 가득 채웠다. 마력이 발현한 장소를, 실을 더듬듯이 시선으로 뒤쫓으면서도 철저히 주위를 경계했다. 마력의 발생 장소가 미끼일 가능성을 고려한 행동이다. 과연 수많은 전투를 극복해온 두 마법사, 아니, 마술사다.

한편, 집주인 스이메이는 나른한 듯 머리를 긁적이면서 한숨을 내쉬었다.

……뭐, 이렇게 되지 않을까라는 것은 이미 어느 정도 예상했었다.

마당에 자단(로즈 우드, 紫檀)의 부드러운 향기가 풍겨온 시점에서 마력을 팽창시킨 주인이 적이 아닌 것은 증명됐다.

마력이 덮친 장소의 분위기는 무겁게 가라앉았다. 암야의 검정도 강한 마력 탓인지 짙은 보랏빛이 섞인 듯이 색을 띤 것처럼 보인다.

이윽고 스이메이 저택의 뒷문 쪽에서 밤의 어둠보다 살짝 짙은 그림자가 뻗어 나왔다.

그에 맞춰 마력을 높인 페르메니아와 리리아나의 어깨에

스이메이는 괜찮다는 듯이 손을 얹었다. 그리고 두 사람의 갑작스러운 격앙을 가라앉히자, 짙은 그림자가 또렷한 윤곽을 드러내고 발소리를 내며 다가왔다.

이윽고 달 아래 또렷이 드러난 그 모습은── 매지션풍의 차림이었다.

빨간 리본을 감은 실크해트. 끝에 오브(보주)가 달린 지팡이. 빳빳하게 다림질된 연미복. 기술사(奇術師)란 이러한 것이라는 듯이 매지션의 이미지 그대로의 차림이다.

그 복장을 한 것은 아직 앳된 모습이 남은 소녀였다. 키는 페르메니아와 비슷한 정도. 긴 흑발. 백자처럼 아름답고 단단하며 매끈한 윤기를 가진 피부. 눈은 보석과 같은 명암이 엿보이는 빛의 대비를 비추고, 가늘고 또렷한 눈썹과 콧방울.

얼굴은 무표정이지만 목소리와 낌새에 숨길 수 없는 노여움이 배어 있었다.

"스~이~메~이~군~?"

"안녕. 오랜만이야."

매지션 복장을 한 소녀의 이름은── 하이데마리 알츠바인.

야카기 스이메이의 제자이자 보좌이자, **사역마**다.

"아!"

분노에 떨면서 다가오는 그녀를 보고, 문득 하츠미가 알아보고 외쳤다.

하츠미는 이전에 한 번인가 두 번 정도 하이데마리를 만난 적이 있다.

하이데마리가 전에 없이 새된 목소리로 소리쳤다.

"정말, 지금까지 어디를 싸돌아다닌 거야! 게다가 뭐야?! 여자를 줄줄이 데리고 오고! 저기?! 대체 무슨 상황이야?!"

그것은 흡사 바람을 목격한 여자의 히스테릭함을 연상시키는 표현이다.

성큼성큼 다가오는 하이데마리에 스이메이는 두 손을 들고 항복의 뜻을 나타내며 답했다.

"우선 하나 말하고 싶은데 나는 잘못한 거 없어. 나는 피해자야."

"피해자는 무슨. 아무한테도 아무 말도 안 하고 사라지다니. 스이메이 너, 하이 그랜드 클래스(위업자급) 마술사 실격이야!"

"냉정하네."

"제자를 놔두고 어디 가버리는 건 용납 안 돼. 아니야? 내가 이상한 말을 하는 거야?"

하이데마리는 사양 따위 제쳐두고 연달아 불평을 늘어놨다.

오랫동안 방치됐던 만큼 쏟아내고 싶은 응어리가 쌓이고 쌓인 것이리라.

역시 무표정이지만 오래 알고 지내서인지 그 분노의 정도를 분위기로 알 수 있다.

어쨌든. 스이메이에게는 아직 그녀에게 확인해야 할 것이 있다.

"마리. 먼저 물어볼게. 내가 소식이 끊기고 대체 얼마나 지난 거야?"

"반년이야, 반년! 반. 년! 스이메이의 실종 기간은 6개월 하고 13일이야!"

"그래."

흠. 그것은 저쪽에서 보낸 기간과 같다. 자세한 일수와 시간은 분명하지 않지만, 오차가 문제없는 범위인 것에 가슴을 쓸어내렸다.

그러자 하이데마리는 그런 스이메이의 미묘한 감정을 빠르게 간파한 걸까.

"뭘 혼자 안도하고 있어. 지금 그럴 때가 아니야! 네가 없어져서 여기저기에 나타난 적지 않은 영향이라는 게 말이야——."

"알아. 알아."

"정말? 너 정말 알아? 바보 같은 건 얼굴만으로 해둬."

하이데마리는 사소한 매도도 잊지 않는다. 억지소리를 하는 건 여전하다.

한편 다른 네 명은 이 대화에 놀란 모습이다. 멍해진 것은 하이데마리의 기세에 압도된 것도 있겠지만, 스이메이가 일방적으로 비난당하고 있는 것도 그것을 조장하고 있으리라.

어쨌든.

"마리. 맹주님은 어때?"

"어떠냐니. 스이메이가 사라지고 어떤 반응이냐는 거야? 딱히 결사 사람들은 대체로 평소랑 다르지 않은데?"

"그렇다는 건?"

"맹주님은『뭐, 그런 일도 있겠지. 십 년이고 이십 년이고 행방을 감추는 건 마술사한테는 흔히 있는 일이야. 응. 흔히 있지』라고. 니콜라스 박사님은『좁은 소견으로는 또 재미난 일에 휘말렸을 거라는 예상이야. 그 스이메이 군이니까』라고."

"…………하아."

무심코 한숨이 새어 나왔다. 걱정해주지 않는 것은 좋은 일일까 나쁜 일일까. 신뢰받고 있는 거라고 하면 그런 것이리라. 그러나 기분적으로는 어쩐지 납득이 가지 않는다.

"물론 의장님은 저기압이야."

"그렇지."

하이데마리가 말하는 의장은 결사의 최고참이자 세 간부 중 유일하게 진지한 사람이다. 그야 갑자기 소식이 끊기면 화가 나리라. 당연히 스이메이가 사건에 휘말렸다는 것은 모두가 예상하고 있는 부분이겠지만, 스이메이에게도 입장이라는 게 있다.

갑자기 하이데마리가 얼굴을 획 들이댔다. 힐문 같기도 하지만, 별로 무섭지 않은 것은 귀여운 얼굴을 한 소녀여서일까.

"그래서? 너는 대체 지금까지 어딜 갔었는데?"

"으응. 이세계에 좀."

단적으로 그렇게 말하자, 하이데마리의 눈빛이 단숨에 한겨울의 시베리아까지 얼어붙은 것처럼 싸늘해졌다.

"……스이메이. 결국 안타까운 사람이 돼버렸구나. 소설이랑 만화를 잔뜩 읽은 탓에 자기가 주인공이라고 착각해버렸구나. 불쌍하게……."

"진짜야. 그보다 거기 술진 좀 들여다봐. **재미있다?**"

"그거……? 흠. ……?! ……?!?!?!"

하이데마리는 감정을 밖으로 드러내지 않는달까, 드러낼 수 없다. 감정이 없는 건 아니지만, 무표정이 초기 설정이다. 그런 그녀가 놀라서 눈을 크게 뜨는 것은 드문 것을 넘어 어떤 의미로 쾌거일지도 모른다.

"와. 너도 그런 반응을 하네."

"이게 뭐야. 외각행 경로가 통해…… 말도 안 돼. 그 앞에 전이처가 분명히 설정돼 있어! 이게 뭐야!"

귀환의 마법진은 이쪽에 도착한 것과 동시에 완성됐다. 터널이 개통됐다고 하면 어렴풋이 와닿을 것이다.

"이거 진짜야? 스이메이가 자기 실수를 얼버무리려고 만든 대대적인 장치가 아니라?"

"아니야."

"와아, 이건 굉장하다. 그쪽 방면의 사람들, 발광하는 거 아냐? 이건 페르미의 역설이나 드레이크 방정식에 작정하고 덤비고 있어!"

"그렇지."

"그래서? 대체 무슨 소리야?"

하이데마리의 물음에 스이메이는 간략하게 설명했다.

"소환당했어. 돌아오는 데 엄청 시간이 걸렸어. 천재면 그 거로 어렴풋이 알잖아?"

"응. 요컨대 스이메이가 타인의 강제 전이에 걸려들 만큼 멍청하다는 건 말이지."

"말도 안 되는 소리 하지 마. 거기에는 신격의 힘이 엮여 있어서 어떻게 할 수가 없었어."

"세계의 종말을 물리치고 신격을 이 세계에서 내쫓은 인 외 생물이 무슨 소리야. 마술 역사에 이름을 새길 위업을 연 달아 달성하고 있는 사람이 할 발언이라고는 생각할 수 없 네. 그런 말을 할 거면 좀 더 인간답게 굴어줘. **마스터 스이 메이?**"

"장난치지 말고."

"딱히 난 장난칠 생각은 없었는데."

하이데마리는 그렇게 말하고, 무표정인 채로 들으라는 듯 이 한숨을 퍼뜨렸다.

크게 질렸다는 인상을 심어주고 싶은 모양이다.

"민폐를 끼쳤어. 미안해."

"진짜야. 여기저기 뛰어다니느라 지구 세 바퀴는 돌았어! 알아? 지구 세 바퀴야. 오늘 안 왔으면 하마터면 남극 등반 까지 할 뻔했어!"

사라진 동안 그렇게 찾아준 걸까.

"……아아, 나중에 과자를 헌상할게."

"당연하지."

하이데마리는 부아가 치민다는 듯이 가슴을 뒤로 젖혔다. 평소에는 얄미운 태도지만, 지금은 너무 미안해서 짜증조차 솟지 않는다.

그때 레피르가 때를 가늠하듯이 헛기침을 했다.

"……스이메이. 슬슬 괜찮아?"

"──아! 미안."

"진짜야. 다른 사람 상관없이 멋대로 이야기를 진행시키는 건 좋지 않아."

"너는 일일이……."

"메롱──."

끼어든 것을 비난하는 시선에 하이데마리는 혀를 내밀었다. 문득 보인 태도는 몹시 아이 같지만…… 아니, 사실 그녀는 **아직 아이니까** 어쩔 수 없나.

"그렇다는 건, 이 사람들은 그…… 이세계랬나? 거기서 데리고 온 거야? 하츠미 양은 나도 알지만."

"오랜만, 인가?"

"응. 오랜만이야."

하츠미와 하이데마리는 서로 다가가 얼굴을 마주했다. 두 사람은 이미 아는 사이다. 하이데마리가 해외 친구로서 스이메이의 집을 방문하기에 당연한 것처럼 마주치는 것은 피할 수 없다.

"먼저 소개부터 겠네."

호스트의 역할을 다하라는 듯이 하이데마리가 시선을 보내왔다.

스이메이는 조금 전의 레피르처럼 헛기침하며 때를 가늠해, 그녀를 앞으로 내밀었다.

"이 녀석은 하이데마리 알츠바인. 결사—— 내가 소속해 있는 마술 조직에 파견 온 마술사고, 내 제자야."

"난 하이데마리 알츠바인. 일단 스이메이의 제자 같은 걸 해주고 있는 천재 마술사야."

그녀는 그렇게 말하고 지팡이를 빙글 돌린 다음 모자를 벗고 인사했다.

그 몸짓은 흡사 무대에 오른 매지션 자체다.

어쨌든, 거리낌 없이 자신을 천재라고 칭한 하이데마리다. 자의식 과잉 기미인 그녀의 자기소개를 듣고 있던 레피르와 페르메니아는 말이 막혔다.

"처, 천재라."

"자기가 말하는군요……."

"매우, 몹시 내 뜻은 아니지만, 이 녀석은 진짜 진성 천재야."

"굉장하지? 후훗."

스이메이가 보증하자 하이데마리가 뻐기듯 가슴을 활짝 폈다.

거기에 보충이 더해졌다.

"그리고, 이 녀석은 인간이 아니야."

"……? 스이메이 님. 그건 마술사니까라는 건가요?"

"아니. 단순히 인간이 아니야. 마리는 소위 인조 생명체──호문쿨루스라는 거야."

"호문쿨루스?"

"인조…… 라는 건 그러니까, 사람이 만들어낸 생명이라는 거야?"

호문쿨루스(인조 생명체)라는 말에 페르메니아도 레피르도 곤혹감을 감추지 못했다.

당연하다. 사람이 사람을 만들어낸다는 것은 역사적으로도 인도적으로도 언어적으로도 기피되는 경향이 있다.

호문쿨루스가 어떤 것인지 간단히 설명하자, 이세계 조는 더욱 곤혹스러워했다.

"역시 개운치 않은 거네."

"그건 말이야. 생명이라는 건 신이 내려주신 것. 인간의 영위의 결과야. 그걸 사람의 손으로 행한다는 건 역시."

받아들이기 어렵다는 걸까.

그러나 하이데마리는 그런 저항감 따위 모른다는 듯이,

"나한테 그런 건 인간의 자궁에서부터냐 시험관 속에서부터냐의 차이에 불과해. 어쨌든 인간이 자기 의사로 만들고자 해서 만드는 거니까, 결국 똑같은 거 아냐?"

"흠. 그런 사고방식도 있군요."

"그런 사고방식이라는 거 이쪽 세계에도 있는데, 종교적인 사고방식이야. 과학적인 걸 긍정하면 『지금까지 종교에서 가르쳐온 존재(특정 신)』가 부정돼버리니까, 모독이니 뭐니 하면서 그럴듯한 방침으로 배척하려고 하지——.”

“어이어이. 이야기가 빗나갔어.”

스이메이는 하이데마리의 어깨를 흔들면서 그 흥분을 그칠 줄 모르는 이야기를 차단했다. 하이데마리는 생명과 관련된 철학적인 이야기가 나오면 끝없이 떠들고 만다.

“그래도 말이야.”

“하고 싶은 말은 알겠어. 그러니까 좀 진정해. 알았지?”

“흠…….”

하이데마리는 아직 부족한 눈치다. 당연하다. 이 이야기는 그녀에게 『자신의 아이덴티티』와 관계된 중대한 문제다. 사람이 사람을 만드는 것에 이의를 제기하면, 그녀의 존재를 부정하는 것이 될지도 모른다.

확실히 그녀는 만들어진 존재다. 그러나 그래도 이렇게 움직이고 있다. 생각하고 있다. 살아 있다. 기피되어야 할 방법으로 탄생된 존재 소리를 듣는 것은 참을 수 없으리라.

기분을 전환해 우선은…… 하고 페르메니아에게 시선을 향했다.

그러자,

“페르메니아 스팅레이라고 합니다. 현재는 스이메이 님의 제자로 활동하고 있습니다.”

“아? 와! 그럼 내 후배네!”

하이데마리는 조금 전의 불만은 어디로 갔는지 최고로 밝은 목소리로 외쳤다. 폴짝폴짝 뛰면서 다가가는 그녀에 페르메니아는 당혹감을 감추지 못했다.

그런 반면 하이데마리는 여전히 흥미로운 눈치다.

문득 레피르가 귓속말을 하듯 다가와서,

(스이메이. 저쪽은 상당히 그…… 아이 같은 구석이 있네.)

(뭐, 이 녀석은 생긴 거랑 다르게 애야.)

(흠?)

그것에 대해서는 차차 말해도 좋으리라. 서둘러서 말해야 할 이야기도 아니다.

"리리아나 잔다이크, 입니다. 페르메니아와 마찬가지로, 이세계에 온 스이메이의 제가가, 되었습니다."

"얘도?"

하이데마리는 엉거주춤한 자세로 리리아나의 얼굴을 가만히 응시했다.

거침없는 하이데마리의 시선에 사람에게 익숙하지 않은 리리아나는 당황해서 뒷걸음질 쳤다. 그러자 하이데마리는 간격을 띄우지 못하도록 따라갔다. 그것이 반복되어, 그 주변을 천천히 배회했다.

"저, 저기…… 그…….."

"그렇게 불안해하지 않아도 돼."

"아우…….."

멈춰 선 리리아나를, 하이데마리는 자세를 바꾸며 다양한 방향과 각도로 관찰했다. 그 모습은 마치 앵글을 계속 확인하는 사진가 같다. 급기야 그녀의 보랏빛 트윈 테일을 손에 쥐고 모질까지 확인할 정도다.

"갑자기 왜 그래?"

"음. 리리아나 양을 보고 있으니까 창작 욕구가 솟아나서."

"아아…… 흠. 그래도 그 정도로 해둬."

리리아나의 외모는 다채로운 속성을 지녔다. 어린 소녀. 이세계풍 로리타 패션. 트윈 테일. 거기에 안대까지지면 인형 만들기가 취미인 하이데마리에게는 좋은 소재리라.

스이메이는 하이데마리를 나무라면서 팔을 잡고 떼어내어 리리아나 관찰을 중단시켰다.

"레피르 그라키스야. 나는 마술사가 아니니까 스이메이의 제자는 아니지만, 동료라고 할까?"

"…………?"

하이데마리가 앞의 두 명과는 다른 반응을 보였다.

레피르를 찬찬히 본 그녀는 귀엽게 고개를 갸웃했다.

그리고 레피르에게 다가가, 그 몸을 검지로 콕콕 찔렀다.

"……저기."

당황한 듯 그렇게 말한 것은 레피르다.

하이데마리의 행위는 실례지만, 앳된 태도도 있어 강하게는 말하지 못하는 모습이다.

그러나 그녀가 그런 짓을 하는 것도── 아니, 이 세계의 마술사라면 레피르에게 다대한 흥미를 보이는 것도 무리는 아니다.

"눈치챘구나."

"눈치챘다기보다, 레피르 씨 말이야⋯⋯."

하이데마리의 당혹감에는 레피르가 응답했다.

"정령. 이 세계에서 말하는 스피릿이라는 건가 봐. 엄밀히 말하면 절반이지만."

"이세계는 대단해. 신화 수준이야."

표정 없는 얼굴이 탄성을 질렀다. 그런 하이데마리의 외침에 레피르가 인상을 썼다.

"그렇게 놀랄 일인가? 아니, 우리 세계에서도 특수한 거지만⋯⋯."

"그야 정령이 존재한다는 건 굉장한 거라고! 이 세계에서 정령은 백 년도 더 전에 지상에서 사라져버렸으니까."

"하지만 이 세계에도 소환이라는 기술이 있잖아? 그걸 써서 소환하면 드물진 않을 거야."

"정령 자체는 말이지. 내가 놀란 건 존재 방식이야. 소환은 일시적인 거지만 레피르 씨는 그렇지 않잖아? 이곳에 존재하기 위해서 필요한 희생물도 마력도 필요 없으니까 사라지지 않아⋯⋯ 아니, 이미 반은 인간으로서 존재하고 있으니까."

하이데마리는 전에 없이 들뜬 목소리로 말했다.

"굉장해. 나, 너희 세계에 갑자기 흥미가 생겼어."

"그, 그건, 뭐라고 할까, 고마워라고 하면 되나?"

레피르 쪽은 하이데마리의 흥분에 다소 압도된 기색이다.

반면 스이메이는 그 흥분에 찬물을 끼얹듯 괴로운 한숨을 토했다.

"그래도 마술은 말이야……."

"뭐야, 그 얼굴은. 혹시 유감이야?"

"그러고 보니 메니아. 이쪽에서도 쓸 수 있어?"

"잠시만 기다려주세요. ……네, 괜찮은 것 같아요!"

"그래. 그럼 **이전에 썼던 거** 여기서 좀 부탁해."

스이메이는 페르메니아에게 이 자리에서의 마술 행사를 재촉했다.

그러자 그 말을 들은 하츠미가 몹시 당황한 듯 소리쳤다.

"잠깐, 여기서 마술을 쓴다고?!"

"응. 뭐, 우리 집 안이니까 괜찮아. 걱정 안 해도 돼."

"마술을 써도 들키지 않게 돼 있다는 거야?"

"그래. 그보다, 그렇지 않으면 훨씬 전에 너한테 들켰겠지."

"……우리 집 옆에서 연일 수상한 의식 하지 마."

"사람을 컬트 모임처럼 말하지 마. 그보다, 그게 우리 마술사의 일이야."

"으음…… 그럼 할게요──. 트루스 플레어!"

페르메니아가 경쾌한 어조로 주문을 외쳐 그 자리에서 마술을 행사했다.

살짝 쓰는 것뿐이라서 영창을 생략한 간단한 것이다.

마법진은── 물론 떠오르지 않는다. 이세계의, 스이메

이가 마술을 가르치기 전의 페르메니아의 『트루스 플레어』다.

흰색의, 보통의 불꽃보다 온도가 높을 뿐인 불꽃이 날아다니며 야카기 저택의 마당을 환하게 비추었다. 풀꽃은 밤의 어둠 속에서 아름다운 색채를 되찾고, 온갖 것이 강한 색감을 띠었다.

평범한 사람이라면 신비롭고 아름다운 광경을 목격하고 감탄사 하나라도 흘릴 때지만, 하이데마리가 흘린 것은 한층 톤이 낮아진 목소리다.

"……음. 이건 뭔가, 묘하네. 그래도 외부에서 뭔가 간섭이 있어?"

"엘레멘트라는 정령 미만 클래스의…… 현상이야. 그게 술식에 간섭하고 있어."

"현상이?"

"있잖아? 그거야. 그거그거, 평행 세계 법칙론이라는."

"그거? 다른 세계는 다른 법칙에 지배당하고 있으니까, 다른 세계와 이 세계를 연결시켜서 그쪽의 현상을 이쪽에서도 일으키려는 초이론."

"그래그래, 그거야. 엘레멘트라는 건 그 『이 세계와는 다른 현상을 낳는 법칙』에 적용되는 거로, 이 세계와는 다른 법칙의 하나야."

"대단해. 애초에 그건 『이세계를 관측할 수 없으니까 불가능』하다며 탁상공론이었는데."

"이로써 실제로 가능한 게 증명된 셈이지."

"스이메이 군의 공이야."

"뒤꿈치까지 들고 이마 때리려고 하지 마. 내가 어디의 몹쓸 형사냐."

하이데마리와 장난스러운 대화를 주고받은 스이메이는 곧바로 다음 설명으로 돌아갔다.

"게다가 법칙의 유형으로서는 상당히 한정된 거야. 아마 이세계에 손을 댄 신격이 원래의 법칙에 엘레멘트의 법칙(외부 하드)을 추가한 거겠지."

"그래서 지금 그게 그쪽 세계의 주류 마술이라는 거야?"

"그래. 호칭적으로는 마법이래."

스이메이가 그렇게 말하자 하츠미가 고개를 갸웃했다.

"저기, 스이메이. 그 부르는 방식은 이쪽에서는 뭐가 달라? 마술이랑 마법은."

"세세한 뉘앙스로 말하면 달라. 마술은 신비를 다루는 기술을 가리키고, 마법은 신비적인 법칙을 가리켜. 뭐, 기본적으로 둘 다 종합적인 단어인 『신비』로 끝내지만——."

신비라는 단어에는 일반적으로 불가사의로 불리는 것이 모두 포함된다. 일본에서 말하는 괴이(怪)나 오니(鬼) 같은 것과 마찬가지다. 마술에 한정하지 않고 마력, 법칙 모든 것을 신비라는 단어로 대체할 수 있다.

"그렇다 해도, 이쪽에서는 위력이 더 낮았어."

"……그러고 보니 그래요. 분명 평소의 위력이 아니었어요."

페르메니아가 만들어낸 흰 불꽃은 사용한 마력에 비해 위력—— 즉 열량이 적었다. 이 원인이 무엇인지 생각하면,

(역시 나랑 똑같아진 건가.)

이것은 스이메이가 저쪽 세계에서 전력을 낼 수 없었던 것과 같다.

저쪽 세계에서『이쪽 세계의 법칙을 이용한 마술』의 위력이 떨어지듯이, 이쪽 세계에서도『이세계의 법칙을 이용한 마술』을 쓰면 위력이 떨어지는 거다.

요컨대, 너무 멀어져서 전파가 닿지 않는 것과 같은 것이리라.

통신 상태가 나쁜 탓에 스펙을 발휘하지 못하는 거다.

"그래서, 내가 마술을 가르치기 시작하고 나서는."

"——트루스 플레어(백염치, 白炎熾)!"

건언과 동시에 이번에는 흰 마력광을 내뿜는 마법진이 페르메니아의 발밑에 전개, 회전하면서 흰 전류를 동반하고 확대. 이윽고 공중에도 같은 마법진이 떠오르고, 그곳에서 눈부신 광선이 하늘을 향해 솟구쳤다.

흰빛이 공기를 태우는 소리를 그으며 암흑을 갈랐다. 소실과 함께 흰 마력광의 잔재가 쏟아져 내리는 모습은 가랑눈이 내리는 밤처럼 환상적이었다.

"오! 달라. 아까는 불꽃에 술식을 기대했었는데, 이건 제대로 술식으로 불꽃을 발생시킨 다음에 간섭이 들어오고 있어."

저쪽 세계의 마법은 원소(엘레멘트)가 전제다. 그것이 마법

의 매체가 되어 있어서 아무래도 효과는 일정한 틀에 박힌 것이 되고 만다.

페르메니아의 트루스 플레어로 말하면 매체는 불.

상대가『불 대책』을 써버리면 매체가 소실되어 그것만으로 무력화될 우려가 있다.

그러나 그것이 원소나 현상을 바탕으로 한 것이 아니라, 술식―― 즉 의미적, 개념적으로 만들어내면 그렇게 간단히 대책은 세울 수 없다. 바탕이 술식인 이상 그 마술 체계를 해명하지 않는 한 마술은 깨뜨릴 수 없기에 설령 물을 끼얹는다고 해도 약해질 뿐 사라지지는 않는다.

"게다가 술식이 정확하고 치밀해."

"가, 감사합니다."

하이데마리의 칭찬에 페르메니아가 헤벌쭉 웃었다. 한편 그것을 보고 있던 하츠미가 고개를 갸웃했다.

"나는 모르겠는데, 대단한 거야?"

"대단하다기보다 똑 부러진다는 인상이야."

"이건 거 대충 해버리는 사람이 많이 있으니까."

마술을 쓰는 쪽은 알지만, 하츠미와 레피르는 납득이 가지 않는 모습이다.

"전에 스이메이는『마술은 올바른 절차를 밟지 않으면 쓸 수 없다』고 했을 텐데? 그거랑은 다른 거야?"

"이건 그림 같은 거야. 세세한 부분까지 신경을 쓰는 사람과 그렇지 않은 사람 둘한테 똑같은 그림을 그리게 한다고

쳐. 완성된 그림은 멀리서 보면 똑같은 걸로만 보이지만, 가까이에서 보면 대충 그린 건 거친 부분이 보이게 되지. 그게 치밀하거나 그렇지 않거나가 되는 거야."

"마술이라는 건 그런 거친 부분을 그대로 두면 틈을 찔리게 돼. 그래서 마술은 세부까지 신경 쓰면 쓸수록 좋아."

틈을 찔린다. 조금 전의 그림 이야기로 하면, 결점을 지적당하고 좋은 평가를 얻지 못하게 된다고 바꿔 말하면 될까.

문득 리리아나가 소매를 휙휙 잡아당겼다.

"스이메이. 반대로 이쪽의 마술은 강해졌어요."

"그거야 이쪽 세계의 법칙을 쓰고 있으니까. 당연한 결과야."

스이메이가 그렇게 말하자 레피르가 뭔가를 깨달았는지,

"잠깐. 그렇다는 건, 스이메이의 힘도?"

"뭐, 원래대로 돌아왔겠지."

스이메이는 평상시에도 경계를 게을리하지 않기에 언제나 마술로 자신을 강화하고 있다. 그러므로 저쪽 세계에서는 약체화를 피할 수 없지만, 이쪽 세계로 돌아오면 언제나 최고의 상태로 있을 수 있다.

문득 스이메이, 그리고 그의 원래 실력을 아는 하이데마리를 제외한 다른 사람들의 눈이 순식간에 의심스러운 눈초리로 변했다. 흡사 그것은 사기꾼을 보는 듯한 눈빛이다.

"…………."

"…………."

"…………."

"…………."

"뭐야, 넷이서?"

물었더니, 『스이메이의 수상쩍음을 비난하는 모임』의 대표로 하츠미가 입을 열었다.

"스이메이. 너 지금보다 더 괴물이야?"

"괴…… 사람한테 괴물이라고 하지 마."

"지금까지, 계속 거짓말하던 그 입으로, 잘도 말하네요."

독이 섞인 질린 목소리로 더듬거리면서도 그렇게 말한 것은 물론 리리아나다.

"스이메이의 실력은 내가 차차 말해줄게. 그래도, 약해져서 머리를 감싸 쥔 스이메이는 나도 보고 싶었어. 일일이 평정심을 잃는 스이메이나 절규하는 스이메이나 발을 동동 구르는 스이메이나."

"윽……."

이것에 관해서는 거의 들어맞아서 반박할 수 없다. 특히 아스텔 왕성 캬멜리아에서의 난리법석은 도가 지나쳤음을 스이메이도 자각하고 있다.

"하지만, 만약 하이데마리 양도 우리 세계에 오면 똑같아지는 거 아닌가요?"

"나? 나하고는 무관한 얘기야."

"……? 스이메이 님, 무슨 말이에요? 이쪽 세계의 마술사는 마술의 약체화를 피할 수 없을 텐데요."

"마리 기술의 바탕은 마리 자신이야. 이 녀석 자신만 있으면 문제없어. 물론, 마술에 쓰는 도구가 있을 때의 이야기긴 하지만."

"필요한 건『방』에 전부 넣어뒀어."

하이데마리가 쓰는 마술은 이쪽 세계에서는『오리진 매직』이라는 것으로 분류된다. 기존의 어떤 계통에도 속하지 않는, 그녀가 이 세계에 탄생시킨 법칙이다. 그러므로 마술에 필요한 매체도 현상도, 그녀의 뜻대로다.

그것을 듣고 있던 페르메니아와 리리아나가 하이데마리에게 경악한 시선을 향했다.

"그, 그, 그, 그러니까 그건……."

"창시자, 라는 건가요?"

"응. 그런 셈이지."

그렇다. 다시 말해 새로운 마술 체계를 만들었다는 뜻이다.

그러나 그런 이야기는 특별히 새로운 것이 아니다. 오리진 매직을 다룰 수 있는 자는 수십 년에 한 번은 나타난다. 다만 그것이 도태되지 않고 남느냐 마냐의 문제다. 말소되고 만다. 그 도태에서 살아남은 마술이야말로 현재의 유명한 것이다.

문득 스이메이는 하츠미가 안절부절못하고 있는 것을 알아챘다.

"하츠미?"

"응. 슬슬 집에 가보려고……."

초조해하는 것은 집을 오랫동안 비웠기 때문이다. 스이메이의 경우는 마술사라는 일이 있는 이상 숙부 부부에게는 걱정을 끼치지 않지만 하츠미는 다르다. 걱정을 끼치고 있는 것과 여러 가지를 아울러 불안은 급증하리라.

"같이 갈게. 그래도 우르르 몰려가는 것도 그렇고, 너희는 우리 집에서 대기해줘. 세 사람은…… 마리, 부탁할게."

"그래. 나도 그게 좋을 것 같아."

하이데마리의 양해를 구하고, 이번에는 대기 조에 눈짓으로 확인하자,

"마음대로 움직일 수 있는 분위기도 아니고 말이야."

"이상한 게 많은 것 같으니 그쪽 설명도 들어야 하고요."

"이쪽의 풍습도, 중요해요."

자신이 모르는 세계라서 당연히 신중해졌다. 다른 나라에 가는 것만으로도 풍습이나 문화에 신경을 써야 한다. 그 이상으로 물리 법칙이 다른 세계라면 순응하기 위해서 먼저 설명을 들어야 한다.

그것도 아울러 하이데마리에게 눈짓하자 그녀가 물었다.

"스이메이. 이세계는 문명적으로는 어떤 느낌이야?"

"대체적으로는 중세에서 근세 사이야. 거기에 신비가 사람들 가까이에 존재해서 군데군데 그것보다도 거슬러 올라가."

"우와…… 다들 컬처 쇼크로 졸도하는 거 아니야?"

"괜찮을 거야. 어떤 게 있는지는 미리 설명했으니까."

"그래도 놀랄 거야."

"그렇겠지."

전이 전에 미리 설명은 했지만 실물을 보고 실감하지 않는 이상 아직 그것은 공상이다.

실제로 그것을 보고 듣고 체험해야 비로소 체득할 수 있다.

"일단 우리 집에 들어가서 하츠미 집에 전화하자."

그렇게 말하고 야카기 저택의 뒷문으로 향했다. 뒷은 자동 제어이고 집주인이나 집주인이 인정한 자에게는 반응하지 않도록 되어 있어 조용하다.

문을 열고 신발을 벗도록 세 사람에게 지시하고 거실로 향했다.

앤티크풍의 가구 위에 놓여 있던 것은 낯선 인형이다.

그 양이 상당하다. 장롱 위, 테이블 위, 소파 위 도처에 놓여 있다. 물론 스이메이의 취향으로 둔 것이 아니다. 모르는 설치물이다.

범인은 누구에게 물을 것도 없이 명확하다.

스이메이는 주범인 하이데마리에게 비난의 시선을 향했다.

"……어이, 마리. 내 집."

"스이메이가 집을 비운 게 잘못이야. 널 여기서 기다리는 동안 남는 시간을 주체하지 못해서 만든 거야."

그렇다고 해도 남의 집을 인형 저택으로 만들 만큼 딴짓을 하는 건 어떻게 봐야 할까.

"그보다, 불법 침입한 데다 이래놓은 거냐?"

"딱히 나는 네 제자니까 상관없잖아? 하츠미 양도 마음대로 들어오잖아?"

"그건 그렇지만."

스이메이는 말하면서 하츠미에게 시선을 줬지만, 화제에 오른 당사자는 눈을 동그랗게 뜨고 놀랄 뿐이다.

"……인형이 엄청 많아."

그것은 이세계 조도 마찬가지로, 인형을 들어 올리고는 그 세밀함에 감탄했다.

"음. 이건 굉장하네."

"만듦새도 정교하고…… 상당한 작품이에요."

"예뻐요."

"어쨌든 천재인 내가 만든 거니까."

자랑스레 말하는 하이데마리에 스이메이는 미심쩍은 투로 말했다.

"저주 같은 건 안 걸렸겠지?"

"내 애들한테 그런 걸 걸 리 없잖아."

"네가 할 소리냐. 그건 뭐냐고, 그건."

"그거? 아, 스이메이 인형?"

하이데마리는 그렇게 말하고는 어디선가 봉제인형 하나를 꺼냈다.

검은 머리카락, 검은 정장을 입은 소년의 데포르메. 어딘가를 누군가를 많이 닮은 조형의 인형이었다.

"자, 이거. 스이메이 인형 ver.3."

"바, 너 또 만든 거냐?!"

"뭐."

"——우쭐하지 마. 그보다 그건 지금 당장 없애버려!"

스이메이는 즉시 봉제인형을 빼앗으려 들었다. 그러나 하이데마리는 봉제인형을 빼앗기지 않도록 몸을 능숙하게 움직여 팔을 피했다.

그리고 페르메니아가 그것에 흥미를 보였다.

"저기, 그건 뭔가요? 그냥 봉제인형치고는 스이메이 님이 초조해하는 모습이 심상치 않은데요."

"이건 말이야, 스이메이를 뜻대로 움직일 수 있는 신(神) 아이템이야."

"——?! 궁금해요!!"

"꼭, 꼭, 만져보게, 해주세요."

"흠. 좀 재밌겠네."

봉제인형이 무엇인지 알게 된 순간, 소녀들은 하이데마리의 곁에 모여들었다.

물론 흥미 본위로 마음대로 하고 싶어서겠지만, 마음대로 조종당하는 스이메이는 참을 수 없다.

"그만둬, 그만둬! 이 녀석들한테는 절대로 만지게 하지 마. 그보다, 모이지 마! 그보다, 너도 만지지 마!"

"——그럼, 먼저 나부터 빌릴게."

네 명 중에서 레피르가 한 발 앞으로 나갔다. 그러자 하이데마리가 스이메이 인형을 흔쾌히 건넸다.

"좋아."

"레, 레피……."

"후후후……."

레피르는 기분 나쁘게 웃고는…… 곧바로 받은 봉제인형을 스이메이에게 건넸다.

"아, 레피르 씨."

"이런 건 도덕적으로 바람직하지 않아. 조종당하는 쪽은 끔찍하니까."

"우——."

"고, 고마워, 레피……."

"이건 건 나한테는 남 일이 아니니까……."

"흑, 내 편은 레피뿐이야……."

스이메이는 레피르의 다정함에 감격해 눈물을 글썽였다.

한편 흥분해서 모여 있던 일동은.

"저, 저도 스이메이 님한테 줄 생각이었어요!"

"그, 그래요. 결코, 스이메이를 장난감으로 만들려던 게……."

"이미 늦었어!"

스이메이는 쏘아붙이고는 하츠미의 집에 연락하기 위해 전화기 곁으로 갔다.

전화 받침대 위에 있던 것은 레트로풍의 검은 전화……가 아니라, 역시 앤티크풍의 전화기였다.

"——아, 저예요. 스이메이예요. 뭐랄까, 오랜만에 연락 드려……."

전화를 거는 스이메이를 뒤에서 보고 있던 이세계 조는.

"저건, 원화(遠話)의 술을 다른 기술로 재현한 거군요."

"응, 맞아. 아는구나?"

"스이메이가 갖고 있던, 『핸드폰』이나, 하츠미의 『스마트폰』으로, 설명을 들었거든요."

"어느 정도 어떤 게 있는지는 이미 들었어. 그래도 실물을 보니 역시 신기하네. 마력이 발생하는 것도 아닌데 멀리 있는 사람과 대화를 할 수 있다니……."

스이메이가 대강 통화하자 하츠미가 쭈뼛거리며 물었다.

"……저기, 괜찮을 것 같아?"

"네. 지금 바꿀게요. ……괜찮아. 자."

스이메이가 하츠미에게 수화기를 건넸다. 그러자 그녀는 순간 무슨 말을 할지 망설이는 모습을 보였다. 머릿속이 새하얘졌으리라. 수화기 너머의 상대가 두세 마디를 건네고야 비로소 무슨 말을 할지 생각이 미쳤는지.

"아, 엄마? 응, 나. 미안해요, 걱정 끼쳐서…… 아니, 나는 잘못 없는데. 괜찮아, 금방 돌아갈게."

이윽고 하츠미는 전화를 끊고 큰일을 끝냈다는 듯이 크게 한숨을 토했다.

"이걸로 드디어 한시름 놨네."

"겨우 돌아왔는데 왜 죄책감을 가져야 할까."

그것은 일본인이기 때문일 것이다.

……이세계 조 및 하이데마리를 야카기 저택에 남겨두고,

스이메이와 하츠미는 옆집 쿠치바 저택으로 향했다.

★

——이 세계에는 소드 오브 소드로 불리는 검호들의 계급이 있다.

그것은 검사들이 두루 그 이름을 올리는, 무계(武界)라는 이름의 모임 안에 존재하며 『소드 오브 소드(검 중의 검)』를 정점으로 1(원)부터 12(트웰브)까지의 숫자가 매겨져 있다고 한다.

거기에 이름을 올리는 자는 단 하나의 예외 없이 강자이며, 최강의 정점에 손이 닿을 만큼 검에 미쳐 있다고 알려진다. 저마다가 저마다 이해를 벗어난 검술을 계승하거나 혹은 직접 그 손으로 고안하여, 그 힘을 전장에서 휘두르면 설령 그것이 **어느 시대**라 할지라도 상식이 근본부터 뒤집힐 정도라고 한다.

금속을 절단하는 검격 따위 그들에게는 겨우 시작이다.

팔의 길이와 검의 길이에 얽매이지 않는 지나치게 넓은 간격.

흔히 축지법이라는 별칭으로 불리는 신속(神速)의 보법(步法).

두루 적을 위에서 아래로 두 동강 내는 뇌신(雷神)의 포효.

참의(斬意)와 기운으로 대상을 가르고 짓뭉개는 참격파(斬擊波).

자세와 보법을 제어하고 천지 상하를 비행하는 이동술.

영기신통조법(靈氣神通調伏)에 의해 적을 얼어붙게 하는 주법검(呪法劍).

암영(暗影)을 떠돌며 적을 정확히 꿰뚫는 무음의 절도(絕刀).

세상의 검의 전설에 있는 온갖 요술환(妖術幻)을 재현하는 환영(幻影).

물론, 표면적으로 이것을 아는 자는 없다. 마술과 마찬가지로 도를 넘은 기술의 모임이기에 이 또한 비닉되어야 할 것으로 되어 있다.

그리고 야카기 저택 옆에 사는 자도 그 이름이 검에 의해 칭송될 정도의 자다.

소드 오브 소브 제4위, 구리가라타라니 환영검 쿠치바류(俱利伽羅陀羅尼幻影劍朽葉流), 쿠치바 쿄시로.

일본의 검사 중에서 최강으로 지목되는 남자다.

──딱히. 나는 그냥 형님 뒤를 쫓다 보니 저절로 이렇게 된 것뿐이야.

이것은 쿠치바 쿄시로 본인이 한 말이다.

전에 스이메이가 어떻게 그렇게까지 강해질 수 있었는지 물었을 때 그런 대답이 돌아왔다.

그가 말하는 『형님』이란 스이메이의 아버지 야카기 카자미츠. 결사(結社)에 이름을 올린 마술사 가문 야카기가(家)의 전 당주이자 동양 제일의 마술사로 칭송받던 남자다.

젊어서 그 천재적인 힘을 발휘하여 전 세계를 누비며 수많은 신비 재해와 신비 범죄를 진압해 온 강자이자 정도(正道)에 있으면서 그리드 오브 텐(마에 빠진 십 인)에까지 든 마인이다.

그런 남자의 뒤를 검 한 자루만으로 뒤쫓아 갔다고 하니 무모하기 짝이 없다. 그러나 그렇기에 무계의 정점, 검의 정점에 그 이름을 새긴 지 오래다.

지금 스이메이의 눈에 보이는 것은 평상복 차림을 한 그 모습. 방석 위에 한쪽 무릎을 세우고 팔을 얹고 있다. 안주하지 않는다. 무슨 일이 생기면 당장에라도 움직이고 싶은, 그런 열기를 아직 주체하지 못하는, 거칢이 채 빠지지 않은 청년을 연상시키는 태도.

그리고 그 얼굴도 청년을 떠올리게 한다. 십 대도 중반이 넘은 소녀의 아버지라고 하기에는 너무 젊디젊은 얼굴이다. 아무리 봐도 이십 대 후반으로밖에 보이지 않기에 그 이상함을 잘 알 수 있다. 설명이 없으면 나이 차이가 나는 오빠라고 해도 통할 정도다.

그러나 그 나이는 이미 장년기인 마흔을 넘어 중년기에 접어든 지점에 있다.

결코 애송이가 아니다. 장난스러운 미소를 짓고 있지만, 그 눈동자에는 나이에 걸맞은 내공이 함께하고 있다.

흑발을 뒤로 묶고, 얼굴에는 칼자국. 몸은 호리호리하지만 다부진 근육질이다.

"──선생님. 새삼스럽지만, 잘 지내셨습니까."

"그런 쪽으로는 형님한테는 못 당하지만 말이다."

인사에 자리를 잡고서 인사에는 그런 말이 돌아왔다.

어쨌든 쿄시로가 카자미츠를 『형님』이라고 부르는 것은 원래 그가 카자미츠를 형으로 따랐던 것도 그렇지만, 우연히도 스이메이의 엄마와 하츠미의 엄마가 자매였기 때문이기도 하다.

……스이메이와 하츠미가 쿠치바 저택에 도착한 후, 현관에서 먼저 부모와 자식의 재회가 있었다.

하츠미가 엄마 유키오와 서로 얼싸안고, 아빠 쿄시로에게 머리를 마구 쓰다듬긴 후 현재는 둘이 같이 다다미방으로 안내받아, 하츠미의 부모와 마주 보고 앉아 있다.

"다다미 냄새~."

하츠미는 오랜만에 골풀 냄새를 맡은 것이 기쁜 모양이다. 다다미 위에 드러누워 들뜬 목소리로 말하는 표정은 꽤나 부드러웠다.

"역시 좋다. 안심돼."

"응."

"그러고 보니, 남동생(하세토)은?"

"그 녀석은 원정이다. 아까 연락해뒀다."

"내일이라도 돌아올 거예요. 하츠미를 걱정했으니까요."

쿄시로의 목소리를 이은 것은 나긋나긋한 목소리다. 그것은 그야말로 무가의 부인이라는 단어가 어울린다. 하츠미의 엄마 쿠치바 유키오.

기모노 차림에 긴 흑발. 일본인 같지 않은 미모에 붉은 아이라인. 성격은 전혀 다르지만 외모의 분위기는 하츠미와 많이 닮았다.

문득 쿄시로가 장난기를 숨기지 못하고,

"나는 걱정 안 했지만 말이다."

"어머? 하나뿐인 소중한 딸이 갑자기 실종돼서 여기저기 도움을 구해 돌아다니던 사람은 어디의 누구셨을까?"

"이봐."

쿄시로의 목소리에 이어 킥킥거리는 조심스러운 웃음소리가 울려 퍼졌다. 쿄시로의 거칠음을 받아넘기는 버드나무 같은 유키오의 태도. 여전히 사이좋은 부부였다.

"스이메이. 너는 지부에서도 문의가 왔었어. 이 주변 일대를 조사한 모양인데, 도중에 흔적이 온데간데없이 사라졌다면서 지부는 한두 달 정도 엄계 태세였다."

"아——."

스이메이도 하이데마리에게는 굳이 묻지 않았지만 어렴풋이 그럴 거라고는 생각했었다.

본부의 간부 후보(스이메이)가 사건에 휘말린 것이다. 인연이 있는 지부를 노리고 있을 가능성도 고려한 경계였으리라. 일본 지부의 마술사들은 안전이 확인될 때까지 마음을 놓을 수 없는 날들이 이어졌을 거다.

문득 부인과의 대화로 경쾌했던 쿄시로의 표정이 진지함

을 띠었다.

"먼저, 하츠미한테는 들킨 거지?"

"네. 보시는 대로요."

그렇게 말하며 전투 예복(정장)을 보여주듯이 소매를 들고 팔을 펼쳐 보였다.

그러자 쿄시로는 체념한 듯이 한숨을 토했다.

"그러냐. 뭐, 슬슬 때가 됐다고는 생각했다만…… 마침 잘 됐다고 해야 할지 어떨지 묘하군."

"아빠도 엄마도 아무 말 안 하고. 너무한 거 아냐?"

한편, 언짢은 것은 하츠미다. 그녀는 스이메이가 마술사라는 사실을 줄곧 모른 채 지냈다. 부모가 이런 비밀을 숨기고 있었으니 화가 나는 것도 무리는 아니다. 부드러워 보이는 뺨을 부풀리고 치기 왕성한 볼멘 얼굴을 쿄시로와 유키오에게 향하고 있다.

그녀답지 않은 태도지만, 집에 돌아와 부모를 앞에 두면 그녀도 아이다.

쿄시로는 그런 딸의 태도를 보고 쓴웃음을 지었다.

"그렇게 말하지 말고…… 그래서? 말했던 성가신 일이라는 건 뭐냐?"

"그게, 상당히 터무니없는 이야기인데요……."

그렇게 전제하고, 쿄시로와 유키오에게 이세계에 갔던 개요를 설명했다.

갑자기 소환된 것. 저쪽 세계에 나타나는 마물과 싸웠던 것. 하츠미와 합류한 것 등등.

당연히, 그것을 듣고 있던 두 사람은 미간에 주름을 잡았다.

"······당장은 믿기 힘든 이야기군."

쿄시로가 반신반의하자 여성진이 입을 열었다.

"스이메이가 한 말은 전부 사실이야."

"스이메이니까요. 어떤 의미로 무슨 일이든 있을 수 있다고 생각해요."

"유키, 당신은 잘도 받아들이는군."

"그럴까요? 카자미츠 씨에 비하면 아직 먼 거 아닌가요? 왜 그때, 시간의 소행(遡行)에 함께했을 때는······."

"아──. 그러고 보니 그런 일도 있었군······."

"············."

"············."

갑자기 카자미츠와 관련된 초절 신비 체험을 횡설수설 말하기 시작하는 두 사람에 스이메이와 하츠미는 질려서 말문이 막혔다. 이세계 소환(이것)이 아직 먼 거라면, 아버지 세대의 사람들은 대체 얼마나 이상한 일을 겪어온 걸까. 서로 마주 본 얼굴에는 조금 전 쿄시로와 유키오가 보인 미간의 주름만큼이나 주름이 잡혀 있었다.

"아이고. 카자미츠 형님도 어지간히 상식에서 벗어난 사람이었다만, 너도 여러 가지로 저지르는군."

"아니, 이건 제 탓이 아니라고요. 저지르다니요, 무슨."

이번 사건의 원인으로 지목되는 불명예스러운 말에 스이

메이는 한쪽 발을 세우고 몸을 내밀면서 반론했지만, 쿄시로는 유키오와 얼굴을 마주 볼 뿐이다.

"그거야……."

"후후후, 맞아요."

"유, 유키오 이모까지……."

"평소 행동이잖아? 스이메이는 스스로 성가신 일에 돌진하니까."

"윽……."

분명, 깊이 관여할 수밖에 없는 상황이 되어버리기에 그런 말을 들어도 할 수 없는 부분은 있다. 그러나 이번 소환 건은 전적으로 휘말린 입장이다. 오히려 해결로 이끌었으니 칭찬해줬으면 하는 마음까지 든다.

"그래서, 그 소환에 하츠미도 휘말렸다고. 네가 없으면 곤란했겠어. 고맙다."

"아니에요……."

스이메이의 생각을 알아차렸을까. 쿄시로가 앉은 자세를 고치고 머리를 숙였다. 숙부가 직접 감사를 표해 낯간지러워졌지만, 머리를 든 쿄시로의 얼굴에는 아직 의심이 머물러 있었다.

"……진짜 거짓말이 아니지?"

"제가 이런 진지한 얼굴로 거짓말할 거 같으세요?"

"그건 그렇지만, 이야기가 이야기인지라."

분명 이세계에 갔다고 들으면 수상하게 생각하는 것도 무리는 아니다.

하지만 어떻게 하면 믿어줄까. 아니, 믿기 쉬울까.

행방불명에 비유하는 것도 이상한가. 그렇다면 그 세계가 존재할 것 같다고 여겨지는 비유를 들어야겠지.

쿄시로는 마술사인 아버지와 함께 활동해온 남자다. 마술에 관한 지식도 어느 정도는 갖고 있다.

"······외각 세계의 저편에 다른 세계가 펼쳐져 있었다는 거죠. 황당하지만 절대로 있을 수 없는 이야기는 아니에요. 지옥이나 그것과 유사한 것, 화성이나 금성 같은 극지나 사람이 살 수 없는 극한의 장소가 있는 가운데, 우연히 그곳에 갔다고 생각하면 상상이 가실 거라 생각해요."

"흠······ 그렇게 들으니 있을 것 같구나."

이해의 어려움은 다소나마 완화된 모양이다. 찌푸린 얼굴은 여전하지만, 이 이상 두 사람을 납득시키기 위해서는 현지에 데리고 가는 수밖에 없으리라.

문득 신음하고 있던 쿄시로가 입을 열었다.

"그런데, 둘이서만 돌아온 거냐?"

"소환된 다른 친구들은 남겠다고 해서 그대로예요. 그리고 저쪽에서 세 명 정도 데리고 왔어요."

그러자 어째선지 쿄시로가 히죽거리며 불쾌감을 풍기는 미소를 향해왔다.

"······저기 말이야."

"네, 왜요?"

"네가 데리고 왔다는 애들, 전부 여자지?"

쿄시로의 말을 들은 유키오가 입에 손을 붙이고 우아하게 웃음을 터뜨렸다.

한편, 스이메이는 어떻게 그걸 알았는지 이상하고도 이상해서 견딜 수 없다.

"그걸 어떻게 아세요?"

"그거야 너는 형님의 아들이니까. 그렇겠지."

"아니, 아들이니까라니……."

"네. 카자미츠 씨의 아들이니까요."

두 사람은 납득한 모습이다. 스이메이는 자신과 같은 의견을 바라며 옆을 보자, 하츠미는 비난하는 시선을 보내고 있었다.

어쨌든 무슨 근거가 있는 건지 찜찜해서 견딜 수 없다.

그 후에는 내일 도장에 검사(레피르)를 데리고 간다고 쿄시로에게 말한 뒤 스이메이는 혼자 집으로 돌아갔다.

★

"——흠, 세 명은 뭘 하고 있을까."

스이메이는 지금 혼자다. 그런 말을 중얼거리면서 별이 뜬 하늘을 올려다보며 밖을 걸었다.

하츠미를 집에 데려다주고, 그녀의 부모에게 설명을 이해시킴으로써 걱정거리 하나가 해소되어 일단 안심했다.

아직 설명하러 가야 할 곳도 많고 상대에 따라서는 마술을 걸어 강제적으로 불안을 제거하거나 말의 앞뒤를 맞춰야 하지만, 하츠미 쪽이 좋은 결과로 끝나 꽤 마음이 가벼워졌다.

저절로 콧노래도 나오게 되는 법이다.

집에 도착한 스이메이는 앤티크풍의 문을 열고 거실로 들어갔다.

그러자 제일 먼저 눈에 들어온 것은 텔레비전 앞에 달라붙은 리리아나다.

"펭귄······."

들려오는 것은 숨길 수 없는 흥분한 목소리.

번쩍번쩍 빛나는 텔레비전 화면에 반짝반짝 빛나는 보라색 한쪽 눈을 고정하고 있다.

······아무래도 마침 동물 프로가 방송되고 있었던 모양이다. 요즘은 골든타임에 동물을 소개하는 프로가 많이 방영되고 있어서 채널을 돌리다가 때마침 걸린 것으로 짐작된다.

"물범······."

아무래도 동물이 주가 아니라, 북극과 남극을 비교하는 특집인 모양이다. 그 일환으로 극권에 서식하는 동물이 나오는 거다.

"백곰······."

펭귄, 점박이물범, 백곰. 그 동물들은 모두 이세계에서는 보지 못한 동물이다. 아니, 어쩌면 이세계의 극권에 가면 있을지도 모르지만, 생활 범위에서는 결코 볼 수 없으리라.

이윽고 방송 내용이 동물에서 다른 것으로 클로즈업됐지만, 리리아나는 딱히 미련을 보이지 않았다.

"하얗고 폭신폭신, 폭신폭신해요."

두 손을 몸 앞에서 움직이는 것은 펭귄과 점박이물범을 만지는 망상을 하고 있어서일까. 도취라고 할까, 이건 이미 만취 상태에 가깝다. 동물의 귀여움 성분을 단숨에 과다 섭취해서 뇌 회로가 터진 것이리라.

폭신폭신, 폭신폭신 하고 혼잣말을 되풀이하다가 마지막으로 "큥" 하고 이상한 울음소리를 내고는 소파 위에 몸부림치며 굴렀다.

한편 페르메니아와 레피르도 텔레비전 화면을 들여다보고 있었다.

"음…… 여긴 전부 언 건가. 노시어스에도 이런 광경은 없었어."

"우왓. 얼음 대지가 무너졌어요! 굉장한 규모예요……."

"이건 장대하네."

"네……."

둘이서 고찰한 것을 말하고 있다.

그런 대화를 들으면서, 스이메이는 인형을 재배치하고 있던 하이데마리에게 말을 걸었다.

"저기. 저 세 명, 상자 속에 사람이 있다고 안 해?"

"스이메이, 그건 너무 진부하잖아. 아무리 그래도 그런 말을 할 리 없잖아."

그렇긴 하지만, 그건 만화나 애니메이션에 자주 등장하는 약속이다. 역시 조금 물어보고 싶은 기분도 든다.

그러나 영리한 소녀들이 그런 원시적인 상상을 할 리 없었다.

"저게 멀리 있는 정경을 투영하고 있다는 건 저희도 알아요! 하지만 사상을 선명하게 기록에 남기고 투영할 수 있다는 건 역시 놀라워요."

"『전화』나 『에어컨』, 마력도 불도 쓰지 않는 조명. 언뜻 보기만 해서는 사용법을 알 수 없는 신기한 장치…… 스이메이가 처음에 주의는 줬지만, 설마 이 정도일 줄은 몰랐어."

"네. 가공할 만한 이세계예요……."

두 사람은 경탄과 두려움이 뒤섞인 표정으로 신음했다.

"이 정도에 놀라면 못 따라와. 이것보다 엄청난 건 아직 많으니까."

"…………."

"…………."

그녀들은 아직 차나 전철의 실물도 보기 전이다. 현대에는 그런 것이 다니고, 게다가 서민이 간단히 이용할 수 있다. 텔레비전도 그렇지만, 낮에 밖에 나간다고 생각하면 그때 받을 충격의 정도는 가늠조차 할 수 없다.

"그러고 보니, 하츠미 양은 어떻게 됐어?"

"응. 오늘은 오랜만에 가족끼리 보낼 거야. 꽤 오랫동안 집을 비웠으니까."

"그렇지. 그러는 게 좋아."

응응 하고 만족스레 끄덕이는 언니다. 레피르는 이제 가족과 만날 수 없기에 그 소중함을 알고 있고, 그런 재회를 기뻐해줄 수 있다.

문득 소파에 눈길을 돌렸다. 아직 리리아나는 웅크리고 누워 망상에 빠져 있다.

"리리아나. 어——이."

부르자, 이윽고 일어나 전에 없이 반짝거리는 미소를 향해왔다.

"스이메이, 폭신폭신해요! 폭신폭신했어요!"

"……그, 그래."

"그걸, 또 볼 수는 없어요?!"

"으음. 녹화를 할 수 있으면 가능한데…… 나는 기본적으로 실패해."

"나는 천재지만, 존재 자체가 신비(호문쿨루스)라서 어려워. 스이메이 집 가전제품은 처리가 돼 있어서 간신히 작동시킬 수 있지만. 스이메이, 동영상은 어때?"

"안 돼. 컴퓨터는 만지면 화면이 파래져."

스이메이가 정밀한 전자기기를 만지면 바로 고장 나고 만다. 신비에 몸을 담근 사람은 신비성을 띠어버리는 탓에 과학적인 법칙에 악영향을 주고 만다.

단순한 전자기기라면 그나마 문제없다. 그러나 컴퓨터처럼 정밀함이 더해지면 그 순간 고장 나고 만다.

스이메이도 그걸로 학교 컴퓨터를 고장 내길 몇 번이던 가. 전원이 켜지지 않는 것은 이미 당연하다. 블루 스크린 은 이미 트라우마가 되어가는 수준이다.

어쨌든 리리아나는 귀여운 동물들을 볼 수 없다는 것을 알고 유감스러운 듯이 고개를 숙였다.

"⋯⋯그렇, 군요."

"실망하지 마. 보고 싶으면 내일이라도 하츠미한테 부탁 해서 동영상으로 보여달라고 할게."

"또 폭신폭신을, 볼 수 있는 거네요!"

동물을 볼 수 있다는 사실에 리리아나는 양손을 들고 기 뻐했다. 그녀의 모습에 흐뭇해하고 있던 스이메이는 문득 해야 할 일 하나를 떠올렸다.

폭신폭신이라면, 폭신폭신한 사람을 불러야 한다는 것을.

"⋯⋯이크. 이런이런, 잊을 뻔했어."

스이메이는 초조함을 드러내면서 베란다까지 한달음에 뛰어갔다. 그 기세로 베란다를 열었지만, 물론 실내에 신선 한 공기를 들이고 싶은 것은 아니다.

스이메이는 어디선가 작은 핸드벨을 꺼내 밖으로 몸을 내 밀고 가볍게 흔들어 소리를 냈다.

경쾌한 벨 소리가 울려 퍼져, 어두운 하늘 저편으로 날아 갔다.

그 모습을 본 레피르가 의아한 듯이 고개를 갸웃했다.

"그건?"

그 말을 이은 것은 하이데마리다.

"토끼 우편배달부지?"

"응. 이쪽에 오기 전에 써둔 편지를 보내려고."

──마술사라는 생물 중에는 문명의 이기를 혐오하고, 그 것을 쓰지 않겠다고 고집하는 무리가 많이 있다. 집에 전화 기를 두지 않을 뿐만 아니라, 속세와 엮이지 않으려 산속에 은둔하는 자까지 있는 형국이다.

그런 마술사들을 위해 우편배달부로 불리는 전문 연락책 이 존재한다.

지정 호출 벨을 울리면, 어떤 장소에 있든 바로 나타나 우 편물을 배달해준다.

……물론 이세계는 별개지만.

이윽고 어디선가 산타가 낼 법한 벨 소리가 짤랑짤랑, 짤 랑짤랑 들려왔다. 그 소리가 멎자, 마당에 있는 수풀이 바 스락거리며 작은 동물이라도 숨어 있는 듯이 흔들렸다.

"응?"

"이건……."

그것에 먼저 놀란 것은 페르메니아와 리리아나다. 마술의 작용이 느껴지지 않는 출현 탓에 당황한 것이리라.

이윽고 마당의 수풀 속에서 한 소녀가 토끼처럼 폴짝 튀 어나왔다.

헐렁한 빨간 바지에 빨간 멜빵을 달고, 위에는 흰 셔츠를 입었다. 우편물이 삐져나올 듯이 꽉 찬 빨간 가방을 비스듬히 멨다. 빨간 모자에는 가짜 흰 귀가 쑥 귀엽게 튀어나와 있다.

키는 대강 리리아나보다 조금 큰 정도. 피부색은 건강한 동양인의 피부다. 얼굴 생김도 마찬가지다.

허리에는 짧은 주목(朱木)으로 된 지팡이와 그것에 딸린 듯이 마리모(毬藻) 같은 녹색 폼폼이 몇 개 달렸다. 베란다 앞으로 온 그녀는 정중히 인사했다.

"우편배달부. 오랜만이야."

그런 인사에 우편배달부는 부드러워 보이는 뺨을 부풀리고 귀엽게 화를 내기 시작했다.

"오랜만이에요, 스이메이 씨! 대체 지금까지 어딜 갔던 거예요? 스이메이 씨 앞으로 온 편지가 왕창왕창 쌓였다구요!"

"미안, 미안. 그보다 좀 이상한 일에 휘말려서 말이야."

그 말을 들은 우편배달부는,

"앗······."

"······어이. 앗이라니."

알았다는 그녀의 노골적인 반응에 스이메이의 눈이 게슴츠레해졌다. 그러나 그런 스이메이는 아랑곳없이, 우편배달부는 성대한 한숨을 토했다.

"아뇨, 역시 늘 있던 일이었군요."

"응. 늘 있던 일이야."

"수고가, 많으세요."

리리아나의 그 말은 물론 스이메이를 향한 것이 아니다.

스이메이를 뺀 전원이 납득한 듯이 끄덕였다.

"왜 너희는 그걸로 납득이 되는 건데……."

"그거야."

"스이메이, 니까요."

그런 식으로 가차 없는 하이데마리와 리리아나다. 그런 그녀들을 무시하고, 미리 준비해둔 여러 편지를 우편배달부에게 건넸다.

그러자 자기 앞으로 온 편지가 돌아왔다. 우편배달부가 주문을 외치자, 어디의 고양이형 로봇의 호주머니 저리 가라 할 정도로 빨간 가방에서 와르르 편지가 쏟아졌다.

"헉. 완전 많아."

"반년치……인 건 그렇지도 않지만, 갑자기 행방을 알 수 없어져서 일단 편지만이라도 보내두자는 게 많았을까요…… 그보다 스이메이 씨, 대체 어디에 갔던 거예요?"

"으응. 좀."

"그리고 그쪽 분들은 낯선 차림을 하고 계시네요? 아, 혹시 스이메이 씨의 취미 같은 건가요?"

"아니야! ……쯧, 게다가 대집행(代執行) 일까지 있는 거냐."

"그건 스이메이 씨의 지명 안건이에요. 다른 분은 해결할 수 없는 것 같아서 편지는 맡아뒀어요."

"……언제쯤부터야."

"음. 두 달 전쯤이려나요."

"괜찮은 거야?"

"급한 건 아닌 모양이에요."

"즉 천야회에 큰 해가 되지는 않는 안건이라."

"네."

천야회(千夜會)란 세상에 존재하는 마술 조직을 총괄하는 기관이다. 신비가 세상에 드러나지 않게 마술 조직을 감독하고, 각 마술 조직의 다리 역할도 수행하고 있다.

대집행의 안건은 마술사가 일으키는 범죄인 신비 범죄를 단속하거나 종말의 케모노의 발생, 국지적인 신비 현상을 진정시키는 등의 신비 재해 안건 등, 개개의 마술 결사로는 해결할 수 없는 중요한 것들로 채워진다.

그럼에도 급하지 않다는 것은 이번 의뢰가 천야회의 피해로 직결된 것이 아니거나 혹은 신비의 존재가 세상에 드러날 위험성이 지극히 적거나 중 하나라는 거다.

소식을 알 수 없는 대집행에게 돌려두는 것은 만에 하나라도 해결할 수 있으면 좋을 거라는 식으로밖에 생각하지 않는 것이다. 스이메이가 아닌 다른 사람은 해결할 수 없는 일은 기본적으로 있을 수 없다.

겉보기에도 고가인 것을 알 수 있는 작은 상자를 열자, 안에서 빨간 장미의 실링 왁스로 봉해진 검은 봉투가 나타났다. 고도의 마술이 담긴 봉랍을 카운터 매직(역마법)으로 제거하자, 안에서 한 장의 편지가 나왔다. 마술사의 포박 및 봉인, 말소에 관한 의뢰서다.

"스이메이, 그건 뭐야?"

"아, 위탁받은 일이야. 마술 조직을 통괄하는 기관이 신비 범죄를 감독하고 있거든. 간과할 수 없을 정도로 **장난질**을 친 범죄자(마술사)를 확인하면, 이렇게 의뢰서를 보내와."

그 말에 페르메니아가 의아한 듯이 고개를 갸웃했다.

"그럼 그걸 보낸 기관이 잡으면 되는 거 아닌가요? 굳이 마술 조직에 의뢰하지 않더라도 직접 대비하면 될 텐데요……."

레피르와 리리아나도 비슷하게 생각하는 듯한 태도와 시선을 보내왔다.

"물론 자체적으로도 맡고 있어. 하지만 단속을 하기에는 기본적으로 인원이 빠듯하거든. 그렇다고 다른 곳에서 끌어오는 것도 자체적으로 양성하는 것도."

"요구 기준에 맞는 실력을 가진 마술사는 그렇게 많지 않다는 건가요."

"맞았어."

요구 기준은 높다. 마술사의 실력은 본인의 재능과 노력이 크게 작용하기에 일정한 훈련을 행하면 확실히 요구 이상의 인원을 확보할 수 있는 일과는 차원이 다르다. 아직 싹도 트지 않은 재능 있는 원석을 찾는 일은 복권을 당첨시키는 작업이나 마찬가지고, 그렇다고 다른 조직에서 억지로 데리고 오는 것은 조직도 본인도 승낙할 수 없는 사항이다.

그러므로 외부에 위탁하는 방법을 취할 수밖에 없다.

──천야회, 마술 부문에서, 대집행을 행하는 바, 결사의 8석, 야카기 스이메이에게 통지.

이하 대상자에게 강제 집행을 해주시기 바랍니다.

대상자는 ○○○○○○.

세상에 나온 지 아직 짧지만, 그랜드급 상당의 실력에 비추어 위험도는 B 내지 A로 한다.

대집행 시 그 대상의 생사는 묻지 않는다.

그 대상의 결계 마술, 특히 구속 결계에는 충분히 유의할 것.

집행에 임하여 그 대상과 관련 있다고 여겨지는 물건을 동봉한다.

유효하게 쓰이기를 바란다.

그 대상의 상세한 정보에 관해서는 이하에 기재한다──.

의뢰서 내용을 대강 훑은 스이메이는 혼잣말처럼 말했다.

"위험도 A에 생사는 묻지 않는다(데드 오어 얼라이브)라. 또 어지간한 짓을 저지르려 하고 있군……."

그 말에 달려든 것은 대집행 일을 잘 아는 하이데마리였다.

"그런 거야?"

"응? 으응……."

"……? 뭔가 신통치 않은데. 무슨 일인데?"

"아무것도 아니야."

스이메이는 해맑게 얼굴을 들이대는 하이데마리에 동요하면서도, 곧바로 비싸 보이는 작은 상자에 눈길을 줬다.

"동봉한 물건은…… 이건가? ……헉!"

안에는 투명한 수납 주머니가 있고, 드롭형의 푸른 알갱이가 몇 개 동봉돼 있었다.

언뜻 보면, 정제(錠劑)처럼 보인다.

"이번 건은 약이 관련돼 있는 거냐?! 이게 긴급이 아니라니. 얼마나 느긋한 거야, 천야회!"

약물은 중독자가 만연할 가능성이 가장 높다. 기본적으로 그 피해의 대상이 되는 것은 마술과 전혀 관련이 없는 일반인(아마추어)이다. 마술사(프로)라면 대처법을 갖고 있어서 중독되지 않게 복용하는 것이 보통이다. 그렇기에 약물이 관련된 신비 범죄는 일반에 만연하는 것이 가장 위험시되는데…….

하이데마리가 흑발을 살랑거리며 고개를 갸웃했다.

"표면에 나돌 위험성이 전혀 없는 물건이라는 걸까?"

"아니면, 일반인은 중독성이고 뭐고 없다거나."

"마시면 일격 필살 같은 거네."

저항력이 없는 자가 복용하면 폐인 확정. 혹은 효과가 떨어지면 사망이라는 거다.

호기심 왕성한 하이데마리가 푸른 약에 얼굴을 가까이 댔다.

"그거, 핥아봐도 돼?"

"알사탕 같다고 정체도 모르는 걸 입에 넣으려고 하는 건 관두세요."

"그래? 내가 핥는 게 알 수 있을 것 같은데."

"그래도 안 돼."

"스이메이는 의외로 과잉보호야."

"의외고 뭐고, 과잉보호도 뭣도 아니야! 쯧……."

아무리 그녀가 호문쿨루스가 사람과는 다르다고 말해도, 영향을 절대로 받지 않는다는 보장은 없다. 그렇기에 그런 짓은 지킬 수 없다.

"없겠지만…… 우편배달부. 이걸 본 적 있어?"

"없네요."

"검사성성(檢邪聖省)은 움직이고 있어?"

"아닐걸요? 오로지 천야회에서도 내밀한 안건이에요."

우편배달부는 그렇게 말하고 귀를 쫑긋거렸다.

그러자 어쩐지 리리아나가 다가왔다.

"오……."

"오?"

"귀가, 움직여요."

리리아나는 우편배달부의 모습을 보고 조금 전 동물을 보던 때처럼 눈을 반짝반짝 빛내고 있었다. 진지한 이야기를 하고 있던 자리의 분위기가 그녀의 기쁨에 찬 목소리 탓에 와르르 무너졌다.

"귀를 만져봐도, 될까요?"

"네? 아, 네. 조금 정도라면요."

우편배달부는 그렇게 말하며 몸을 기울이고, 가짜 토끼

귀를 만지기 쉽게 머리를 기울였다.

"당신도 우편배달부가 될래요? 지금이라면 옵션으로 토끼 귀도 따라와요!"

"살짝, 끌려요……."

"어이. 내 제자 유혹하지 마."

"제자요? ……아! 스이메이 씨. 귀여운 여자애만 제자로 삼는다는 소문, 역시 진짜였군요. 아아."

"그럴 리 없잖아! 우연히야! 우연히!"

"농담이에요, 농담."

히죽 웃는 우편배달부에 스이메이는 지친 한숨을 쉬었다. 그러자,

"앗, 스이메이 씨. 한숨을 쉬면 행복이 달아나버려요!"

"한숨 정도로 행복이 달아는 거면, 나는 지금쯤 불행해서 죽었어. ……그럼, 편지는 잘 부탁할게. 팁은 엔(円)이면 되지?"

"네."

"요금이랑 수고비 포함해서, 자."

용돈을 조르듯이 두 손을 내미는 우편배달부에게 후하게 돈다발을 건넸다. 이런 종류의 일을 대할 때 값을 깎거나 인색하게 굴어서는 안 된다. 인상이 나빠지면, 우연히 배송에 늦어지는 일이…… 없다고도 할 수 없다. 물론 그렇게 이것저것 가리는 무리는 아니지만, 이런 신뢰를 중시하는 일에는 이런 것도 필요하다.

"부탁할게."

"알겠습니다. 확실히 전달하겠습니다."

우편배달부는 크게 절하고는, 담을 한 번에 폴짝 넘어 착지와 동시에 사라졌다.

제2장 현대 세계에서

──이날 스이메이의 기상은 전에 없을 정도로 기분 좋았다.

오래 써서 익숙한 베개에 머리를 맡기고, 몸은 오래 써서 익숙한 침대에 가라앉아 있다. 집에 있다는 안도감과 본가의 침구라는 마력 덕분에 평소보다 질 좋은 잠에 들 수 있었던 모양이다.

상쾌하고 몸도 아프지 않다. 완전히 깼지만 이 상태라면 다시 잠드는 것도 여유로우리라.

"좀 더 늘어져도 되나……."

그런 게으름이 묻어난 혼잣말을 하면서 방을 둘러봤다.

지금 있는 곳은 틀림없이 자신의 방이다. 책상 위에는 서류에 마술서, 간이 실험을 위한 마도구도 몇 개 놓여 있었다. 이세계에 가기 전의 자기 방 그대로다.

침대에서 몸을 일으켜 그 자리에서 기지개를 켜는데 허리께에서 위화감이 느껴졌다.

"음…… 퓨……."

시트 안에서 귀여운 숨소리가 들려왔다.

젖혀보니, 고양이 귀가 달린 잠옷 차림의 리리아나가 있었다.

어느새 기어들어 온 걸까. 몸을 둥글게 말듯이 매달려 있

어 정말 고양이 같다. 그 자세 탓인지 시트에 곡선의 주름이 졌다.

스이메이도 침입자의 존재에 순간 놀랐지만, 뭐 리리아나가 잠결에 파고드는 것은 이세계에서도 가끔 있던 일이기에 딱히 당황하거나 하지 않았다.

"……근데 그 녀석, 이런 잠옷을 어디서 갖고 온 거야?"

스이메이는 잠옷에 달린 고양이 귀를 손가락으로 집으면서 고개를 갸웃했다.

어젯밤, 하이데마리에게 여성진의 잠옷 준비를 부탁했는데, 페르메니아와 레피르의 것은 평범한 걸 들고 오고, 어째선지 리리아나의 것만은 동물 잠옷을 갖고 왔다.

어떻게 된 건지 물어도 "비밀이야~"라고 할 뿐 알려주지 않는다.

출처는 아직 알 수 없지만, 물론 이것에 리리아나가 기뻐한 것은 말할 것도 없다. 받고 좋아하는 것과 동시에 가져가도 되냐고 하이데마리에게 묻고는 승낙을 얻자 더욱 뛸 듯이 기뻐했다.

어쨌든 아직 달라붙어 있는 리리아나를 부드럽게 떼어내려 한 순간,

"스이메이, 일어났어?"

방 밖에서 하이데마리가 부르는 소리가 들려왔다.

"응. 일어났어."

"그럼 들어간다~."

"아니, 어이…… 뭐, 상관없나."

대답을 기다리지 않는 것은 여전히 마이페이스라고 할까 아이 같은 스스럼없음이다. 남자 방에 들어오는 저항감도 아직 알지 못하는 거다.

이대로라면 이런 현장을 보이게 되지만…… 스이메이도 딱히 켕기는 것은 없기에 뭐 됐나 하고 당당하게 굴었다.

이윽고 앤티크 문이 달각 하고 섬 래치 타입의 손잡이가 움직이고 문이 열리자, 자단(로즈 우드)향이 훅 풍겨왔다. 그것이 리리아나의 각성을 재촉한 모양이다.

"후아……."

리리아나는 침대에 누운 채 눈을 비비고 휠 듯이 기지개를 켰다.

"아침, 이에요?"

하이데마리는 스이메이와 리리아나가 하께 자고 있던 장면을 목격하게 됐다. 물론 하이데마리의 표정은 변함없지만 목소리에 비난 어린 것이 섞였다.

"……스이메이, 아무리 그래도 그건 아니지 않아?"

"딱히 이상한 짓은 안 했어. 리리아나는 사정이 좀 있어서 외로움을 많이 타. 그렇지?"

"……어제는 페르메니아도 레피르도 금방은 쉬지 않을 것 같아서요."

"그래서 어쩔 수 없이 내 곁으로 파고들었다고."

"──! 따, 딱히 어쩔 수 없이가 아니에요!"

"응? 그래."

스이메이는 갑자기 정색하는 리리아나를 이상하게 생각하면서 머리를 쓰담쓰담해줬다.

그러자 리리아나는 어딘가 기분 좋은 듯이 잠잠해졌다.

아직 졸음이 남아 있던 것이리라. 걸쭉함을 띤 표정이 고양이처럼 변했다.

하이데마리의 눈빛에서 수상함은 아직 가시지 않았다. 오히려 어째선지 더해진 것 같기도 하다.

"스이메이, 너는 정말 그거구나. 그런 부분은 정말 두 손 들었어."

"뭐가."

"네가 최고의 바람둥이라는 사실 말이야."

"그건, 전적으로 동의해요. 흥⋯⋯."

"말이 심하지 않아?"

"사실, 이에요."

그렇게 말한 리리아나가 품에 안겨 왔다. 아직 졸음이 가시지 않은 것이리라. 기대어 한동안 뺨을 비비더니 다시 귀여운 숨소리를 내며 잠들어버렸다.

그러자 하이데마리가 가면을 쓴 듯한 표정으로 말을 걸어왔다.

"저기, 스이메이."

"뭐?"

"또 구한 거야?"

"뭐, 그렇지. 그보다, 용케 알았네."

"알지. 그렇게 따르는데, 그것밖에 없잖아."

하이데마리는 제자가 된 지 그럭저럭 됐다. 그래서 스이메이가 이세계에서 어떤 일을 해왔는지는 어렴풋이 아는 것이다.

"요컨대 너는 이세계에서도 평소대로였던 거야."

"나는 나야. 좋아하는 일을 했을 뿐이야."

스이메이는 그런 식으로 적당히 대답했지만 예상과 달리 농담이 돌아오지 않는다. 뜻밖에도 하이데마리가 입을 다문 것을 의아하게 여긴 스이메이는 인상을 썼다.

"왜 그래?"

"……딱히 아무것도 아냐."

"아무것도 아니라니. 아무것도 아닌 게 아닌데?"

"몰라."

하이데마리는 휙 고개를 옆으로 돌렸다. 무슨 일일까. 그 모습은 어딘가 초조해 보이기도 한다. 등을 보이는 그녀를 의아해서면서 리리아나를 침대에 눕혔다.

그리고 하이데마리를 방에서 내보내고 평상복으로 갈아입은 뒤 방을 나왔다.

그러자 어디선가 『멍멍이』가 복도를 달려왔다.

"스이메이 님, 스이메이 님! 이 마술서에 관해 자세한 해설을 부탁드려요!"

그 『멍멍이』의 정체는 물론 페르메니아다. 마술서를 몸 앞에 쌓아 올리고도 간단히 달려오는 것은 과연 그녀다.

"스이메이 님! 스이메이 님!"

그리고 얼굴을 보자마자 웃으며 폴짝폴짝 뛰었다. 아무래도 감정이 몸동작으로 나타날 정도로 흥분한 모양이다.

"안녕. 자, 그, 뭐냐. 진정해."

"아…… 네. 실례했습니다."

페르메니아는 부끄러운 듯이 뺨을 물들이며 고개 숙였다.

"그래서, 이 마술서라니 어떤 건데?"

"이거랑, 이거랑, 그리고 이것도…… 아, 이 기술에 관해서도……."

조금 전에 『이』라고 한정했음도 불구하고 이것도 저것도 가득이다. 그보다, 들고 온 마술서 전부였다. 스이메이는 용케 이렇게 많은 양을 정독했구나 생각하면서 다시 그녀의 얼굴을 봤다.

"……메니아, 눈 밑에 다크서클이 졌어!"

"네? 아, 아뇨, 이건, 그…… 말이죠."

"……밤새는 건 하지 말라고 했잖아."

"에헤헤……."

페르메니아는 겸연쩍어하면서도 웃으며 얼버무리려 했다. 밤까지 새면서 계속 읽어서인지 눈은 번쩍이는데 낯빛은 시원찮다.

그녀의 자랑인 은발도 빗질이 되지 않아 부스스하다.

……어젯밤, 식사 후 집 안을 안내할 때 세 사람을 아버지

카자미츠의 서재에도 데리고 갔었는데, 페르메니아는 거기서 지식욕을 자극받았는지 계속 흥분 상태다. 객실로 안내할 때나 침구를 챙겨줬을 때도 서재에 가고 싶은 듯이 진정하지 못하고, 거동이 눈에 띄게 이상했다. 연구자 정신이 발동한 것이리라. 어쨌든, 그 들썩거리는 모습은 몹시 흐뭇했지만.

"있잖아."

"외람되지만, 그곳은 보물고예요! 밤샘 한두 번쯤은 스이메이 님도 경험이 있으신 거 아닌가요?!"

"큭?!"

"보세요! 역시 그렇잖아요! 역시 밤새시죠? 그렇죠?"

페르메니아는 동료를 찾은 것처럼 눈을 반짝이며 다가왔다.

"아, 알았어, 알았어. 궁금한 걸 정리해서 적어둬. 나중에 그만큼의 시간을 낼 테니까."

"지금 당장은 안 되나요?!"

"이야기하기 시작하면 틀림없이 낮까지 걸려. 나뿐만 아니라, 하이데마리랑 리리아나까지 있어."

"아……."

아마도 그런 이야기를 하고 있으면 그녀들도 반드시 참가할 거다. 그렇게 되면 고찰한 뒤 토론이나 의논이 반복돼 절대로 수습되지 않는다. 식사는 뒷전으로 미루고 문외한인 레피르는 혼자 쓸쓸히 남겨져서 소파 위에서 무릎을 안고 있고, 정신이 들고 보니 밤인 상황이 생길지도 모른다.

그것을 생각하면, 미리 제대로 시간을 만들어둬야 할 것이다.

"⋯⋯그런데 레피는?"

"레피르는⋯⋯ 침실의 상황을 보러 갔을 때는 없었어요."

"⋯⋯그게, 언젠데?"

"아, 아침이었을까요?"

페르메니아의 눈이 자유형으로 헤엄쳤다. 기억도 태도와 마찬가지로 모호한 것 같다.

어쨌든, 그쪽도 그쪽대로 밤을 샌 모양이다. 그녀도 다른 세계에 와서 보내는 첫날 밤은 진정이 되지 않을 걸까.

"레피르 씨라면 일어났어."

"그래."

"스이메이를 부르러 가기 전에 내가 홍차를 만들어줬거든."

"아, 저도 마시고 싶어요. 이쪽 세계의 차에는 관심이 있어요."

"그럼 가자. 만들어줄게."

발걸음도 가볍게 셋이서 거실로 갔더니 레피르는 소파 위에서 우아하게 아침 티타임을 즐기고 있다. 페르메니아와 달리 빨간 포니테일을 깔끔하게 묶고 옷도 평상복으로 갈아입었다. 등도 꼿꼿이 세우고, 컵에 입을 대는 모습이 무척 어울렸다.

그런 그녀에게 먼저 인사했다.

"안녕."

"아, 안녕. 스이메이. 페르메니아 양도 안녕."

"안녕하세요."

"그 모습은, 역시 밤샌 거야?"

"에헤헤……."

레피르의 예상대로라는 듯한 옅은 미소에 페르메니아는 조금 전처럼 얼버무리며 웃었다. 그리고 그대로 레피르의 옆에 앉았다.

레피르가 베란다에 눈길을 주고, 어딘가 안타까운 심경을 내비치듯 말했다.

"여긴 별이 안 보이네."

분명 그녀의 말대로 현대의 밤하늘은 이세계의 밤하늘에 비하면, 보이는 별의 수가 적을지도 모른다. 그만큼 현대 세계의 대기 오염 정도가 심하다는 뜻이리라.

"레피는 계속 밖에 있었어?"

"응. 이 세계가 어떤 건지 내 나름대로 느끼고 있었어."

"그 감상은?"

"뭐랄까. 균형이 나쁘다고 하면 되려나. 저쪽에서는 언제나 느끼는 힘이 무척 약하게 느껴져."

언제나 느끼는 힘……처럼 뉘앙스가 모호해지는 경향인 것은 그것이 말로는 표현하기 어려운 『신비』라는 힘이기 때문일 것이다. 이쪽 세계에는 과학 기술이 낳은 것이 만연해 있어서 자연적인 힘은 거의 쫓겨난 상황에 있다. 그것이 신비에도 영향을 끼쳐 그녀가 말하는 감각을 만들어내는 것이다.

"그건 그렇고, 내 홍차는 어땠어?"

"아. 아주 맛있어. 꽤 고급인 거 아냐?"

"당연하지. 어쨌든 천재인 내가 고른 홍차니까."

하이데마리는 그렇게 말하면서 대면식 부엌에 서서 페르메니아의 홍차를 만들었다. 그런 그녀와 마찬가지로 스이메이도 부엌에 섰다.

쓰는 것은 부엌 끝에 놓인 드리퍼다.

"스이메이는 커피? 내가 할까?"

"내 건 내가 내릴게. 우리 집 커피는 내가 담당이야."

그렇다. 스이메이가 집의 커피를 관리한 건 훨씬 옛날부터다. 아버지에게 커피를 만들어줘야 하는 것이 학교에서 돌아온 스이메이의 일과였다.

아들이 내린 커피를 마시는 것이 부모의 특권이라는, 전혀 의미를 알 수 없는 주장을 듣고 하루에 한 잔은 반드시 만들어야 했다. 아버지가 인정하는 맛을 내기까지 과연 얼마나 시간이 걸렸을까. 좋은 원두만 있으면 카페 커피 수준의 맛도 낼 수 있을 거다.

스이메이도 예전에는 우유와 설탕을 넣지 않으면 마시지 못했지만 오히려 마술사로서 자립한 지금은 그걸 마실 수 없어졌다. 불쾌해서 토해버리고 마는 것은 예전의 자신과 결별한, 어떤 종류의 저주였을지도 모른다.

드리퍼에 종이를 깔고, 마술로 보존해둔 신선한 간 원두를 넣었다. 80도에서 90도 정도의 뜨거운 물을 골고루 간 원두에 붓자 희미하게 김이 일었다. 가장자리를 따라 부으면 드리퍼의 가장자리를 타고 물이 안에 떨어지고 만다. 그만큼 커피가 연해져서 처음에 생각했던 맛과 오차가 생기므로 그곳에는 절대로 붓지 않도록 주의한다.

반년 만에 맡는 커피 향에 스이메이의 눈이 점차 초롱초롱해졌다.

거실에도 그 향기가 전해졌는지 페르메니아가 코를 벌름거렸다.

"향기가 아주 좋아요."

"그렇지? 역시 아침의 시작은 커피야."

"커피……요?"

"콩을 갈아서 만든 차야."

"홍차의 친척쯤일까요…… 상당히 까맣네요."

"그렇지."

커피도 옛날 일본에서는 콩차라고 불렀을 정도다. 차의 친척이라는 인식으로 충분하리라. 자세히 이야기하면 끝이 없다.

페르메니아도 레피르도 흥미진진하게 보고 있다.

"스이메이가 만든 건 너무 쓰고 시큼해서 안 마시는 게 좋아. 마시고 싶으면 다른 콩을 써서 우유랑 설탕을 듬뿍 넣어야 해."

"그건 네 취향이잖아?"

"오히려 스이메이가 너무 무리하는 거 아냐? 그건 아저씨

밖에 못 마셔, 분명."

"그럼 나는 아저씨네."

"어이, 중년."

"중년이라고는 하지 마, 진짜로."

한동안 하이데마리와 무의미한 대화를 집요하게 늘어놓다가, 그것이 잠잠해졌을 때.

"마리, 또 부탁이 있는데."

"이번엔 뭔데?"

"어제 잠옷에 이어서 미안한데, 또 세 사람이 입을 무난한 옷을 좀 준비해줘."

"아. 그렇지. 그건 필요하지."

그 이야기를 듣고 있던 레피르가 문득 인상을 썼다.

"이 옷으로 밖에 돌아다니는 건 안 돼?"

"안 되는 건 아닌데."

"눈에 띈다는 거군요."

페르메니아의 말에 스이메이는 끄덕였다.

"응. 리리아나 건…… 뭐, 어떻게든 되겠지만, 메니아랑 레피 건 외국 거라고 쳐도 이세계 색이 강하니까. 청바지나 원피스 같은 무난한 거로 입으면 좋을 것 같긴 해. 제대로 멋 부리고 싶으면 쇼핑하는 날을 따로 잡겠지만."

리리아나의 차림은 고스 로리라서 그럭저럭 넘길 수 있겠지만, 레피르의 복장에 가장자리 장식, 페르메니아의 차림은 그야말로 코스프레가 돼버릴 가능성이 있다. 밖에 나가기 위해서는 반드시 이쪽의 옷을 준비해야 한다.

"좋아. 확실히 눈에 띄긴 하네."

"……너도 어지간하지만 말이지."

"나는 철저히 속이고 있어."

하이데마리도 옷을 갈아입지 않는 것은 아니지만, 매지션 풍의 차림을 유난히 좋아한다. 게다가 언제나 그렇기 때문에 평소에도 속이기 위한 마술 사용이 빠질 수 없다.

본인에게는 여러 가지로 고집하는 바가 있는 모양이다.

이야기가 마무리됐을 때, 오늘의 메인이벤트를 꺼냈다.

"레피. 좀 쉬었으면 옆집에 갈까."

"──?! 아아!"

스이메이가 목검을 휘두르는 시늉을 하자, 레피르가 들뜬 목소리로 외쳤다.

그녀도 페르메니아와 마찬가지로 밤을 샌 모양이지만, 기력은 충분한 모양이다. 별을 보지 못한 안타까움이 어디로 갔나 싶게 눈에는 불꽃이 어른거렸다.

★

──레피르를 쿠치바 저택에 데리고 가는 것.

이것은 스이메이가 현대 일본에 돌아와서 반드시 하려고 생각했던 것 중 하나다.

지금 그녀는『적에게 약점을 잡혀 있다』『칼끝이 매끄럽지 못하다』 같은 몇 가지 고민을 가지고 있다. 이번에 스이메이는 그 해결의 실마리가 되었으면 하는 마음으로 레피르를 쿄시로에게 소개해주기로 했다.

쿠치바 쿄시로. 역량은 인외의 경지에 있으면서 인계의 경지를 떠돌며, 검사로서 아득히 높은 곳에 있는 존재다. 그런 남자라면 레피르가 안은 고민의 핵심을 건져 올려, 분명한 해결책을 제시해줄지도 모른다고 생각했으므로.

그래서 어제와 마찬가지로 옆집 쿠치바 저택, 일본 가옥을 방문하게 되었다.

지금 스이메이의 옆에는 레피르가 있다. 시합을 앞둔 듯한 작은 떨림에 사로잡혀 어딘가 흥분한 모습을 구석구석 풍기고 있다. 그녀 자신도 인정하는 검 실력인 하츠미. 그 아버지이자 스승. 그런 사람을 만나는 것이다. 동작 하나하나에 들뜬 기색이 훤히 보이는 것은 지극히 당연하다고 할 수 있으리라. 지금은 하이데마리가 준비해준 옷을 입고, 세상과 동떨어진 미모를 제외하면 거의 요즘풍이다. 무난한 티셔츠에 청바지로 보이시한 차림을 완성했다.

도장에 가니 스이메이는 좀 더 편한 복장이 좋지 않겠냐고 그녀에게 권했지만.

"이것도 충분히 편해. 이 세계 옷은 전부 훌륭해."

라는 대답이 돌아왔다. 그러고 보니 원피스를 입은 페르메니아도 옷의 질이 좋다고 좋아했었다.

"합성 섬유, 랬나? 이 세계 옷은 전부 따끔거리지 않아?"

"저쪽 같은 옷이면 불량품으로 반품될 정도로는."

"그건…… 그래도 이걸 알아버리면, 후후후, 이제 돌아갈 수 없을지도 몰라."

"그건 할 수 없지."

둘이서 그런 농담을 주고받으며 걷다 보니 이윽고 쿠치바 저택 앞에 도착했다.

레피르는 문득 문을 올려다보고는 무엇을 생각했는지 옆의 야카기 저택에도 시선을 줬다.

"스이메이 집이랑은 상당히 분위기가 다르네."

"우리 집은 해외의 마술 체계를 도입한 영향으로 **물들어** 버린 모양이라 저런 느낌이야. 일반적인 건 주변에 있는 집. 하츠미 집은 이 나라의 전통적인 건축이야."

"이쪽은 차분한 분위기가 느껴져."

"전통 저택은 좋아."

스이메이는 응응 하고 끄덕였다. 서양 저택에서 태어났음에도 불구하고 다다미방에서 정신적인 평온을 느끼는 것은 일본인이라서일까. 이것은 이미 DNA 때문이라고 말할 수밖에 없으리라.

스이메이는 그런 생각을 하면서 서슴없이 쿠치바 저택으로 들어갔다.

그걸 본 레피르가 놀라서 눈을 동그랗게 떴다.

"……마음대로 들어가도 돼?"

"여기는 뭐, 또 하나의 우리 집 같은 곳이니까. ──유키오 이모~. 계세요~? 계시죠~?"

늘어진 목소리로 부르자 이윽고 현관의 칸막이 안쪽에서 하츠미의 엄마 유키오가 나타났다.

언제나처럼 기모노 차림을 한 유키오가 탁탁 하고 슬리퍼 소리를 퍼뜨렸다.

"스이메이, 어서 와요. 뒤에 있는 분이 어제 말했던 친구죠?"

"레피르 그라키스라고 합니다."

"인사 고마워요. 하츠미의 엄마 유키오라고 해요."

머리를 숙였던 레피르는 유키오의 모습을 다시 보고 눈을 끔벅거렸다. 아마도 유키오가 엄마라고 말한 것에 놀란 것이리라. 쿄시로도 유키오도 고등학생의 부모라고 하기에는 외모가 지나치게 젊다.

"아름다우세요."

"어머나, 말씀도 잘하셔라. 항상 그렇게 늠름하게 허풍을 떨면 여자를 울릴 거예요!"

"아뇨, 그런 쪽은 스이메이만 못 해요."

"후후후, 그건 그래요."

"……뭔가, 어제에 이어서 엄청 이야기 재료가 되고 있는 느낌인데."

실컷 이야깃거리가 되고 있는 사실에 스이메이가 떨떠름해하자, 두 사람은 미소 지었다. 스이메이는 레피르와 유키오의 대화가 끝난 것을 가늠해 물었다.

"유키오 이모. 사범님(선생님)은 지금 어디 계세요?"

"도장에 갔어요. 오늘은 훈련이 있으니까요."

"아~. 오늘은 있나~."

굼뜬 목소리에서 그 성가심이 느껴진다.

이대로 도장에 가면 다른 제자들과 마주치게 될 거다.

스이메이는 기본적으로 그들과는 사이가 나쁘다. 그래서 갑자기 외부인을 데리고 가면, 트집을 잡는 사람이 있을지도 모른다는 것은 충분히 생각할 수 있었다.

그러나 생각해도 소용없으니 생각하는 걸 관뒀다.

어찌 됐든 쿄시로에게 레피르를 소개해야 하므로.

"이쪽으로 오세요."

유키오의 안내에 따라 레피르와 함께 신발을 벗고 집 안으로 들어갔다.

툇마루에서 보이는 것은 구석구석 손질된 아름다운 정원이다. 레피르가 이세계에는 없는 풍정의 정원을 보고 감탄사를 흘렸다.

"루메이어 님이 달을 보면서 한잔 하고 싶다고 할 것 같은 정원이네."

"어~. 그 여우 길드 마스터라면 그런 말도 할 것 같아."

그런 대화를 하다 보니 이윽고 도장에 도착했다. 미닫이 문을 열자, 하츠미를 포함한 제자들이 도장 끝에 나란히 앉아 있었다.

이제부터 훈시가 있는 걸까 아니면 선(禪)이라도 하고 있었던 걸까. 스이메이가 들어가자 술렁임이 일었다. 그것은 역시라고 할까, 당연히 놀랐을 것이다.

지금까지 도장에 나오지 않고 도대체 뭘 했던 걸까.

그런 생각을 하고 있는 게 틀림없다. 시선의 성질도 별로 좋지는 않았다.

그렇게 생각되는 것은 스이메이가 도장에 나오지 않는 일이 많아서 그들에게 불성실하다고 낙인 찍혀서다. 물론 거기에는 이유가 있지만, 그걸 말해서 납득시킬 수도 없다.

어쨌든 스이메이는 먼저 불단에 절하고, 레피르에게도 하게 했다.

(스이메이. 별로 환영받지 못하는 분위기 같은데?)

(나 때문이야. 미안하지만, 자리가 거북한 건 참아줘.)

몰래 그런 대화를 하면서 절을 끝낸 스이메이는 어떤 것을 알아차렸다.

"아? 돌아왔구나, 하세토."

"네. 오랜만이에요. 스이메이 형."

말과 함께 머리를 숙인 것은 쿄시로를 닮은 미남이었다. 앞머리를 뒤로 쓸어 넘긴 긴 머리. 도복 차림에 옆에는 목도가 놓여 있다.

하츠미의 남동생인 쿠치바 하세토였다.

"사정은 이미 들었지?"

"네. 그 스이메이 형이 꽤나 대담한 일을 했구나 생각했어요."

"어이, 그게 뭐야? 내 잘못이 돼 있잖아."

"하하. 농담이에요."

비난 섞인 집요한 시선에 하세토가 쾌활하게 웃었다. 그 웃음은 아버지인 쿄시로를 꼭 닮았다. 스이메이도 하세토와는 하츠미와 마찬가지로 오랜 사이다. 어릴 때는 하츠미 때와 같이 잘 돌봐줘서 꽤 존경받고 있었다.

오랜만에 보는 사촌 동생과 편하게 담소를 나누는데, 불쑥 험악함이 밴 목소리가 들렸다.

"어이 너, 도장에도 안 나오고 지금까지 뭐 했어?"

"응? 아아, 스와 씨네."

비난 섞인 투로 말한 것은 도장에서도 유망주로 평가받는 청년이었다. 자신의 실력에 자신이 있고, 유난히 선배티를 내는 타입이라 여기서 이렇게 강경 발언을 하는 거다.

그런 주제넘은 눈총에 스이메이는 어디서 부는 바람이냐는 듯 어깨를 움츠렸다.

"관둬, 관둬."

바로 말린 것은 쿄시로다.

"사범님, 하지만!"

"손님 앞이다."

"그렇다고 그러시면 후배한테 본보기가 못 됩니다!"

"본보기라……."

쿄시로는 말리고 싶은 건지 말리고 싶지 않은 건지 태도는 모호하고 분명하지 않다. 한편 하츠미는 스와의 말에 초조해지기 시작했는지 안절부절못하는 모습을 보이기 시작했다.

……분명 신비 관련 일로 해외로 나가는 일이 잦아서 훈련에는 참가하지 못했고, 검사로서의 도리를 지나치게 가지면 마술사로서 대성하지 못한다는 아버지의 뜻으로 도중부터 제대로 된 훈련을 할 수 없어졌다. 불성실하다는 평판은 어쩔 수 없다고 할 수 있다. 그러나 그 부분도 쿄시로는 이미 알고 있기에 그가 뭐라고 하는 일은 없다.

어쨌든 당연히 다른 사람은 그것을 알 리 없다.

의외로 쿄시로가 강하게 나오지 않아서였을까. 말 많은 무리가 떠들기 시작했다.

보통은 여기서 다시 한번 쿄시로가 부드럽게 꾸짖지만 역시 그런 모습은 없다. 단지 의미 있는 듯한 시선을 보내올 뿐이다.

이제 그만 직접 수습해. 이건 그런 뜻일지도 모른다.

"어이, 뭐라고 말해봐!"

"…………."

"무시하는 거냐!"

도장에 울려 퍼진 한층 큰 목소리에 한숨이 멈추지 않는다. 아이고, 네가 그러고도 검사냐. 도장에서 선을 하니 좀 더 차분함을 가지라고 말하고 싶어진다.

전혀 입을 열지 않는 스이메이에 스와가 일어나려 한 순간,

"——닥쳐."

스이메이는 그렇게 한마디했다.

분위기를 제압하기에는 그 중얼거림 하나로 충분했다.

마술사의 위압── 사이킥 콜드(심령 한기)로 강제로 침묵시켰다.

신비가 작동하고, 도장의 체감 온도가 단숨에 내려갔다. 떠들고 있던 입도 혀도 전부 마치 얼어붙은 듯이 움직임을 멈췄다. 조금 전까지 불평이나 분노로 높아져 있던 열기가 마치 환영이었던 것처럼 흩어졌다.

너무 쉽게 잠잠해진 것에 스이메이의 입에서 또 한숨이 새어 나왔다. 말하는 거 치고는 내성이 없구나 생각하면서 곁눈으로 엿보니, 위압이 통하지 않은 것은 쿄시로를 포함해 다섯 명 정도다. 스이메이는 그것을 확인한 후 스와 쪽으로 걸어갔다. 위에서 노려보듯이 화안금정(火眼金睛)을 드러내자, 활개를 칠 대로 치던 청년은 마치 가위에라도 눌린 것처럼 얼어붙었다.

"……지금까지는 체육 쪽에서 하는 말을 하기 싫어서 잠자코 있었는데, 내가 더 선배야. 그 부분은 제대로 알아두라고."

"큭…… 하, 하지만……."

"무슨 불만을 말하고 싶으면 지금 당장 움직여서 해…… 까진 안 바래. 그래도 거들먹거릴 거면, 적어도 제대로 떠들 수 있을 만큼 배짱이 있을 때 하라고. 알았지?"

그렇게 말하고 레피르 곁으로 돌아가기 위해 발길을 돌

렸다.

그리고 문득 떠오른 듯이 뒤돌았다.

"그리고 말해두는데, 네가 하고 있는 훈련은 내가 열 살 때 이미 끝났어."

스이메이가 그렇게 말을 끝맺고 위압을 풀자, 서서히 경악한 목소리가 터지기 시작했다.

이윽고 도장 안쪽에서 웃음소리가 들려왔다.

새어 나온 소리 죽인 웃음의 주인은 쿠치바 쿄시로 그 사람이다.

"크크크…… 스이메이. 내 도장을 얼리지 마."

"죄송합니다."

스이메이가 순순히 머리를 숙이자 스와가 쿄시로에게 물었다.

"사, 사범님. 지금 이 말은."

"그래. 말한 대로다. 스이메이는 기초를 열두 살 때까지 전부 마스터했어. 여러 가지 사정이 없었으면 우리 도장에서 강사를 시켰을 정도의 실력이긴 해."

스와는 곰 같은 외모의 중년에게 매달리는 듯한 시선을 보냈다.

현재 쿠치바 도장에서 강사를 하고 있는 남자다.

"가, 강사님……."

"이 도장은 대리 사범(하츠미 양)보다 야카기 군이 고참이니까. 그렇게 말하면 아무도 반박 못 해."

그의 말대로 스이메이가 쿄시로에게 검을 배우기 시작한 것은 도장이 생긴 직후다. 어떤 의미로 스이메이가 그의 첫 번째 제자이기도 하다.

문득 강사로 불린 남자가 스이메이 쪽을 향했다.

"소년. 평소에도 그 강렬한 위엄을 발산해주면 도장 분위기도 긴장될 텐데 말이야. 안 그렇습니까, 사범님."

"당연하지. 그 녀석은 내가 형님으로 따르던 남자의 아들이라고. 약할 리가 없지. 모르는 녀석은 다 저 녀석한테 속고 있는 거야. 안 그러냐, 하츠미."

"나, 난 스이메이가 강한 것 정도는 알았어!"

"정말이냐?"

그런 하츠미와 쿄시로의 대화를 듣고 스이메이가 낯간지러운 듯이 뒤통수를 긁고 있자, 문득 뒤에서 불단에 박수를 보내는 소리가 들려왔다.

언제 왔는지 긴 흑발을 늘어뜨린 소녀가 불단에 예를 올리고 있었다.

하이데마리의 까만 머리와는 다른 종류의 남빛으로 아름답게 빛나는 흑발. 양쪽 눈 밑에 점이 있고 중세적인 미모를 가졌다. 요조숙녀의 체현. 완벽한 일본 미인이다. 분위기는 유키오를 더욱 청초하게 한 것이고, 차분하다. 존재가 희미하게 느껴질 만큼 기척이 몹시 희박하다.

"이츠키네."

"오랜만이에요, 야카기 씨."

스이메이의 목소리에 응답한 소녀는 다정한 미소를 지으며 머리를 숙였다.

　그녀는 쿄시로에게 검을 배우고 있는 다른 유파의 사람이다. 그 역량은 높으며 하츠미와 동격이다. 스이메이 정도의 검 실력으로는 대적하지 못할 만큼 강하다.

　"조금 전 싸늘한 걸 느꼈는데 무슨 일이 있었어요?"

　"아니, 별거 아니야. 오래 비워서 미안했어."

　"아니에요. 걱정했지만, 두 사람이니 큰일은 없을 거라고 생각했어요."

　"하츠미랑은 이미 시합한 거냐."

　"네. 조금 전 마당 앞을 빌려서 세 번 정도."

　스이메이가 묻듯이 하츠미에게 시선을 향하자 그녀는 겁 없이 미소 지었다.

　"1승 1패 1무야."

　"지금의 너로 말이냐."

　"응. 역시 이츠키 씨야. 정신이 들었어."

　히츠미와 이츠키. 두 사람은 서로 웃었다. 동갑인 것도 있어 평소에 사이가 좋다.

　그때 이츠키가 레피르에게 시선을 향했다. 그 눈동자에는 분명한 참의와 호전적인 빛이 번쩍번쩍 빛나고 있었다. 그런 눈을 한다는 것은 그 실력을 간파한 것이다.

　그리고 그것을 진실이라고 나타내듯이,

　"그쪽 분도 상당한 실력으로 보이네요."

"하츠미 양과 실력을 겨룰 정도의 분이라. 반드시 겨뤄보고 싶어."

"네. 기회가 있다면."

레피르가 가볍게 무위를 향한 순간, 험악한 낌새와 함께 이츠키의 주위를 **무음이 지배했다.**

음(音)이 죽다. 그런 말이 어울릴 듯이 부자연스러운 정적 탓에 몸을 꼼짝거리는 소리, 숨결 소리조차 들리지 않는다.

무음에 스스로 가라앉은 검사에 스이메이는 당황했다.

"어이, 이츠키. 선생님한테 봐달라고 데리고 온 거야. 미안하지만 나중에 해줘."

"아, 죄송해요. 나도 모르게 그만."

이츠키가 낌새를 풀자, 소리가 돌아온 것 같은 감각을 느꼈다. 그리고 설핏 미소 지었다.

"그럼, 먼저 실례할게요."

그녀는 그렇게 말하며 머리를 숙인 후 도장의 빈 곳에 정좌하고 앉았다.

(역시 다들 우수하네.)

(저 녀석이랑 하츠미, 하세토, 곤다 씨는 특별하니까.)

스이메이는 레피르와 작은 목소리로 대화를 나누다가 문득 깨달았다.

"아, 사범님. 작법은……"

"신경 안 써도 돼. 그런 걸 처음부터 가르치고 있으면 날이 저물어버리고 말지."

스이메이가 레피르를 안내하듯이 이끌어, 쿄시로의 앞에 앉게 했다. 정좌는 익숙하지 않을 테니 편한 자세로 앉게 하자, 쿄시로 쪽에서 말을 걸어왔다.

"그래서, 조언이 필요하다는 건 자넨가?"

"네. 레피르 그라키스라고 합니다."

"이야기는 미리 들었다. 자, 딱딱하게 굴지 말고 편하게 해."

"배려해주셔서 감사합니다."

그렇게 말하며 레피르는 가볍게 머리를 숙였다. 그리고 얼굴을 들어 쿄시로의 얼굴을 물끄러미 쳐다봤다.

"…………."

그런, 이상한 얼굴이다.

"왜 그러나?"

"아뇨. 하츠미 양의 아버님이라고 들었습니다만."

"그래. 아버지가 틀림없지."

"……아내분도 그러셨지만, 젊으시네요."

"뭐, 이래 봬도 올해로 마흔다섯이야."

"…………."

쿄시로의 말을 듣고 레피르의 눈이 동그래졌다. 유키오외 외모도 삼십 대 정도로 젊지만, 쿄시로는 더욱 젊다.

"요괴라니까~."

"요괴야~."

"정말 그래."

아들, 딸, 조카에게 그런 말을 듣고 쿄시로가 욱하고 인상을 썼다.

"너희들."

쿄시로가 말했지만, 모두 미리 짠 듯이 눈을 피했다. 호흡이 척척 맞는 스이메이 일동이다.

어쨌든 스이메이는 레피르에게 물었다.

"……그래서, 처음 본 감상은 어때?"

"무서워."

"뭐?"

"뭘까. 완전히 평범하게만 보이니까. 네가 강하다고 하니까 의심할 여지도 없어. 하지만 그 편린이 전혀 보이지 않아."

"그렇지. ──사범님, 사기래요."

"사기꾼 운운은 네가 할 말도 아닌 것 같은데."

레피르에게 새삼 지적을 듣고 스이메이는 혀를 내밀었다.

그러자 쿄시로가 갑자기 일어났다.

"바로 할까."

"괜찮으세요? 도장의 훈련이 있는 거 아닌가요?"

"괜찮아. 보기만 하는 것도 수행이 되니까."

쿄시로는 목도가 놓인 벽 쪽으로 걸어가 고르듯이 시선을 굴렸다. 그 눈빛은 사냥감을 노리는 매처럼 날카로운 것──이 아니라, 항아리나 분재를 애매하게 쳐다보는 아마추어 감정사 같은 눈빛이다.

음 하고 멀리서 보듯이 어딘가 미덥지 못한 데가 있었다.

그리고 뭔가 마음에 드는 것을 발견했을까.

"그래. 자네 무기를 대신할 만한 건 없지만, 이건 어때?"

쿄시로는 레피르에게 긴 듯한 목검을 건넸다. 길이는 그녀의 무기보다 조금 짧고 폭도 없지만, 현재 도장 안에 있는 목검 중에서는 가장 비슷해 보인다.

쿄시로가 전혀 묻지도 않고 건넸기에 레피르는 당혹감을 드러냈다.

"저기, 제 무기를."

"자네 건 폭이 넓은 커다란 검이지? 폭이 넓은 쪽이군."

레피르에게 돌아온 것은 장난꾸러기가 지을 법한 미소다. 문득 레피르가 알려줬냐고 묻는 듯한 시선을 보내왔지만 스이메이는 고개를 가로저었다.

스이메이도 봐줬으면 하는 검사가 있다고만 했을 뿐, 그런 것까지는 말하지 않았다.

"그 정도는 알아."

한편 쿄시로는 이렇다. 큰소리치듯 그렇게 말하고 껄껄 웃는 모습은 역시 보통내기 같지 않은 꺼림칙함이 어른거렸다.

그리고 목검을 쥔 레피르의 표정은 기대에 찬 희미한 미소다. 쿄시로의 비범함을 깨닫고 검사로서의 흥이 부풀어 오른 것이다.

그녀가 바로 대결할 위치로 가서 서자,

"흠? 호호……."

먼저 외친 것은 쿄시로였다.

자세만 보고도 아는 것이 있었던 것이리라. 빈틈없는 자세를 취하는 것은 있을 법한 일이지만, 일부러 틈을 만든 자세를 취한 것에서 경험이 풍부하다는 것을 간파했을까.

레피르는 양손으로 목검의 자루를 쥐고, 겨드랑이를 조이고 섰다. 한편 쿄시로는 어깨에 목도를 얹고 아무렇게나 서 있다.

단지 그뿐이다.

이윽고 레피르가 뛰어들고…… 시합이 시작됐다.

격렬함은 없다.

그저 가볍게 미리 짠 것 같은, 약속된 대련이라도 하는 움직임이었다.

스이메이의 눈으로 봐도 싸우는 폼이 레피르답지 않았다. 강철 검을 내지르며 상대를 압도하는 검술을 구사하는 레피르치고는 지나치게 얌전하다. 평소에는 검격 시에 기합 소리를 넣는 데 반해, 공격할 때마다 고심하는 목소리가 새어 나오고 있다.

그렇게 만드는 것이다. 쿄시로가. 아무리 무위를 검에 담아도 소리를 질러 압력을 걸려 해도 쿄시로가 검을 휘두르면 그것에 맞추듯이 움직이고 만다. 그렇게 하게 돼버리는 거다.

그러지 않으면, 쿄시로의 검을 받을 수 없으므로. 레피르도 이치를 초월한 직감으로 그것을 느끼고 있어서다.

한쪽은 양손, 한쪽은 한 손. 레피르가 전력을 다해 밀어붙여도 쿄시로에게 검이 닿는 일은 없다. 반대로 쿄시로가 공격에 나서면 레피르가 양손으로 검을 받쳐도 밀려나는 상황이다.

당연히 여기에 남자와 여자의 근력 차이는 감안되지 않는다. 레피르의 완력에는 언제나 초월적인 힘이 가미돼 있고, 쿄시로도 생긴 것처럼 예쁘장한 남자가 아니다.

레피르의 상대가 하츠미였다면 기술 한두 개는 걸었을 것이다. 그러나 쿄시로가 기술에 호소하는 일은 없다. 오직 목도를 휘두르고 받을 뿐이다. 그럼에도 이런 상황이다.

그것이 깨달은 자의 경지. 무술을 익히면 행동거지가 정돈되듯이『도달』하여, 사소한 움직임에도 이해를 초월한 도리가 깃든다. 눈에 띄게 이상하다. 이치에 닿지 않는다. 조화롭지 않다. 그럴 텐데도 오히려 저울은 쿄시로 쪽으로 기울어진 모양새다.

한편 주위에서는 경악한 목소리가 터져 나왔다. "저 정도로 물고 늘어질 수 있는 거냐", "공격하고 있어" 등, 모두 레피르의 실력을 칭찬하는 목소리뿐이다. 그만큼 쿄시로의 실력을 엄청난 것으로 인지하고 있다는 뜻이기도 하지만.

이윽고 일단락됐는지 두 사람이 간격을 두기 시작했다. 대결 전과 마찬가지로 태연한 얼굴의 쿄시로에 반해, 레피르는 기진맥진이다. 땀범벅이 된 채 어깨로 숨을 쉬고 있다.

급기야 그 자리에 무릎을 꿇었다.

"……스이메이, 얼마나 지났어?"

"5분 정도. 몰랐어?"

"……응, 시간이 뒤죽박죽이 돼."

그만큼 집중력이 높아져 있었다는 것이다. 주위가 보이지 않는다는 것은 치명적이지만, 그녀 정도의 실력이 있어도 그렇게 하지 않으면 버틸 수 없었던 것이다.

"그랜드 마스터. 한 시합 더 부탁드려도 될까요."

"아니, 조금 쉬어."

"하지만 저는 아직……."

"힘이 남았다고? 그런 얼굴 하지 마. 안달해봤자 강해질 순 없어."

일단 진정하라며 쿄시로는 레피르를 타일렀다. 한편 레피르도 시합으로 뜨거워지기는 했지만, 상위자의 말에 제대로 귀를 기울이는 침착함은 유지하고 있었던 모양으로.

"압니다. 하지만, 저는 한시라도 빨리 강해지고 싶습니다."

"그러니까 한 번이라도 더 많이 검을 겨루고 싶다고?"

"네."

"뭐, 그 마음은 알아. 그래도 말이야, 강해지기 위한 지름길은 없고, 조급해한다고 길을 빨리 나아갈 수도 없어."

"…………."

납득하지 못한 걸까. 불만을 드러내지는 않지만, 그녀의 눈동자에는 납득하지 못한 빛이 역력했다.

쿄시로도 그것을 알았을까.

"——그럼, 누구나 쓸 수 있는 최강의 검을 보여주지."

쿄시로는 갑자기 그런 말을 하고는 상단(上段) 자세를 취했다.

그렇다. 상단이다. 흔해 빠진, 아무 특별할 것도 없는 자세다.

그리고 거기에는 그것 외에 아무것도 없다. 아무리 주시해도 쿄시로가 기괴한 기술이나 묘수를 숨기는 것처럼은 보이지 않았다.

"……그랜드 마스터. 설마, 위에서 아래로 내리치기만 한다고, 요?"

"명답이야. 그 설마다."

"그런 단순한 검이 최강이라는 건."

레피르도 납득이 가지 않는 모양이다. 놀린다고 생각하는 건지 눈에는 의심의 빛이 담겨 있다.

그러나 쿄시로는 지극히 태연한 모습이다.

"그 단순한 검을 갈고닦는 게 이 세상에서 제일 어려워. 나도 아직 도달하지 못했어. 이걸 지금 알고 쓸 수 있는 녀석은 세상에 세 명 있을까 말까 할 정도다. 하──."

기합…… 아니, 그것이 기합이었는지도 도장에 있던 전원은 판단할 수 없었다. 열풍이 불어 닥친듯한 착각에 살갗을 태운 후, 그것이 쿄시로의 가공할 만한 무위였던 것을 깨닫고── 목도의 끝이 도장 바닥에 내리쳐져 있었다.

마술사의 눈으로조차 포착할 수 없는 검섬(劍閃)은 번개 같은 일도(一刀)다.

눈앞에 있던 레피르조차 반응하지 못한 것이리라.

언제 내리쳐질까. 아니, 그게 아니다. 이 검은 겨눈 순간 【이미 내리쳐져 있었다】라는 사실이 세트가 되어 있다.

위에서 아래로 내리치는 검은 최강이다. 그것을 철저히 믿고 있기 때문에야말로 쓸 수 있는 검. 최강의 검이기에 피할 수 없다. 이 검을 깨는 것은 그 최강의 믿음을 철저히 깨부수는 데 있으므로.

그렇기에 최강이다. 쉽다라고 부를 차원이 아닌, 이미 불가능의 영역에 도달해 있다.

"⋯⋯⋯⋯⋯."

레피르는 청천벽력을 목격한 것처럼 멍해 있었다. 쿄시로의 손을 보는 걸까, 아니면 목도를 보는 걸까.

"⋯⋯강한 녀석은 누구든 이걸 쓴다. 아래로 끌어당기는 힘을 거스르면 거스를수록, 검은 그 기세가 꺾이는 법이니까. 설령 어떤 수단을 강구하더라도, 그걸 영으로 만들 수는 없어."

쿄시로는 노래하듯이 그렇게 말하고, 아직 망연자실해 있는 레피르에게 물었다.

"이봐, 레피르. 너는 지금 걸 보고, 자신도 이걸 쓰고 있는 모습을 떠올릴 수 있나? 없지? 그건, 그 비전을 볼 수 있을 만큼의 밑바탕이 너에게 깔려 있지 않기 때문이다."

"그, 건."

"극단적으로 말하면, 너는 해야 할 것을 제대로 하려 하지 않고, 지금 상태에서 단번에 이걸 익히려 하고 있는 거나 마찬가지다. 그렇게 막무가내로 하면, 검의 길도 잃는 게 당연해."

"──! 하지만, 저는 강해져야만 해요. 그 답을 구하는 게, 잘못된 걸까요?"

"그거야. 너 정도 실력이 되면, 이미 안이하게 어떤 단련을 하면 될까, 무엇을 목표로 하면 될까 하는 차원이 아니야. 그러니까──."

쿄시로는 거기서 한 번 말을 자르고, 핵심을 들이밀었다.

"어떻게 하면 되냐, 뭘 하면 되냐, 그런 안이하게 답을 찾으려고 하지 마. 거기에 답이 있다고 설정하고 쫓아가도 그건 네가 만든 환영이다. 그런 건 결국 어디에도 존재하지 않아. 그래도 무언가를 구한다면, 마음가짐을 바꾸는 게 좋아."

"마음가짐, 요?"

"이건 네 검의 또 하나의 문제야. 너는 질 수 없다는 생각이 너무 강해. 그렇지?"

"그건…… 네."

쿄시로의 말을, 레피르는 긍정했다. 그 말대로, 레피르에게는 질 수 없는 싸움이 기다리고 있었다. 그렇다면, 그 생각이 강하게 나타나는 것은 당연했다.

"검사는 검에 죽는 것이야말로 숙원이다. 끊임없이 검만을 생각하고, 싸우다가 죽는 것이야말로 인생이라고 생각하지 않으면 검사로서 대성하지 못해. 언제라도 검에 죽어도 좋다는 생각이 없으면, 결코 강해질 수 없는 법이다. 그래서 검사는 낙천적인 인생관으로 풍류를 즐긴다. 언제 죽어도 후회를 남기지 않기 위해서 말이지. 너는 그런 녀석을 본 적 없나?"

"___."

쿄시로의 물음에 레피르는 이번에야말로 말문이 막혔다. 그것은 물론, 짚이는 것이 있어서다. 루메이어 테일. 현재 레피르에게 가장 가까운 검사이자, 분명 낙천과 풍류를 즐기는 사람이다.

쿄시로는 레피르의 태도로 짐작했는지 겁 없는 미소를 지었다.

"있잖아. 그럼, 너도 내가 하는 말을 알 거다."

쿄시로는 그렇게 말한 뒤 목도를 옆으로 눕혀 들고, 묻지도 않은 말을 했다.

"대결을 앞둔 검사의 마음가짐이란, 한 자루의 검이 되는 거다. 거기에 승패가 끼어들 여지는 없어. 적을 앞뒀을 때, 자신의 모든 걸 버리고 떠나. 두려움이 있으면 그것만으로 주저하는 이유가 된다. 주저하면 자연히 상대의 품까지 나아갈 수 없게 된다. 나아가지 못하면, 아무리 해도 칼끝은 닿지 않아. 그 탓에 막무가내였던 적이 많아졌어. 틀렸나?"

"___윽?!"

쿄시로의 설명은 몹시 정연했다. 분명 레피르는 지금껏 승리에 집착했고, 막무가내였다. 앞으로 한 발 내딛지 않고, 확실한 승리를 위해서 굳이 모험은 하지 않았다. 목숨

따위 아깝지 않다고 말하면서도.

"어떠냐? 그렇지? 네 초조함의 근저는 자신의 목숨을 업신여겨서 생긴 게 아니라, 자신의 목숨의 사용법을 업신여겼기 때문에 생긴 거다."

레피르의 팔이 축 떨어졌다.

자신도 모르는 핵심을 찔렸기 때문이리라.

분명 레피르에게는 목숨을 버리는 듯한 싸움이 잦았다. 모르는 사이에 그것은 검사로서의 싸우는 법에서 벗어나, 승리를 위해 목숨을 거는 것이 되어 있었다.

요컨대 계획성이 있고 없고의 차이다. 전자는 그저 필사적으로 된 것뿐이고, 후자는 그 필사적임에서 초조함과 두려움 같은 쓸데없는 것을 산출하여, 어디서 어떻게 쓸지를 분별한 것이다.

이렇게 하면 진다, 저렇게 하면 진다. 그런 생각이 두려움이 되어 방해하고, 검사로서 응당 취해야 할 전투법을 제한했던 거다.

검이 되어 죽는 것.

그것이 검사로서의 마음가짐이자, 검사로서 이기기 위한 삶의 자세다.

"……이 마음가짐은 너의 삶의 방식과는 모순될지도 몰라. 하지만 검으로 이기고 싶다면, 망설임을 일으키는 요소는 전부 제거해. 그저 이기는 게 아니라, 검으로 승리한다는 단 하나를 위해서 목숨을 던져라. 자기가 죽은 뒤의 일을 겁내는 것은 겁타(怯惰)가 아니라 나약이다."

검사 선배로서 그렇게 단언한 쿄시로는 문득 자세를 풀었다.

"──마지막으로, 내 진짜 실력을 보여주지."

그렇게 말한 순간, 조금 전의 열풍을 방불케 하는 무위를 훨씬 뛰어넘을 정도의 압력이 휘몰아쳤다. 호풍이나 해일, 생각할 수 있는 모든 『밀어닥치는 것』이 하나로 응축된 무언가. 신비에 몸담고 하이 그랜드 클래스(위업자급)의 위치에 있는 스이메이조차 현기증을 일으킬 검사의 압력이었다.

직후, 레피르는 그 자리에 주저앉았다.

공포 그 자체를 본 것처럼 떨고 있었다.

그 공포는 검사로서의 높은 곳을 보았기 때문임이 틀림없다.

쿄시로는 문득 압력을 무산시키고, 미소 지었다.

"삼십 수년 검을 휘두르고 겨우 이거다. 내가 동경하던 사람은 지금의 스이메이 정도에 이런 느낌이었지만, 그건 예외 중의 예외야."

"……저도, 그랜드 마스터처럼 될 수 있나요?"

레피르의 물음에 쿄시로는 질린 한숨을 쉬었다.

"……먼저, 전제가 이상해. **그러면서** 왜 강해질 수 없다고 생각하지? 그만한 걸 안에 갖고 있으면, 강해지는 것 따위 어렵지 않아. 오히려 재능이 의심스러운 나보다 간단해. 뭐, 정도를 걸으면서 포기하지 않고 끊임없이 바란다면의 이야기지만──."

쿄시로는 거기서 한 번 말을 끊고, 무언가를 깨달은 듯이 스이메이 쪽을 향했다.

"어이, 스이메이. 너, 그래서 나한테 데리고 온 거냐."

"네, 뭐."

그렇다. 지독히 강한 사람에게 확실히 강해질 수 있다는 말을 들으면, 희망도 보이기 시작할 거다. 그릇된 길일지도 모르지만, 레피르처럼 싸움까지의 유예가 없는 자에게는 필요한 것이리라.

그것을 알아챈 쿄시로는 불쑥 머리를 긁적이며 말했다.

"그래~. 또 하나, 조언해둘까."

쿄시로의 가르침에 레피르는 앉은 자세를 바로 하고, 한 마디도 놓치지 않겠다는 듯이 몸을 긴장했다.

그리고 내려진 조언은,

"관광하고 와."

"네?"

"여기 일본에 온 건 처음이잖아?"

"아, 네."

"단, 검에 대해서는 일절 생각하지 마. 텅 비우고 즐겨. 그 것도 정신 수양의 하나야."

"그건, 무슨……."

"기분을 전환하는 거다. 그걸 많이 하다 보면, 조만간 기 분이 익숙해질 거다. 네가 지금 해야 할 것은 편안함에 몸 을 담그는 일이다. 편안함에 익숙지 않은 자신을 편안함에 길들여가다 보면, 머지않아 풍류라는 게 몸에 밸 거다."

"풍류……."

그것은 루메이어도 했던 말이다.

승리에 과민해져서 뒤틀린 마음을 진정시키기 위해서. 그리고 검에 운치를 갖게 하고, 독자적인 힘을 갖게 하기 위한 정신 수양.

지금은 그게 필요하다고. 쿄시로는 그렇게 말하고는 다시 상석으로 돌아갔다.

★

──스이메이가 일본에 돌아오고 며칠간은 그야말로 정신없이 지나갔다.

스이메이는 그 기간에 말 그대로 분주했다. 일본 지사에 사정을 설명하러 가거나 학교에 가지 않은 관련 문제를 자기 자신을 포함하여 레이지, 미즈키, 하츠미의 것을 마술로 조정하러 가거나, 보호자에게도 마술을 걸어 조정에 이은 조정과 마술 일에 쫓겨 지냈다.

스이메이가 볼일로 바쁜 사이, 이세계 조인 세 사람으로 말하자면, 레피르는 옆에 있는 쿠치바 도장에 다니거나 페르메니아와 리리아나는 서재의 마술서를 탐독하거나 동영상을 보거나 하이데마리와 마술 이야기를 하면서 저마다 각자의 생각대로 지냈다.

당연히 쿠치바 집과도 교류하며 다 같이 놀러 가거나, 유키오가 만든 일식을 얻어먹기도 했다.

다만, 하츠미의 남동생인 하세토가 유난히 질린 시선으로 바라보던 것이 스이메이에게는 인상적이었다.

그리고 스이메이는 겨우 일본에서의 성가신 일들을 마무리 짓고, 이제 독일에 있는 결사의 본거지로 향한 후의 설명과 천야회의 일만 남겨두고 있었다.

독일로 떠나기 전에 한번 다 같이 외출하자는 이야기가 돼서, 거실에 모여 저마다 의견을 모았는데.

"……나는 하츠미 양이 말했던 진짜 케이크가 먹고 싶어."

이것은 레피르의 말이다. 그녀도 달콤한 것을 좋아해서 전부터 먹고 싶다고 말했었다.

"저는, 펭귄이 있는 곳에 가고 싶어, 요."

리리아나는 텔레비전에서 본 동물의 모습을 잊을 수 없는 모양이다. 처음으로 가는 곳은 동물원일 줄 알았지만, 아무래도 수족관이 될 것 같다.

"메니아는?"

"저는 서점에 가보고 싶지만── 동영상을 보는 것도 공부가 돼요."

분명 그녀의 말대로 영상을 보는 것만으로도 상당한 정보를 얻을 수 있다. 장대한 자연 현상을 보는 것만으로도 마술 제작의 영감으로 이어진다.

페르메니아는 다른 두 사람과 달리 딱히 지금 당장 어디에 가고 싶다 하는 것은 없었기에 이것은 일임하게 됐다.

"이동 수단은?"

"이미 운전기사를 불렀어. 슬슬 올 거야."

스이메이는 차를 운전할 수 없어서 전속 운전기사를 부르는 게 일상이 돼 있다. 물론 스이메이가 소속된 결사와 관련된 마술 쪽 사람이다.

스이메이, 페르메니아, 레피르, 리리아나, 하이데마리는 나갈 준비를 하고 밖으로 나갔다. 야카기 저택 앞에 검은 밴이 한 대 서 있었다.

그리고 그 옆에는 회색 정장을 입은 남자가 서 있다. 검은 머리를 단정히 자른, 산뜻해 보이는 청년이었다. 온화하고 얌전해 보인다기보다, 조용한 분위기를 풍긴다고 하는 편이 정확하다.

스이메이 일동이 다가가자, 청년은 침착한 태도로 머리를 숙였다.

"당주님. 기다리게 해서 죄송합니다."

"아니에요. 아키츠키 씨, 오늘은 잘 부탁드립니다."

전속 운전기사——아키츠키에게 스이메이가 가볍게 머리를 숙였다. 그에 맞춰 페르메니아 일동도 머리 숙여 인사하고, 아키츠키에게 차례대로 간단한 자기소개를 했다.

그러자 리리아나가 스이메이의 옷소매를 획획 잡아당겼다.

"스이메이. 역시 스이메이는, 도련님인 거죠?"

"도련…… 저기 리리아나, 그런 표현은 관둬줘."

"그래도 부자인 건 틀림없어."

"내추럴하게, 당주님으로 불리고 있고요……."

레피르도 페르메니아도 질림을 섞어 끄덕였다. 분명 이런 걸 보이게 되면, 귀족으로 불려도 이상하지 않으리라. 그녀 들에게 이것은 전용 마차가 있는 것과 같다. 그러면 서민이 다 뭐다 해도 납득이 될 리 없다. 이미 집이 으리으리하기 에 새삼스러운 이야기긴 하지만.

페르메니아는 자동차에 관심이 있는지 검은 밴을 손으로 만졌다.

"텔레비전에서도 봤지만, 이게 움직이는 거죠?"

그녀가 흥미진진한 듯이 감탄하고 있자, 아키츠키가 상냥 하게 맞장구쳤다.

"네. 맞습니다. 연료를 써서 동력을 내고 있습니다."

"……아. 그러고 보니, 저희는?"

"아키츠키 씨한테는 대강 사정은 말해뒀어. 그러니까 대 화에 주의할 필요는 없어."

아키츠키에게 설명했을 때, "그렇습니까, 알겠습니다"로 끝나버린 것은 뭐라고도 말할 수 없지만…… 이 남자도 아 버지 대부터 야카기 가문과 관계된 사람이다. 하츠미의 부 모처럼 웬만한 일이라면『있을 수 있다』로 납득 가능한 것이 리라.

"──미안, 기다리게 해서!"

그런 대화를 하고 있는데, 하츠미가 뛰어왔다. 이날은 평소의 교복 차림이 아니라, 사복을 입었다. 치마. 카추샤에는 코르사주가 달려 귀엽다.

"왔군."

"아, 아키츠키 씨. 오늘은 잘 부탁드립니다."

"네."

하츠미는 아키츠키에게 인사하고, 다른 멤버들과도 아침 인사를 나눴다.

그리고 차에 탈 차례인데.

"조수석은 어떻게 할래?"

"조수석이요?"

"응. 차를 운전하는 아키츠키 씨 옆자리야."

그렇게 말하자 이세계 조 세 명은 자신이 타고 싶은 듯이 눈을 굴리며 들썩거리기 시작했다.

자기가 타겠다고 하지 않고 양보하고 있는 것은 다들 사이가 좋아서다.

"……세 명이 차례대로 타면 되잖아?"

"그, 그러네. 응!"

"네!"

그렇게 해서 처음으로 차에 탄 페르메니아 일동은 시트의 부드러움에 눈이 휘둥그레졌다. 이세계의 마차에는 부드러운 시트나 스프링이 없기에 쾌적함이 천지 차이여서일 것이다.

불쑥 아카츠키가 가방에서 봉투를 꺼냈다.

"당주님, 이걸."

수신인 이름이 없는 봉투는 역시 낯익다. 얼마 전 우편배달부가 전해준 천야회의 것과 거의 같은 타입의 것이다.

"이건…… 어떻게 아키츠키 씨가?"

"바로 오늘 아침 무렵, 지부에 도착한 것입니다. 가는 김에 가져가 달라고 부탁받았습니다."

"바로 지난번 건의 독촉인가……."

그렇게 말하면서 봉투를 열었다. 역시, 대집행 의뢰와 관련한 자료가 들어 있었다.

"…………."

"당주님?"

"……아니, 아무것도 아냐. 슬슬 갈까?"

스이메이는 그렇게 말하며 출발을 재촉했다. 아무것도 아닌 것은 결코 아니지만, 일본에 있어서는 어쩔 수도 없는 일이다. 지금은 일의 추이를 지켜봐야 한다고 보고, 오늘 일정을 우선했다.

"그럼, 어디로 갈까요?"

"그럼 일단은 역 앞 가게에라도 가서 간식거리라도 살까. 그다음은……."

"수, 수족관에 가고 싶어요!"

먼저 리리아나가 외쳤다. 평소에는 소극적으로 주장은 하지 않는 편이지만, 동물을 보고 싶어서 견딜 수 없는 모습이다. 시트 위에서 파닥파닥 뛰는 모습이 무척 귀엽다.

그걸로 괜찮은지 묻듯이 시선을 주자 네 명 모두 끄덕

였다.

"수족관은 정해졌네. 그럼 일단, 그렇게 부탁드립니다."

"알겠습니다."

아키츠키가 키를 돌려 시동을 걸었다. 그러자 곧바로 내연 기관이 부르릉 울었다. 자동차의 숨결을 처음으로 직접 체험한 세 명은 그 소리와 진동에 역시 놀란 반응을 보였다.

"으, 아아아?!"

"이건…….'

"굉장해, 요. 신비적인 힘이 전혀, 작동하지 않고 있어요."

페르메니아 일동은 시트며 창문을 둘러봤지만, 소리나 진동의 정체는 물론 보이지 않는다. 그녀들은 아키츠키가 한 차례 설명한 뒤에야 안정을 되찾기 시작했다.

…………어쨌든 일단은 역 앞 편의점에 들러 간단히 집어 먹을 수 있는 과자를 샀는데…… 그게 잘못이었다.

페르메니아가 편의점에서 산 과자를 먹으면서 감동의 눈물을 흐느끼고 있다.

"초콜릿…… 이건 신의 음식이에요."

역시 신의 음식은 초콜릿, 마요네즈, 푸딩이 기본일까. 차 안에서 판 초콜릿을 들어 올리고, 마치 그것이 하늘에서 내린 선물이라도 되는 듯이 감사해하고 있다.

"슈크림. 맛있어, 요. 하움."

"이 세계에 솜사탕과 케이크에 필적하는 과자가 있다니…… 이 아이스크림은 최고야."

셋이서 시끄럽게 떠들며 과자를 먹고 있다. 기보다 무심히 먹고 있다. 달콤한 과자에 스낵 과자. 왜 그걸 골랐는지 묻고 싶어지는 술안주까지. 게다가 하이데마리까지 무리에 끼어 이게 좋다, 저게 좋다 하며 평론하기 시작하는 형국이다.

과자를 즐기는 네 명을 스이메이와 하츠미가 흐뭇하게 보고 있는 상황이다.

"셋 다 너무 많이 먹지 마. 적당히 먹지 않으면 건강에 해로워."

"……기, 기호품이니까요."

"게다가 이제부터 메인이 있으니까. 배부르면 손해야."

"──! 그래. 케이크가 있었지!"

흥분한 목소리로 외친 것은 레피르다. 케이크를 먹는 것을 기대했던 그녀는 과자에 뻗은 손을 멈추었다.

한편, 그런 것 따위 끄떡없는 소녀가 귀여운 태도로 고개를 기울였다.

"그럴까?"

"넌 예외야."

하이데마리는 기본적으로 과자를 주식으로 하고 있다. 아이의 고집이나 꿈을 그대로 관철하는 방침이다. 건강에 해로울 것 같지만, 그 부분은 전혀 문제없는 모양이다. 과연 호문쿨루스다. 도대체 어떤 구성인 건지.

그런 식으로 생각하고 있자니, 페르메니아의 손이 또 과자로 뻗어가는 게 보였다.

"그, 그럼 마지막으로, 마지막으로 하나 더——."

"그만 먹으라니까."

"아앗?!"

중독자처럼 떨면서 뻗은 페르메니아의 손을, 스이메이가 잡았다. 그리고 빈 다른 한 손으로 그 앞에 있던 초콜릿을 압수했다.

"스이메이 니임…… 너무 잔인해요오……."

"과식은 진짜 몸에 해롭다니까. 판 초콜릿을 몇 개를 먹으려는 거야."

그렇게 말하고 이건 내 배에 넣어두자 하고 스이메이가 은박지를 벗겨 초콜릿을 쪼갠 순간이었다. 눈을 번뜩인 페르메니아가 달려들었다.

"하움!"

"잠깐, 메, 메니아! 혼란한 틈에 무슨 짓이야! 어이, 손가락에 침 묻었잖아!"

"아움! 이건 초콜릿을 빼앗은 스이메이 님 잘못이에요!"

"매달리지 마. 잠깐, 저기 페르메니아 씨, 달라붙지 마세요! 저기! 저기! 안 돼애!"

"자, 잠깐. 지금 뭐 하는 거야!"

스이메이가 엉겨오는 부드러움에 버둥거리고 있자, 하츠미가 거품을 물고 떼어 내려 뒷좌석에서 손을 뻗었다.

그것을 견제하듯이, 페르메니아가 강한 눈빛을 향했다.

"무슨 소리예요! 하츠미 양도 전이한 후에 스이메이 님한테 달라붙고 그랬잖아요!"

"뭐? 아! 그그그그, 그건 그! 돌아올 수 있어서 감정이 격해진 것뿐이야! 그리고 그건 그냥 살짝 기댄 거거든! 벽이야, 벽!"

"하고많은 말 중에 벽이냐! 너무하네!"

그리고 어째선지 얌전히 있던 레피르에게도 시선을 향했다.

"그리고 요즘은 레피르만 상대해줬었죠?!"

"그, 그건 스이메이가 내 고민 해결을 위해서 나서준 것뿐이야! ……아니, 스이메이가 많이 신경을 써줬어, 응……고마워."

"어? 아니, 뭐……."

스이메이가 부끄러워하자 페르메니아가 소리치기 시작했다.

"치사해! 치사해요!"

"너, 넌 그동안 서재의 마술서에 빠져 있었잖아!"

"그건…… 근데, 레피르는 뭘 먹고 있는 거예요?!"

"솜사탕이야. 톡톡 터져서 재미있어."

"저도 주세요!"

페르메니아는 그렇게 말하더니 이번에는 레피르에게 달라붙기 시작했다. 말싸움하고 있었는데 지금은 터지는 타입의 솜사탕을 레피르의 손으로 받아먹고 있는 수수께끼 상태다.

"너희, 말싸움하던 거 아니었냐……."

말싸움에서 화해까지 전혀 맥락이 없다.

어쨌든 이러니저러니 즐거운 외출이 될 것 같다며 스이메이가 북적거리는 것을 내심 좋아하고 있자니 문득 차창 밖에 무언가를 발견한 페르메니아가 별안간 소리쳤다.

"……스, 스이메이 님, 스이메이 님!"

"뭔데?"

"저, 저건…… 저건 도대체 뭘까요?!"

그 말을 들은 레피르도 인상을 쓰며 창문 밖을 주시했다. 그리고.

"음…… 상당히 불길한 조형이네. 이형 생물인가?"

"뭐어? 이형 생무울?"

과연 이 소녀들은 무슨 말을 하고 있는 걸까. 도무지 영문을 알 수 없다. 이곳은 일본이다. 현대 일본. 그런 신비가 크게 관련될 법한 존재가 대낮 거리에 있을 리 없다.

스이메이는 의심스럽게 생각하면서도 페르메니아 일동을 따라 차창 밖을 봤다.

그리고 그곳에 있던 것은——.

이 도시의 캐릭터였다.

"…………으음."

"저, 저건 대체……."

"옆에 있는 여자는 뭐야? 저 이형을 부리고 있는 거야? 손에 마법 지팡이 같은 걸 들고 있는데?"

"저 모독적인 모습…… 분명, 어떤 사신(邪神)의 영향을 받은 게, 틀림없어요."

해파리와 곰이 합체된 인형탈, 그리고 공연하고 있는 여성 스태프를 보고 페르메니아와 레피르는 경계를 강화했다. 그녀들에게 마이크는 마법 지팡이고, 해파리의 촉수를 본뜬 꿈틀거림은 사신의 악의의 발로일까. 뒤늦게 그것을 목격한 리리아나도 무슨 일이 일어나도 괜찮도록 마력을 높이기 시작했다.

물론 그것들이 뭔지 아는 멤버는 맥이 풀렸다.

아키츠키가 씁쓸히 웃으면서 "아. 쿠라몬이에요" 하고 말했다.

지방 캐릭터『쿠라몬』── 예전에 유행한 문어 같은 우주인의 몸에 데포르메된 곰의 머리가 얹힌 이상한 지방 캐릭터다. 잘은 모르지만, 곰 타입의 지방 캐릭터가 유행한 것을 호기로 보고 이 조형을 도입한 모양이다.

쿠라몬은 그런 연출인 건지 항상 그 몸을 조금씩 꼼짝거린다. 좌우로 둥실둥실 흔들리는 모습이 보는 이의 불안을 조장시키는 것은 대체 어떤 마술이 걸린 탓일까.

저것이 만들어졌을 무렵, 스이메이는 평소대로 세 명이서 구경을 갔었는데, 그때 미즈키가 "내 SAN치가 깎이고 있어"라고 말했던 것을 떠올렸다. 분명 미즈키의 말대로 저것을 보고 있노라면, 신비에 종사하는 스이메이도 왠지 모르게 불안한 마음이 되어 견딜 수 없다.

그때 하이데마리가 설명하기 시작했다.

"저건 생물이 아니라, 안에 사람이 들어간 인형탈이야."

"인…… 귀엽지 않아, 요."

"정말이야. 애초에 왜 저렇게 귀엽지 않은 거야? 봉제 인형은 무릇 귀여워야 하는 거 아냐?"

외친 것은 레피르와 리리아나다. 귀여운 걸 좋아하는 두 사람이 특히 불만스러워하고 있다.

"지역의 특산물을 어필하기 위해서 저런 키메라(키메라)로 한 모양이야! 일본은 이상해."

"일단 지역 캐릭터에는 귀여운 것도 있어."

"그래도 전체의 몇 퍼센트잖아?"

"그건 부정할 수 없지만."

뭐, 그런 한 토막에서 소소한 외출이 시작됐다.

★

——고향의 역 앞에서 먼저 향한 곳은 리리아나의 희망 사항인 수족관이었다.

도착해서 제일 먼저 향한 곳은 바다짐승이 있는 공간이다.

리리아나도 상어가 헤엄치는 거대한 수조에 일단 관심이 간 모양이지만, 귀여운 것에는 대적할 수 없다. 수생 생물들을 대강 보고 잰걸음으로 노리던 동물을 찾으러 갔다.

이윽고 눈에 들어온 동물을 보고 리리아나가 들뜬 목소리로 외쳤다.

"테, 텔레비전에서 본, 바다표범, 이에요!"

그것은 고양이와 놀 때와 맞먹을 만큼 흥분한 목소리다. 그러나 저것은——.

"아니, 저건 물개야."

"······? 아니, 에요? ······아, 이 아이가 똑똑한 아이, 네요."

리리아나는 물개가 사육사가 하는 말을 잘 듣는 것을 보고, 그렇구나 하고 다른 생물인 것을 받아들였다.

사육사와 물개가 고무공으로 캐치볼을 시작하자, 리리아나는 고무공의 움직임에 따라 이쪽을 봤다 저쪽을 봤다 했다.

그 모습을 흐뭇하게 보고 있자니, 문득 리리아나가 부러운 듯 말했다.

"물개, 만져보고 싶어요."

"그건 안 돼. 동물은 낯선 사람이 만지면 스트레스를 받아버리니까."

"그런, 가요······."

하츠미의 말을 들은 리리아나는 전에 없이 실망했다. 그러나 그녀가 만질 수 있으려면 어떻게 하면 될까. 계획이라면 있기는 있는데,

"뭐, 정 만지고 싶으면——."

"마술, 이죠? 알겠어요."

리리아나는 마음대로 결론짓자마자 눈을 형형히 빛내며 마력을 높였다. 주위에 서서히 피부를 태우는 따끔따끔한 공기가 배어 나왔다. 당연히 그것을 감지한 스이메이는 거

품을 물고 말렸다.

"아니야, 아니야, 아니야아아아! 왜 그렇게 되는데!"

"아닌, 가요?"

"아닌가요라니! 당연하지!"

리리아나는 스이메이의 제지를 귀담아들어서 마력 발동을 멈췄다. 그리고 귀엽게 고개를 갸웃했다.

문득 같이 있던 하츠미가 비난의 색을 잔뜩 머금은 반쯤 뜬 눈을 향해왔다.

"······잠깐, 스이메이. 이건 네 탓 아냐?"

"무, 내 영향이라고 말하고 싶은 거야?"

"왜 항상 무슨 일이든 암시를 걸어서 하는 말을 듣게 하려고 하잖아. 그래서 리리아나도 흉내 내서······."

"그건 꼭 필요해서고!"

"스이메이. 지금 나도, 꼭 필요해요."

"뭐? 아니아니아니!"

"거봐, 역시."

리리아나와 하츠미가 아픈 곳을 찌른 탓에 스이메이는 횡설수설이 될 수밖에 없다. 스이메이가 전에 없이 당황하여 어쩔 줄 몰라 하자, 리리아나가 미소를 보였다.

"농담, 이에요. 잘, 알고 있어요."

"윽······."

놀린 걸까. 요즘은 아무래도 다루는 법을 배웠는지, 밉살스러운 티가 나기 시작했다. 그렇다고는 해도 침대에 파고

들었을 때처럼 어리광을 부리는 구석도 있어서 스이메이도 그만 강하게 말할 수 없지만.

"그래도, 만지고 싶은 건 진짜예요. 어떻게 하면, 돼요?"

"뭐 그건, 사육사가 되는 수밖에 없으려나."

"사육사……."

"말 그대로 동물을 돌보는 일이야. 봐, 지금 보고 있는 저 사람이야."

스이메이는 그렇게 말하며 물개와 캐치볼을 하며 회장을 들끓게 하고 있던 사육사를 가리켰다. 척척 맞는 호흡을 보이면서 관객에게 미소를 날리고 있다.

생선을 주거나 머리를 쓰다듬는 손길이 익숙하다.

"저 남자분, 말이네요. 부러워, 요."

사육사를 물끄러미 바라보는 모습은 정말 부러워 보인다.

리리아나와 그런 대화를 나누고 있는데, 따로 움직이고 있던 하이데마리 일동이 나타났다.

"리리아나 양, 선물을 사 왔어."

"선물, 요?"

보아도, 그럼직한 것은 어디에도 없다. 같이 있던 페르메니아와 레피르는 싱글벙글 웃으며 아무 말도 하지 않는다. 한편, 스이메이는 하이데마리가 무엇을 할지 대강 짐작이 가기에 하항 하고 두 사람 같은 미소를 지었다.

하이데마리가 쓰고 있던 실크해트를 벗어 뒤집고, 챙을 지팡이로 몇 번 두드리자 바닥이 펑 하고 터졌다. 별안간 솟

은 안개 같은 연기가 걷히자, 실크해트 위에 축구공 크기의 펭귄이 얹혀 있었다.

"앗! 펭귄이에요!"

"제일 귀엽고 좋은 애야. 자, 받아."

"고마워, 요."

리리아나는 하이데마리에게 감사 인사를 하고, 펭귄 봉제 인형을 꼭 껴안았다.

절대로 놓지 않겠다는 듯한 포옹이다. 재질이 부드럽고, 만지는 느낌이 좋은지 봉제 인형의 뺨에 뺨을 비비며 넋이 나가 있다.

"후후후."

한편, 하이데마리는 언니 기분이리라. 실제로는 하이데 마리가 동생이지만. 귀여운 걸로는 리리아나가 더 우위라서 그런 태도를 취하는 것으로 보인다.

"다음은 펭귄 쇼가 시작됩니다──."

"페, 펭귄!"

때마침 리리아나의 목적이 이뤄질 모양이다.

물개가 사육사를 따라서 퇴장하자, 새로운 사육사와 함께 펭귄들이 줄지어 회장으로 들어왔다.

그것을 본 리리아나가 다시 반짝거리는 눈빛을 회장에 향했다.

★

수족관을 실컷 구경한 후에는 배를 채우러 케이크 뷔페에
들렀다.

 이곳에 온 것은 레피르의 희망 사항이 있었기 때문이다.
아니, 레피르뿐만 아니라 여성진 전원의 희망 사항이기도
하리라.

 가게에 들어가자, 뷔페 형식으로 죽 진열된 케이크가 보
였다.

 쇼트케이크로 시작해 초콜릿케이크, 과일 타르트, 치즈
케이크, 밀크레이프. 세기 시작하면 끝이 없다. 형형색색의
각종 케이크에 페르메니아 일동의 눈이 순식간에 빛났다.

 "이이이이이게 다 무제한이라고!"

 "아아…… 여기가 천국이네요……."

 레피르는 전에 없이 흥분해서 당장이라도 입에서 침을 흘
릴 기세다. 페르메니아는 황홀한 목소리로 이세계의 여신
에게 감사드리고 있다.

 문득 리리아나가 무언가를 깨달은 듯이 주위를 두리번거
렸다. 인상을 쓰고 어쩐지 난처해하는 모습이다.

 "수족관, 에서도 생각했지만, 눈에 띄네, 요."

 "그거야 뭐."

 "이건 저희가, 시골뜨기로 보여서, 일까요?"

 "아니아니, 그렇지 않아."

 분명 세 사람에게 시골내기의 분위기가 없다고는 할 수
없다. 그러나 저울은 그쪽보다 외국인이라는 쪽으로 크게

기울어 있기에 비웃음이나 냉소의 종류는 없다. 그럼에도 힐끔거리는 시선이 있는 것은 역시 그녀들의 외모 때문이리라. 모두 다 미소녀인 것이다. 싫어도 눈을 끌어서 저도 모르게 보게 되는 것이다.

그 증거로 그녀들을 에스코트하고 있는 스이메이는 남자와 지나칠 때마다 사살당할 것 같은 눈빛을 받았다.

일단 박스석에 앉아 짐을 내려두자, 하츠미가 자리에서 일어났다.

"다들 익숙하지 않을 테니까 내가 설명해줄게."

"하츠미 님, 꼭 부탁드려요!"

"용사 하츠미는, 최고의 용사예, 요!"

이세계 조는 기뻐하며 하츠미를 칭송하기 시작했다. 한편 스이메이는 자리를 지켰다.

이윽고 쟁반을 들고 뷔페를 한 바퀴 돌고 온 이세계 조는 쟁반에 케이크를 잔뜩 담아 왔다.

아무래도 전부 먹으려는 모양이다. 스이메이도 단것은 좋아하는 편이지만, 그 지나친 양을 보고 불쑥 위액이 올라왔다.

자리에 앉은 페르메니아가 문득 감격에 겨운 목소리로 말했다.

"이런 사치…… 저는 이 세계에 지식을 바라고 왔는데."

"라고 하면서 잔뜩 가지고 왔네……."

"아니에요. 이것도 지식 탐구예요! 주로 과자 만들기의!"

"너는 대체 어떤 지식을 구하는 거야."

"그리고 전부는 아니고요."

"어차피 전부 제패할 거잖아?"

"물론이에요!"

그렇게 말하며 페르메니아는 주먹을 불끈 쥐어 보였다. 콧김을 홍 하고 내뿜는 모습에서 그 의지가 엿보인다.

스이메이가 그런 페르메니아를 흐뭇해하고 있자니, 문득 옆에서 소리 죽인 웃음이 새어 나오고 있는 것을 깨달았다.

"……응? 레피르?"

"폭신폭신, 폭신폭신……."

레피르가 생크림을 앞에 두고 혼잣말을 중얼거리기 시작했다. 그 모습은 좋아하는 솜사탕을 앞에 뒀을 때 같다. 텔레비전에 비친 동물 앞에서 흠뻑 빠져 있던 리리아나를 연상시킬 만큼, 자기만의 세계에 빠져 있었다.

"후후후…… 이런 사치, 그라체라 전하도 누린 적 없겠지."

이윽고 자기만의 세계에서 돌아온 레피르 씨. 잔뜩 가져 온 케이크 앞에서 눈을 번뜩였다. 그 기백은 과자를 앞둔 페르메니아보다 박력이 있었다. 마치 사냥감을 노리는 맹금류일까, 고양잇과의 육식수일까. 어느 것부터 먹을지 고르고 있는 것이리라.

"……자랑용으로 사진이라도 찍어 갈까?"

"그래. 그리고 돌아갈 때 뭔가 선물이라도 사 가자."

뜻밖에도 레피르가 그런 다정한 말을 했다. 무슨 바람이 분 걸까. 그렇게 생각하면서도, 두 사람의 대화를 곰곰이 떠올렸다.

레피르와 그라체라. 서로 밉살스러운 말을 늘어놓는 모습밖에 떠오르지 않는데——.

"……너희, 이러니저러니 해도 사이좋은 거 아냐?"

"사이는 안 좋아! 선물을 사는 건 호사를 누렸다는 증거지, 같이 나누자 하는 마음은 전혀 없어!"

"그래도 먹이겠다고."

"그건…… 뭐."

찍소리 못하게 된 듯이 입을 일자로 다문 레피르를 보고, 스이메이는 과장되게 어깨를 움츠렸다.

"그래, 그래. 사이 안 좋아, 사이 안 좋아."

"윽! 이걸로 찍소리 못 하게 했다고 생각하지 말라고…… 하움."

레피르는 투덜거리면서도 케이크를 입에 가져갔다.

"……맛있어."

"다행이네."

주위를 보니, 리리아나는 덥석덥석 무심히 케이크를 먹고 있고, 하츠미는 녹차케이크를 차분하게 입으로 가져가고 있다. 하이데마리는 드물어 보이는 것을 한 입씩 먹고는 혼자서 중얼거리면서 논평하고 있다.

문득 페르메니아가 스이메이의 쟁반에 시선을 줬다.

"……? 스이메이 님은 별로 갖고 오지 않았네요?"

"으응. 난 괜찮아."

"스이메이는 어느새 쓴맛을 좋아하는 혀가 돼버렸지. 자, 비터 쇼콜라."

"오. 고마워, 하츠미."

하츠미가 자기 쟁반에 있던 쇼콜라케이크를 스이메이의 쟁반에 옮겨줬다.

두 사람이 그런 대화를 나누고 있자니, 하이데마리가 어쩐지 비난 섞인 투로 말했다.

"뭔가, 자연스럽네."

"이런 거예요! 이런 게 하츠미 님과 차이를 느끼게 해요!"

편승하는 걸까. 페르메니아까지 떠들기 시작했다. 뭔지는 몰라도 분위기가 곤란해질 것 같은 예감이 든 스이메이는 서둘러 둘러댔다.

"그냥 갖고 온 걸 받은 것뿐인데? 그보다, 지금 상황의 어디에 야단 떨 요소가 있는 건데."

"그, 그럼 스이메이 님! 제 것도 하나!"

받아달라는 걸까. 그러나 그렇게 되면 다시 가지고 와야 하니 두 번 수고다. 건넨 케이크를 스이메이가 받자, 페르메니아도 그것을 알았는지 흠칫한 표정을 지었다.

"자, 반."

스이메이가 그 사정까지 헤아려 케이크를 잘라서 나누자…… 어째선지 페르메니아의 눈이 번쩍 하고 빛났다.

"아! 그럼 아앙 해주세요."

그리고 그 말에 경악한 목소리로 외친 것은 스이메이가

아니라 하츠미와 레피르다.

"――뭐어?!"

"페르메니아 양! 혼란한 틈에 뭐 하는 거야?!"

그녀들이 당황하는 한편 스이메이 역시 당황했다.

"아, 아앙? 아앙, 요?"

"네! 아앙요!"

페르메니아는 싱글벙글 웃으면서 양손을 쥐고 졸랐다. 뭐라고 말로 형용할 수 없는 그녀의 박력에 스이메이가 압도되어 있는데, 어째선지 레피르가 차분한 목소리로 말했다.

"……좋아. 그 대신 우리한테도 해"

"……좋아요."

어째선지 페르메니아와 레피르 사이에 그런 약속이 맺어졌다. 본인 없이.

"아니아니, 왜 그렇게 되는데?"

"왜고 뭐고. 하츠미 양. 하츠미 양도 아앙해주지 않으면 불공평하다고 생각하지?"

"왜, 왜 이야기가 나한테 튀어요?!"

"이런 기회야. 무의미한 이야기를 할 생각은 없어. 하츠미 양은, 아앙해주지 않아도 된다는 거지?"

"잠, 그런 말 한 적 없어요! 스이메이, 나한테도 아앙해줘!"

"…………뭔지는 잘 모르겠지만, 그걸로 되는 거면 할 테니까, 싸우지 마."

세 사람에게 압도된 스이메이는 저자세를 보였다. 무슨

영문인지 그녀들에게 케이크를 먹여주는 걸로 정해졌다.

그런 가운데 문득 하이데마리가,

"……스이메이, 그런 걸 하는구나."

"항상 하는 것처럼 말하지 마. 이번이…… 어라?"

처음……인 것 같기도 하고, 그렇지 않은 것 같기도 하다.

"흐음. 사이가 좋구나."

"뭐, 그렇지."

"…………."

스이메이가 대답하자, 어째선지 하이데마리는 입을 다물어버렸다. 그리고 창밖을 보면서 묵묵히 케이크를 먹어 나갔다.

그런 모습에 평소와 다른 것을 깨달은 스이메이는 의아해하면서 물었다.

"마리. 무슨 언짢은 거라도 있어?"

"딱히."

"……?"

도대체 무슨 일일까.

스이메이로서는 하이데마리의 사소한 낌새를 짐작할 수 없었다.

제3장 결사에

스이메이는 일본에서 해야 할 일도 끝내고, 드디어 독일로 향하게 됐다.

물론 목적은 결사의 본거지에 가서 오랫동안 소식 불명이었던 것에 대해 맹주에게 설명하고, 다시 이세계로 되돌아가기 위한 허가를 얻는 데 있다.

소식 불명에 대한 설명은 휘말렸던 것이기에 질책 같은 것은 없겠지만, 이세계에 가기 위한 설득은 예상이 되지 않는 부분도 있다. 기본적으로 소속된 마술사의 행동에 말참견하는 일은 없고, 이념에 어긋나는 나쁜 일이 아니라면 무슨 일을 해도 상관없다는 방침이다. 신비학자의 연구는 자유를 제일로 여기며 모든 가능성을 뒤쫓는다. 명제 설정은 마술사의 자유의사이며, 이세계에 있다면 이세계에 간다한들 아무 문제도 없을 것이다.

하지만 조직이기에 생기는 굴레는 벗어날 수 없기에 어느 정도의 제한은 고려해야 한다.

낙관은 있지만, 긴장도 됐다. 이번 여행은 그런 감정을 느끼면서 움직이게 되었다.

물론 해외로 나갈 때 페르메니아 일동 셋을 두고 갈 수는 없다.

오히려 리리아나가 안고 있는 문제인 『변질된 부분의 치료」는 문제를 해결하려면 당사자가 가야 하기에 동행은 필수다.

타는 것은 하네다 공항발 프랑크푸르트 국제공항행. 직행편 비행기다. 도착까지는 약 한나절을 날아가는 여정이다.

비행기 좌석에 앉으면서 문득 리리아나가 물어왔다.

"스이메이. 용사 하츠미는, 괜찮은 거예요?"

"당분간 집에 있게 하는 게 좋아. 이러니저러니 해도 부모님이랑 같이 있는 시간은 소중하니까."

"그래."

"그렇, 죠."

그 말에는 페르메니아와 레피르도 동의했다. 리리아나가 물은 대로 하츠미는 동행하지 않았다. 가족과 시간을 보내고 아버지 쿄시로에게 지도받기 위해 일본에 남았다.

──앞으로 더 강한 것과 싸워야 하니까. 더 강해져야 해.

이것은 잔류를 결정했을 때 하츠미가 한 말이다. 그저 독일에 따라가서 아무것도 하지 않는 것보다, 착실히 검 수련에 힘쓰고 싶다는 그녀다운 향상심의 발로다.

아무튼──.

"……셋 다 긴장 좀 풀어."

"그렇게 말해도 말이야, 스이메이."

"이 거대한 쇳덩어리가 하늘을 난다는 게 아직 믿기지 않아서."

"마음이 불안해, 요."

창가석에 있던 리리아나가 스이메이의 손을 꼭 붙잡았다. 평소에는 별로 동요하는 기색을 겉으로 드러내지 않는 그녀도 이것만은 불안한 것이리라. 리리아나의 손 위에 살포시 손바닥을 포개자, 뒷좌석에서 하이데마리가 쑥 얼굴을 내밀었다.

"스이메이 말대로 그렇게 얼지 않아도 돼."

"……하이데마리 님은 침착하네요."

"난 독일이랑 일본을 오가야 해서 비행기는 자주 이용하고 있어. 이제 익숙해."

하이데마리가 그렇게 말하자 페르메니아는 마치 동경의 대상을 보듯 반짝임으로 가득 찬 시선을 그녀에게 보냈다.

"역시 하이데마리 님!"

"후훙. 선배의 위엄이라는 거지."

한편 하이데마리는 무표정이지만 득의양양하게 대꾸했다. 안심시키기 위해서라기보다 다분히 자랑이 섞였다. 그러나 물론 그것만으로는 페르메니아의 불안은 불식시키지 못한 모양으로 창백한 얼굴은 불안으로 일그러진 채다.

"그래도, 그래도예요! 만약 무슨 일이 생겨서 떨어지면……."

"그런 말은 불길하니까 관둬. 매너 위반이야."

"하지만…… 이 쇳덩어리에는 어떤 신비도 작동하고 있지 않다구요오."

결국, 페르메니아가 울기 시작했다. 이세계의 기술이라고 하면 마법이며, 가장 믿을 수 있는 기술이 신비적인 힘이다. 애초에 과학에 신뢰를 두는 이 세계의 사람보다 불안의 진폭은 커지는 경향인 것이리라.

"무슨 일이 있으면 비행 마술을 쓰면 된다고 생각하면 돼."

"아──?!"

깨달음의 목소리와 예상치 못했다는 표정. 페르메니아, 오랜만에 허당미 발휘다.

"……이렇게, 뭐랄까. 아니, 물론 튕겨져 나갔을 때는 그 것 말고도 여러 가지로 해야 하는 게 있으니까 난이도는 제법 있지만."

"상식에 사로잡혀 있었을 뿐이에요!"

"리리아나도."

"……멍청했어, 요. 지금, 그렇게 됐을 때를 상정해, 둘게요."

"안 해도 돼. 안 해도 돼. 여기서 부유 연습을 하려고 하지 마. 계기(計器)에 영향 생겨."

팔을 뻗어 날려는 낌새를 보이는 리리아나에게 주의를 주자, 리리아나는 위임 쪽으로 기울었다.

"그렇, 죠. 무슨 일이 있으면, 스이메이가 어떻게든 해주죠."

"스이메이 님! 믿을게요!"

"스이메이. 나는 못 나니까 특별히 잘 부탁해."

"그러니까 괜찮다고……."

한 명은 뒷좌석에서 얼굴을 내밀고, 양옆은 엉겨왔다. 그 런 세 아가씨는 호소하듯이 지그시 쳐다보고 있다.

"알았어, 알았어. 내가 어떻게든 할 테니까…… 그런 일은 없겠지만, 마리도 잘 부탁한다?"

스이메이가 뒤를 돌아보자 하이데마리는 어째선지 못마땅한 듯이,

"……나는 구해주지 않는 거야?"

"……? 너는 안 구해줘도 괜찮잖아?"

"그건 그렇지만."

"그럼 됐잖아?"

"우…….."

하이데마리는 불쑥 고개를 모로 돌렸다. 뭐가 기분이 상한 걸까.

하늘에서 떨어진 정도로 돕는 것은 오히려 그녀에게 바보 취급하는 거냐는 말을 들을 것 같다고 생각했는데, 대답으로는 불만이었던 모양이다. 너무 어렵다.

어쨌든 불안해 보이는 페르메니아 일동도 한번 괜찮은 것을 알면 돌아갈 때는 문제 없으리라. 나머지는 이륙과 착륙, 작은 흔들림과 난기류가 큰 적으로 예상된다.

스이메이가 그런 생각을 하고 있자니, 갑자기 하이데마리가 그의 머리를 쿡쿡 찔렀다.

"있잖아, 스이메이. 그러고 보니 일전에 그건 뭐였어?"

"일전에 그거?"

"응, 그거. 천야회에서 온 편지 말이야. 아키츠키 씨도 추가로 갖고 왔었잖아?"

"아아, 그거…… 그건 뭐, 나중에 말해줄게."

"지금 해줘도 되잖아? 시간은 한나절이나 있어!"

"뭐, 그렇지."

스이메이가 하이데마리의 제안을 대충 얼버무린 그때,

"이 비행기는 이제부터——."

스피커에서 객실 승무원의 목소리가 흘러나왔다. 그러자 아직 딱딱하게 긴장하고 있던 페르메니아가 펄쩍 튀어 올랐다.

"모, 목소리가! 목소리가 나왔어요!"

"이륙 전 안내 방송이야. 안전벨트가 제대로 매졌는지 확인해."

"기장은 데이비드, 부조종사는 시라이시——."

"……그렇구나. 슬슬 출발인가. 여신 아르주나여. 저에게 당신의 자비와 가호를."

"기도하지 마, 기도하지 마. 불려가기 전 같은 깨달은 목소리로 말하지 마."

"프랑크푸르트 국제공항까지의 소요 시간은——."

"스이메이. 펭귄은 하늘을 날 수 없어, 요……?"

"그 이전에 봉제 인형은 못 날아!"

이세계 조는 직전이 되어 시끄럽게 야단을 떨기 시작했다. 스이메이는 비행기가 떠서 기체가 안정될 때까지 페르메니아 일동의 불안에 머리를 감싸 줘어야 했다.

★

스이메이 일동이 일본을 떠나 약 13시간 후.

그들이 탄 비행기는 무사히 프랑크푸르트 국제공항에 도착했다.

무사히 독일에 도착해서 가슴을 쓸어내린 것은 물론 이세계 조 세 명이었다. 비행기에서 내린 후의 부유감이 채 가시지 않은 채로 땅에 발을 디딘 기쁨을 진하게, 그야말로 온몸으로 곱씹고 있었다.

어쨌든 결사의 본거지로 향하기 위해 스이메이 일동은 공항에서부터 택시를 몇 번 갈아타고 갔다.

스이메이와 하이데마리의 안내로 은밀한 지하도를 지나 현재는 하르츠 산지의 **어딘가**에 있다는, 누가 지었는지도 모를 거대한 고성(알트 슈로스) 앞에 있다.

주변은 언제나 안개로 뒤덮여 있었다. 젖빛의 안개가 낀 숲. 잘못 내디뎠다 하면 순식간에 조난당할 분위기로 가득 차 있다.

숲과 산 자체가 통째로 거대한 결계인 것이다. 공성(攻性), 환혹성이 풍부하며 일반인은 물론이고 마술사조차 초대받지 않으면 결코 진입할 수 없는 장소다.

지금은 다섯 명이 포장된 포석 위에 서 있다. 저마다 슈트케이스를 한 손에 끄는 것이 흡사 여행자다.

지금 올려다보고 있는 것은 내리닫이 쇠창살문이다. 그 누구라도 들여보내지 않겠다는 듯이 검은 광택을 반사시키고 있었다.

그것을 본 페르메니아가 문득 신중히 쥐어짜듯 말했다.

"이 나라의 건축물은, 저희 세계의 것과 구조가 닮았어요."

"제국의 건축 양식과 통하는 게, 있어요. 신기해, 요."

"그렇지. 뭐, 진화가 인간이라는 것으로 수렴하는 것처럼, 미적 감각도 수렴하는 거겠지."

"그런 걸까?"

"그런 거야."

되묻는 하이데마리에게 적당히 대답하고, 언제나처럼 안으로 들어가려 걸어갔다. 그러나 따라오는 발소리가 적은 것을 알아채고 뒤를 돌아봤다.

이세계 조 세 명이 웬걸 망설이고 있다.

"왜 그래?"

"왜 그래? 가 아니야……."

"스이메이 님! 이런 곳에 정말 들어가는 거예요?!"

"엄청난 술식이, 터무니없이 겹쳐져, 있는데요."

"그렇지만 괜찮아. 순서만 지키면 이상한 일은 없어."

스이메이는 그렇게 대답하고 한 손을 들어 손바닥을 휙휙 저었다.

숲의 결계는 모르게 쳐져 있지만, 성의 결계는 알게끔 쳐져 있다. 물론 그것은 앞에 선 자를 위압하기 위해서다.

위요형. 개방형. 이계형. 모든 것이 겹치지 않게 짜여서 구축되어, 무법자의 침입을 용납지 않는다. 아마도 이 지상에서 가장 보안이 두터운 건조물이 이곳이리라.

그리고 설령 이것을 돌파하는 데 성공한다 해도, 그다음은 이곳에서 가장 위대한 괴물이 직접 튀어나오니 두려울 것은 없다.

"──Access(열려라)."

하이데마리가 마술을 이용해 내리닫이 쇠창살문을 들어 올렸다. 무거운 것을 질질 끄는 소리를 내며 쇠창살문이 서서히 걷히고, 이윽고 입구가 완전히 열렸다.

스이메이는 그것을 확인하고, 빙글 뒤돌았다. 검은 정장 자락을 펄럭이며 마치 집사가 그러듯이 과장되게 예를 갖췄다.

"우리의 맹주, 마술왕 네스테하임의 성에 온 걸 환영해. 결사에 소속된 마술사 중 한 명으로서 모두를 환영한다."

스이메이가 평소와 다른 분위기를 풍긴 것으로 세 사람이 멍해 있다.

거기서 스이메이는 장난스럽게 혀를 내밀어 분위기를 누그러뜨렸다.

스이메이를 앞세우고 거대한 본관으로 나아갔다.

내리닫이 쇠창살문과 마찬가지로 마술을 이용해서 본관의 문을 열자, 차분한 분위기의 로비가 나타났다. 샹들리에에 붉은 카펫, 양쪽 계단. 그야말로 성의 정면 입구 같은 모습이다. 오래되어 낡은 외관에서는 전혀 상상할 수 없는 구석구석 손길이 미친 모습이다.

그리고 결사의 정면 로비에는 결사에 소속된 다른 마술사들의 모습이 드문드문 보였다.

그들은 스이메이를 발견하더니 순간 놀란 기색을 보였다. 종적을 감추고 나서는 첫 성 출입이다. 놀라는 것도 무리는 아니다.

그러나 그들도 곧 희미한 긴장으로 몸을 긴장시켰다.

그리고 스이메이에게 가볍게 인사하는 것도 잊지 않았다. 그 응대에 나이의 많고 적음은 관계없다. 젊은 사람도 연장자도 스이메이에게 필요한 예의를 다하고 있다.

한편 스이메이도 예를 갖추는 자에게 답인사를 하는 것도 잊지 않았다. 친한 자에게는 말을 걸고, 연장자에게는 똑같이 목례를 했다.

그 뒤에서 속닥거리는 것은 동료들이다.

(마리 님. 스이메이 님은, 그, 여기서는 꽤 높은 위치예요?)

(……그렇지? 뭐, 스이메이의 경우는 상당히 특수한 부류지만.)

(저기, 하이데마리. 혹시 우리는, 엄청난 사람을, 스승으로 가진 걸까요?)

(당연하지. 어쨌든 천재인 내가 제자가 되어줄 정도의 사람이니까.)

칭찬일까, 자랑일까. 하이데마리는 일일이 자신을 예로 인용하고 싶은 모양이다.

이윽고 스이메이가 뒤에서 소곤거리는 것을 깨달았다.

"왜 그래?"

"아무것도 아니야."

하이데마리는 그렇게 말했지만, 페르메니아는 미묘한 미소를 보내올 뿐이다. 레피르는 어딘가 득의양양한 모습이고, 리리아나는 낯선 분위기에 살짝 긴장한 인상이다.

"……로브를 입거나 지팡이를 든 사람은 별로 없네."

"우린 다 정장으로 통일하고 있고, 현대 마술은 형식상 지팡이는 고집하지 않아."

그러자 페르메니아가 무언가 떠오른 듯이 말했다.

"복장이라고 하면, 분명 스이메이 님은 길드에 가맹할 때 평상복 차림으로 등록하러 갔었죠?"

"윽?! 메니아, 왜 그걸?!"

"아아, 그거 말이네. 내가 없을 때 한바탕 말썽이 있었나 봐."

"뭔데뭔데?"

"스이메이가 저질렀다는 얘기야."

"또 스이메이의 깜빡 발동이네."

접수처 쪽으로 걸어간 스이메이는 아는 얼굴이 있는 것을 알아챘다.

스이메이가 나아가 인사하기 전에 상대가 먼저 말을 걸어 왔다.

"──오. 살아 있었군."

"오즈필드 경. 그동안 격조했습니다."

가볍게 한 손을 들어 올린 것은 잘생긴 서양인이었다.

잉글랜드계. 짧은 금발을 좌우 비대칭으로 한 정한한 남

자. 나이대는 이십 대 후반으로 젊디젊으며 근골이 다부지다. 빛의 의해 금빛으로 보이는 호박색(앰버) 눈동자는 형형히 빛나며 남자의 야성미를 강하게 드러내고 있다. 민소매를 개조한 흰 정장과 검은 와이셔츠, 어깨부터 머플러를 늘어뜨린 그 모습은 마술사라기보다 마피아의 언더 보스(차기 두목)로 불리는 편이 어울린다.

알프레드 오즈필드. 현재, 대집행으로서 활약하는 스이메이의 전임자다. 비트렉스(부도왕, 不倒王)이라는 별명으로 불리며, 수많은 신비 범죄자를 굴복해온 결사 제일의 무투파다. 전투 능력만으로 본다면 젊은 축에서는 1, 2위를 다툴 정도의 실력자다.

"스이메이 너, 이번엔 어떤 성가신 일에 휘말린 거야? 위겔 녀석도 사라졌다고 투덜거리던데."

"그게, 이 세계에서 잠시 모습을 감췄었어요."

"이 세계에서? 어이, 그건 무슨 소리야?"

"그 일에 관해 묻는 건, 죄송하지만 먼저 맹주님께 보고드리고 나서 부탁드릴게요."

"뭐야. 아직 말 안 한 거야? 그럼 내가 캐물을 수도 없지."

알프레드는 그렇게 말하고, 스이메이의 머리를 탁탁 쳤다.

그의 키는 190 이상이다. 스이메이의 키여도 키 차이가 상당하다.

스이메이가 위에서 내려온 충격에 어깨를 움츠리자, 알프레드는 씩 하고 기풍 좋은 미소를 지었다.

언제나의 대화가 끝나자, 알프레드는 페르메니아 일동으로 대상을 옮겼다. 이번에는 예의 바르게 모자를 벗고 하는 인사다. 그 모습은 그야말로 영국 신사 자체다.

"아름다운 숙녀분들, 우리 성에 오신 걸 환영합니다."

예를 갖추는 모습은 근사하다. 그림이다. 조금 전에 스이메이가 보인 장난이 희미해질 정도로 절도가 있었다.

이런 부분은 스이메이가 전혀 대적할 수 없는 수준에 있다.

페르메니아 일동이 그에게 각각 답인사를 하자, 하이데마리가 물었다.

"오즈필드 경, 나한테는 인사 안 해?"

"아가씨는 딱히 상관없잖아?"

"너무해——."

하이데마리의 불만을 등 뒤로하고, 알프레드는 한 손을 들고 성의 어둠 속으로 사라졌다.

그의 뒷모습을 배웅한 뒤 레피르가 다가왔다.

"저 사람은 네 선배뻘인 건가."

"뭐, 그런 거려나. 대집행이 될 때 혹독하게 훈련받았지."

"확실히 강해 보여."

"저 사람한테는 레피라도 못 이기지 않을까."

"그런가요? 레피르한테는 마술이 잘 듣지 않으니까 접근전이 되면 레피르한테 유리할 것 같은데요."

"아니…… 저 사람은 마술이 없어도 강해. ……진짜로."

스이메이는 그렇게 말하고, 주먹으로 싸우는 포즈를 취

했다.

알프레드의 특기는 복싱이다. 완전히 경지에 올랐는지, 최중량급의 상대도 일격에 쓰러뜨릴 만큼의 괴물이다. 지금 저 남자가 복싱계에 뛰어들면, 분명 수많은 전설을 만들어 낼 수 있으리라. 그 정도로 강하다. 마술을 빼놓아도 너무 강할 정도의 무투파다.

스이메이는 접수처를 향해 가볍게 손을 들었다. 그러자 접수처의 여성은 머리를 크게 숙였다.

"마스터 스이메이. 오랜만입니다. 무사하셔서 다행이에요."

"베르트리아 씨. 손님을 데리고 와서, 수속 부탁드립니다."

"그럼 응접실로 안내해드릴까요?"

"아. 아니, 그렇게 오래 걸리지도 않을 테니 저쪽 소파면 됩니다."

"알겠습니다. 그리고 천야회에서 마스터 앞으로 온 것이 있습니다."

"…………또요."

"분명 얼마 전에도 지부 쪽에 보내졌었죠. 평소에는 방치 상태인 천야회치고는 드문 일인데…… 도대체 무슨 바람이 분 걸까요."

"짚이는 것 정도는 있어요. 뭐, 착수하는 타이밍은 제가 조정할 거니까── 헉! 어이, 여기(독일)에서 하는 거냐!"

스이메이는 봉투에서 나온 자료를 보고, 뜻하지 않게 그 자리에서 소리쳤다. 설마 다수의 마술 결사의 소재지인 독일에서 일을 일으키려 하고 있다는 것은 전혀 뜻밖이었다.

"특정하는 자료는 조만간 올 줄 알았지만…… 천야회 영감탱이들, 일부러 지금까지 안 썼군……."

스이메이가 혼잣말을 하자, 눈치가 빠른 하이데마리가 물었다.

"그 일이야? 장소가 어느 정도 특정됐다는 건, 대규모 의식 관련 같은 거야?"

"뭐…… 그런 거야."

"저기, 아직 안 알려주는 거야?"

"조금만 더 참아줘. 알았지?"

그런 모호한 대답을 하면서 이번에는 함께 첨부된 지도와 사진을 대강 훑었다. 장소는 독일 중앙부. 사진에는 숲과 폐촌이 찍혀 있다.

"……그럼 베르트리아 씨. 죄송하지만, 잘 부탁드립니다."

스이메이는 베르트리아의 대답을 들은 뒤, 페르메니아 일동을 소파가 있는 곳까지 배웅했다.

"그럼 다녀올게. 미안하지만 이야기가 끝날 때까지 기다려줘. 그렇게 오래 걸리진 않을 거야."

"편하게 있어. 내가 있으니까. 원한다면 다른 사람한테 말 걸어도 괜찮아!"

하이데마리가 로비에 드문드문 보이는 마술사들에게 시선을 향하자, 레피르가 의문을 입 밖에 냈다.

"이런 곳은 외부인을 환영하지 않을 것 같은데."

"그래? 오히려 다들 이야기를 듣고 싶어 할 것 같은데?"

"어이어이, 대화해도 되지만, 맹주님께 여쭙기 전에 뭐든 술술 말하지는 마."

"그거, 세 명한테 말하는 거야?"

"너한테 말하는 거야."

"뭐야? 넌 나를 그렇게 입이 가벼운 애라고 생각하는 거야?"

"너 은근 자랑하잖아? 천재, 천재라면서."

"우……."

하이데마리는 스이메이를 빤히 쳐다본 뒤, 일부러 들으라는 듯이 콧방귀를 뀌며 고개를 휙 돌려버렸다.

"흥!"

"……뭐야, 또냐. 저번부터 대체 왜 그러는데."

"딱히! 아무것도 아니야!"

갑자기 거칠게 말하는 하이데마리에 스이메이는 난감한 듯이 한숨을 쉬었다. 이런 독설 주고받기는 하이데마리와는 일상이다. 저쪽에서 먼저 시작하면 지적으로 응수하고, 이쪽에서 헤살을 놓으면 비아냥이 돌아온다. 소통치고는 질이 좋다고는 할 수 없겠지만── 비행기 때도 그렇고, 요즘은 어떻게 돼버린 걸까.

조만간 비위라도 맞춰줘야 하나 하고 생각하는데, 리리아나가 진보랏빛 시선을 향해왔다.

"스이메이. 사정을 말한다는 말, 인데요, 괜찮은, 거예요?"

"그래요. 그 마법진은 말하자면 이세계의 입구. 다른 분께 말하는 건 역시……."

불안한 걸까. 그러나 스이메이에게는 불안 따위 조금도 없다.

"괜찮아. 그 사람은 기본적으로 사람이 불행해지는 일은 하기 싫다는 주의니까. 말한다 해도 이상한 마음은 안 일으켜. 그 사람은 세상의 모든 사람의 행복을 꿈꾸고, 이 결사라는 마술 조직을 세웠어."

"모든 행복?"

레피르의 되물음에 스이메이는 "그래" 하고는 로비의 천장을 우러러 묻지도 않은 말을 스스로 했다.

──눈물을 부르는 자여. 기억해라. 이 세상에 거두지 못할 슬픔의 비는 없다는 것을.

──고통을 실어 나르는 자여. 기억해라. 이 세상에 지우지 못할 아픔의 불꽃은 없다는 것을.

그것은 언젠가 누군가가 했던 말. 스이메이가 말하고, 비슈다도 말했던 문장이다. 이 세상에는, 결코 절망 따위 없다고. 이 세상을 살아가는 누구에게나 내일이라는 희망이 있다는 것을 악의에 들이미는 말이다.

"이게. 우리의 이념(싸우는 이유)이야."

"다시 말해, 우리가 이렇게 여기 있을 수 있는 것도."

"그래. 그 사람이 없었으면──."

지금의 스이메이도, 스이메이가 동경했던 그 아버지도 없다. 그러면, 지금 이곳에 있는 그녀들을 구하는 일 따위 불가능했으리라.

석벽에 에워싸인 실내에 촛불이 흔들리고 있다.

어둠 속. 주황색으로 희미하게. 실내 전체를 비추기에는 부족하지만, 그것으로 충분하다는 듯이 다른 광원은 켜지지 않은 채였다.

그 방에는 출입구가 없고, 창문도 없다. 주위는 온통 벽뿐이다. 죽은 방이라고조차 할 수 없는 격리, 격절된 공간이다. 그럼에도 세련된 테이블이 있고 촛대가 오도카니 하나 놓여 있다.

어떻게 들었을까. 그 이전에 **이곳에 있는 두 인물**은 어떻게 이 방에 들어왔을까라는 의문이 앞서리라.

두 인물 중 한 명은 야카기 스이메이며, 다른 한 명은 이 방과 성의 주인이다.

스이메이의 눈앞, 촛불에 비쳐 보이는 것은 인버네스 코트(검은 외투)로 몸을 감싼 장발을 한 남자다. 싱그러운 피부는 젊음을 알려주었지만, 장발은 그 풍모에는 어울리지 않게 온통 흰색으로 물들어 있다. 애송이, 풋내기로 불려도 이상하지 않을 외모지만, 그 명랑한 웃음은 어딘가 마음씨 좋은 할아버지를 떠올리게 할 만큼 관용과 노회함으로 넘쳐흐르고 있었다.

그렇다. 지금 스이메이의 눈앞에 있는 사람이야말로 결사에서는 맹주로 여겨지는 마술사다.

네스테하임 하인리히 콜네리우스 아그리퍼. 마술계에 이름을 남길 위대한 마술사이자, 이곳 『결사』의 발기인.

그런 직함을 가진 그는 문득 스이메이에게 호감을 주는 웃는 얼굴을 보였다.

"──이야, 설마 이 세상에서 사라져버리는 건 나도 예상조차 못 했어."

세상 이야기를 하듯 밝게 운을 떼는 모습에서는 엄격함 따위 조금도 느낄 수 없다.

그러나 한편 스이메이는 희미한 긴장을 유지한 채 그에게 물었다.

"그렇다는 건, 제가 없어진 건 파악하고 계셨던 거군요."

"우리 애니까. 찾아."

그가 말한 것은, 우리 애. 그렇다.

이 마술사는 결사에 소속된 거의 모든 마술사를 자신의 아이라고 말한다. 남녀노소를 불문하고 누구라도. 결사 안에서 그렇게 부르지 않는 것은 동시대를 산 다른 두 동기 정도리라.

어쨌든, 찾았다는 것은 그를 번거롭게 했다는 것이다.

그에 스이메이는 사죄를 담아 머리를 숙였다.

"맹주님. 이번에는 큰 폐를 끼쳤습니다. 죄송합니다."

"됐어, 됐어. 이번엔 불가항력이었잖아? 그건 네가 사과할 일이 아니야."

"하지만, 아무리 신격의 영향이 있었다 해도, 타자의 마술 행사에 걸려드는 실수 따위, 하이 그랜드 클래스의 마술사에게 있어서는 안 될 일이라고 인식하고 있습니다. 그렇다면, 이번 부재의 책임도——."

"미스터 스이메이."

"네……."

문득 부르는 목소리에 스이메이는 숙이고 있던 머리를 들었다.

그것은 유무를 묻지 않는 힘 있는 목소리였다. 보니, 자신을 지그시 쳐다보는 검고 둥근 눈동자가 있다.

스이메이가 그것을 알아챘을 때, 자애로운 미소가 향해졌다.

"네가 무사해서 다행이야."

"——과분한 말씀, 감사드립니다."

맹주의 다정한 말에 스이메이는 다시 깊숙이 머리를 숙였다. 이 마술사는 이렇다. 모든 것을 받아들이고 감싸버릴 만큼의 관용을 지니고 있다. 마술사에게는 절대로 어울리지 않는 이런 일면을 지녔기에 사람을 끌어당기고, 나아가서

167

는 이 정도의 조직이 탄생한 것이리라.

맹주는 불쑥 일변하여 천진한 미소를 보여왔다.

"그것보다 나는 네 몸에 일어난 일에 관해서 묻고 싶어. 불가항력이라고는 해도, 이건 우리한테 어떤 의미로 희소식이야. 그렇지?"

그것은 이세계로 전이한 것을 말하는 것이리라.

편지에도 넌지시 적었지만, 자세한 설명은 아직이다. 빨리 들려달라며 마치 장난감을 기다리는 아이처럼 들썩거리기 시작하는 맹주에게 스이메이는 설명하기 시작했다.

이세계로 전이한 것. 그곳에는 마법으로 불리는 엘레멘트를 이용한 마술 체계가 있다는 것. 마족이라는, 사신이 만든 생물과 싸운 것.

그 전부를 말하고 나자, 맹주가 조용히 소리 죽여 웃고 있는 것을 깨달았다.

"후, 후후후……."

"맹주님."

지금 그가 보이는 웃음은 환희에 속한 것이리라. 그러나 그것은 스이메이가 지금까지 본 적 없는 종류의 웃음이었다. 평소의 그의 웃음에는 천진함이 있지만, 지금 맹주가 보이는 웃음에는 신비를 뒤쫓는 자 특유의, 불길함이 존재했다.

자신도 모르게 두려움을 품었을까. 스이메이가 꿀꺽 침을 삼키자, 맹주는 일단 웃음을 멈췄다.

"나아갔네. 지난 수백 년간 전혀 요원했는데, 드디어야."

"그건, 진전으로 받아들여도 될까요?"

"응. 미스터 스이메이. 너는 역시 재미있어. 미스터 카자미츠도 그랬지만, 역시 너는 파격이야."

"이세계가 있었다는 사실이 우리가 노리는 것에 가까워지나요?"

"글쎄? 어떨까. 그래도, 희망은 생기기 시작했다고 생각해. 어쨌거나 다른 차원이 있다는 거니까."

결사의 이념은 『아카식 레코드에 기록되는 평행 세계』의 실질적인 존재와 그곳에서 찾아낼 수 있는 가능성에 무게를 둔 것이다. 이 세상에 평행 세계가 존재하며, 동시에 무한한 가능성이 존재한다. 즉, 그때 이렇게 했더라면 이렇지 않았을까라는 『어쩌면』이나 『IF』가 있으면, 이 세상에는 구원받지 못하는 결과를 가지고 태어나는 자가 없다는 것이며, 나아가서는 『절대적인 불행』을 부정할 수 있다.

……누구나 배드엔드는 싫은 법이다. 해피엔드를 맞고 싶어 한다. 그것이 자신이나 주변 사람의 인생이라면 더더욱 그러하리라. 그래서 다른 결과를 추구했다. 평행 세계라는 『어쩌면』이 있으면, 적어도 불행한 인생이 『운명이라는 말로 한 묶음이 되는 일은 없다』. 구원받지 못할 사람 따위 결코 이 세상에는 존재하지 않는다. 이곳은 그런 배드엔드를 인정하지 못하는 인간(바보)의 모임이다.

"그리고, 마족이라는 게 궁금해. 그거야? 그건 역시, 판타

지계 소설에 나오는 그런 건가?"

불쑥 마족에게 관심을 보이기 시작한 맹주에게 스이메이는 고개를 가로저으며 대답했다.

"아뇨, 편의상 그런 명칭이 붙은 것뿐이겠죠. 실질적으로는, 사신이 낳은 권속입니다. 모습은 짐승과 곤충을 합친 모습으로, 불길할 뿐인 존재였습니다."

"불길이라. 내가 그런 걸 들으면, 좀 더 흐물거리는 부정형의 존재나 불길한 걸 상상하게 되지만 말이야."

아마도 비대칭의 존재나 리리아나를 구했을 때 나타난 아스트로소스 같은, 생리적인 혐오감을 불러일으키는 존재를 떠올린 것이리라.

스이메이는 맹주가 떠올린 것을 나름대로 머릿속에 그려 보지만…… 역시 맹주의 머릿속은 상상할 수 없다. 하지만 알 수 있는 것이 하나 있었다.

"……맹주님이 상상하는 『불길한 위협』이 넘치기 시작하면, 분명 세계는 멸망하겠죠."

"무섭네."

라고 하기에는, 대답이 너무 가볍지 않을까. 스이메이도 『당신, 진짜로 그렇게 생각하는 거냐』 하고 눈이 미심쩍게 가늘어졌다. 뭐, 이 남자를 겁먹게 할 수 있는 것 따위 분명 이 세상에 존재하지 않겠지만.

그러던 중, 문득 맹주가 장난스러운 웃음을 보이기 시작했다.

"저기저기, 미스터 스이메이. 네가 만든 전이의 마법진을 이용해서 대량으로 마술사를 보내서, 그쪽 세계를 엉망진창으로 만들어보고 싶다고 하면 어쩔 거야?"

"……어쩌고 뭐고, 우선 맹주님이 그런 일을 할 메리트가 없잖아요."

갑자기 익살을 떨기 시작한 맹주에 스이메이가 머리가 아픈 듯이 대답하자, 맹주는 깜짝 놀란 얼굴을 했다.

"어라라. 이제 동요하지 않네."

"어차피 맹주님은 마법진이나 그 세계 자체에는 거의 관심 없잖아요?"

"뭐, 그렇지. 내가 관심 있는 건, 이세계라는 게 존재하느냐 하지 않느냐니까."

그러리라. 타인의 행복을 바라고 외법(外法)에 치달은 남자가 설마 그런 일을 할 리가 없다.

"그럼, 네가 궁금한 건 없어?"

"그럼 하나. 고트프리트 경에 대해서 여쭙고 싶은데요."

스이메이가 그렇게 말하자, 맹주는 뜻밖인 것이라도 들은 듯이 눈을 동그랗게 떴다.

"그건…… 또 오랜만에 듣는 이름이네. 네가 말하는 고트프리트라는 건 그 고트프리트를 가리키는 것 같은데."

"네. 맞습니다."

"그가 어쨌는데?"

"저쪽 세계에서 만났습니다."

"그래…… 그러고 보니 그도 갑자기 사라졌었는데, 그래. 그런 거군."

갑자기 사라진 데 대한 해답을 얻고 이해한 걸까. 맹주는 납득한 표정을 지었다.

"만났다고 했는데, 보아 하니 그냥 만나기만 한 게 아니군."

"네. 고트프리트 경은 저쪽 세계에서 무슨 일을 꾸미고 있고, 저희의 앞을 가로막았습니다."

"흠흠. 그래서, 그와 싸우지 않으면 안 된다는 거군."

핵심을 찌른 그 말에 스이메이가 끄덕이자, 맹주는 그 앞을 읽은 듯이 말을 앞질렀다.

"그전에 말이야, 너, 그쪽 세계에서는 제대로 싸울 수 없지?"

"……네. 말씀하신 대로입니다."

알아맞힌 사실에 스이메이는 순간 놀랐지만, 곧 당연한 거라고 생각을 고쳤다. 신비적인 법칙에 관해서 마술왕으로 불리는 이 남자가 예측할 수 없을 리 없다.

그렇다면 지금부터가 본론 중의 본론이다.

스이메이는 제자된 자의 태도로 다시 앉은 자세를 바로 했다.

"──맹주님. 이번에 성에 온 것은, 오랫동안 조직을 비운 것에 대한 사죄와 다시 한 번 저쪽으로 되돌아가는 것에 대한 허가를 받고, 고트프리트 경을 포함한 몇몇 위협에 대항하기 위한 교시를 얻고자 해서입니다."

"사정은 알았어. 네가 소환된 건 고위 존재의 간섭이 있었던 거니 어쩔 수 없고, 돌아가는 것도 저쪽에서의 일을 제대로 매듭지어야 하기 때문인 것도 알아. 응."

"그럼."

바라던 대답을 듣고, 스이메이의 얼굴이 저절로 밝아졌다. 그러나 그리 호락호락하지 않은 것도 이 마술의 길을 걷는 선배다.

"아르스 콤비나토리아(결합술)에 대해서는, 나중에 고찰에 대해 적힌 책을 준비할 테니까 그걸로 연구하면 돼. 마찬가지로 싸우는 힘에 대해서도…… 간단히 답을 말해버리는 것도, 재미없겠지?"

역시, 그렇게 간단히 굴러가지 않는다. 마술사라면 수수께끼는 스스로 해명하는 것이 당연하다는 것이리라. 책을 준비한다는 것은 해명하기 난해한 마술서를 해독해서 답을 내라는 것이며, 저쪽에서도 전력으로 싸울 수 있게 되는 것에 대해서는…… 지금 어떤 조언을 준다는 것이리라.

"힌트는…… 그래. 공간 자재법(크로스 디멘트)와 소환술과 결계술이려나?"

스이메이는 그런 맹주의 말에 인상을 찌푸렸다.

"공간 자재법…… 그 남자의 마술도요?"

"그래그래. 그래서 지금 그쪽에 있다는 그는 그쪽에서의 마술사로서의 지위를 간단히 확립할 수 있었을 거야."

공간 자재법이란 마족군에 있던 비슈다―― 아니, 그리드 오브 텐(마에 빠진 십인) 쿠드라크 더 고스트하이드가 쓰는 특수한 마술이다. 이 세계에서 태어난 술이지만, 그 남자는 저쪽 세계에서 무리 없이 다임 퍼니쉬먼트(위상 절단)를 해보였다. 즉, 저쪽이라도 이쪽의 마술사로서 제한이 없다는 것이다.

그렇다면 공간 자재법, 소환술, 결계술. 그 세 가지 요소가 나타내는 답이란 무엇인가.

그 전부를 이용하는 마술일까. 아니면 그 요소들을 포함하는 마술일까——.

"그렇게 어렵게 생각할 거 없어. 이 경우 너를 방해하고 있는 건, 저쪽 세계에서는 이쪽 세계의 마술을 생각대로 쓸 수 없다는 거야."

"네."

"그렇다면——."

맹주는 그렇게 한 호흡을 쉬고, 핵심 같은 말을 했다.

"**——저쪽이, 이쪽이면 돼.**"

"······?"

이해하지 못한 스이메이가 험악한 표정을 짓자, 맹주는 또 킥킥 웃기 시작했다.

"미스터 스이메이. 사고방식은 단순하고 간단해. 단 그 대신."

"사고방식이 간단하면, 기술은 반비례해서 어려워진다."

"바로 그거야."

점잖게 끄덕이는 맹주에게는 이미 답이 나온 것이리라. 남은 것은 눈치가 나쁜 제자를 놀리는 일뿐이다. 정말 좋은 취미를 가졌다고 말하고 싶다.

"내가 줄 수 있는 힌트는 여기까지야. 나머지는 네 힘으로 어떻게든 해봐."

"알겠습니다. 가르침, 감사드립니다."

머리를 숙이자, 맹주는 불쑥 일어났다. 그리고.

"……미스터 스이메이. 우리도 상위의 존재의 힘을 빌리거나 이용해. 그건 그들의 힘이 우리에게 유용하고 강대해서야."

"네."

"분명, 그 여신의 힘도 그렇겠지. 하지만, 우리는 그런 부조리를 이겨내기 위해서 힘을 손에 넣었어. 그리고 그건, 너한테도 갖춰져 있어."

"……맹주님?"

문득, 혼잣말에 어울리지 않는 명사가 포함돼 있었다. 사신도 아닌, 고트프리트도 아닌, 쿠드라크도 아닌 한 단어.

마치 그것이 스이메이의 적(그들)과 한 범주에 있다는 듯이——.

"뭐, 들어봐."

불쑥 다가온 것은 빨려들 것 같은 새까만 눈동자였다. 기분 나쁠 정도로 검어, 마치 까만 눈구멍을 연상시키듯 깊이를 알 수 없는 그것.

홀린다── 그렇게 생각한 순간, 그것이 일변했다. 언젠가 봤던, 열의와 투지가 깃든 것으로. 그래서, 자신에게 상기시키는 것이다. 소중한 것을. 그리고 이 눈동자가 자신── 아니, 결사에 속한 모두의 등을 미는 것이다.

──구원받지 못할 누군가를, 틀림없이 구원하기 위해서, 라고.

"가. 너의 이상을 보이러. 그게 나아가서는 우리의 정당성을 증명하는 길이 돼. 자신의 변덕으로만 움직이는 신격 따위 전부 날려버리고 와."

"예──."

그런 맹주의 다정한 응원을 받으며, 스이메이는 맹주의 방을 떠났다.

★

장소를 바꿔, 결사의 로비.

"──마스터 스이메이요?"

접수원에게서 그런 어딘가 의아하다는 목소리가 돌아왔다.

로비에서 기다리게 된 페르메니아 일동은 결사 본거지의 접수원 베르트리아 크란츠에게 스이메이에 대해 묻고 있었다.

"네. 저희는 그, 스이메이 님에 대해서 그렇게까지 자세히 모르거든요."

"아아. 마스터 스이메이는 자기에 대해서 말하고 싶어 하지 않는 타입의 분이시니까요."

그러더니 베르트리아는 음전한 미소를 지었다.

"그래도, 그 나이고, 보통의 소장파라고는 생각하지 않았나요?"

"분명 스이메이는 젊어요. 하지만 여기에 와보니 나름대로 대우를 받고 있고, 직접 장에게 면회를 신청해서 만나러 가고 있으니까요. 위치가 낮으면, 보통은 만날 수 없잖아요."

"그렇죠. 마스터 스이메이는 맹주 네스테하임을 가볍게 만나러 갈 수 있는 위치긴 해요. 그보다, 만나기 위해서는 먼저 그분을 찾아야 한다는 전제가 있어서, 그러지 못하는 마술사는 애초에 만나러 갈 수 없지만요."

베르트리아의 모호한 표현에 페르메니아가 고개를 갸웃했다.

"그분은, 이곳에 있는 게 아닌가요?"

"이곳에 있을 거예요. 하지만 그 장소를 몰라요. 저도 한번 찾아본 적은 있답니다? 일단은 저도 성을 탐색할 수 있을 정도로는 마술을 배웠거든요."

베르트리아는 "하지만 샅샅이 찾아봐도 전혀 보이 않았죠" 하고 말을 이었다.

"마스터 스이메이가 지금의 위치인 건 마스터의 능력이나 결사의 공헌도라는 것도 있겠지만, 애초에 마스터의 집안도 상당한 집안이기 때문이죠."

"우대받고 있다는 건가요?"

"우대라기보다, 우위를 인정받고 있다는 표현이 정확할 거예요."

베르트리아의 말을 들은 페르메니아는 전이해 온 직후를 떠올렸다. 주위의 다른 집들에 비해 넓은 부지와 큰 집. 적어도 재력이 있는 것은 틀림없다.

"집안은…… 분명 큰 저택이었으니까요."

"역시, 유서 있는 가계라는 건가요?"

"네. 가문이라면 이곳 결사가 발족한 300년 전보다 더 전인 천 년 전쯤부터——."

"처, 처처처, 천 년?! 천 년요?!"

페르메니아는 예상 밖의 정보를 들은 탓에 경악해서 펄쩍 뛰었다. 이세계 출신인 그녀들에게는 천 년 동안 이어져온 가문이라면 네페리아나 사디어스를 가볍게 뛰어넘어, 어쩌면 아스텔 왕가보다도 오래된 것이 되기 때문이다.

그것은 레피르나 리리아나도 마찬가지로, 놀란 사슴처럼 눈을 동그랗게 뜨고 있다. 유일하게 놀라지 않은 것은 이 세계의 주민인 하이데마리뿐이다.

"마술계에서 신흥으로 분류되는 결사에서는 거의 단연 톱이죠. 당시 일본에서 활발했던 마술 문화, 고신도, 산악신앙, 불교문화를 근간으로 한다고 들었어요. 동양의 신비로는 명가 중의 명가죠. 결사의 이념에 관심을 보인 당시의 당주가 긴밀히 접촉을 취하게 돼서 이쪽에 뛰어들었다고 들었어요. 당시부터 카발라의 수비술에는 상당히 기질이 맞았던 모양이에요.”

그러나 여기서 페르메니아는 이상한 점을 깨달았다.

“이, 이쪽의 신비도, 종교가 관련된 것이 많다고 들었는데요.”

마술의 원천은 종교가 관련된 것도 많다. 그렇기에 다수의 마술을 터득하려고 하면, 많은 신앙끼리 충돌하게 된다. 그렇기에 하나의 마술 체계에 몸담으면, 다른 마술은 배우기 어렵거나 혹은 배울 수 없는 벽에 부딪히는데——.

“마스터의 집안은 학자 기질이 강한 가계인 모양이라, 신앙에 관해서는 옅다고 할까요. 그보다 원래 신앙과는 별개로 신격과의 접촉 수단을 확립하고 있어서, 기도 같은 건 아예 하지 않는 모양이에요.”

“흠?”

신앙이라는 소리에 레피르가 흥미진진한 듯이 반응하자, 베르트리아는 고개를 가로저었다.

“죄송하지만, 이 부분은 야카기 가문의 비술과 관련된 것인 모양이라서. ……마리 양은 어때요?”

“나는 아직 안 배웠어. 슬슬 때가 됐다 하던 차에 이번 일이 생겼으니까.”

“아.”

두 사람이 그런 대화를 나누는 가운데, 레피르가 페르메니아를 향했다.

179

"페르메니아 양은 알겠어? 신앙을 관두고 신의 힘을 빌리는 건 영 감이 오지 않는데."

"느낌이지만, 신앙처럼 스스로를 신격에 접근시키는 수단이 아니라, 그릇을 주고 현계(現界)시키는, 이쪽에서 지정하고 끌어당기는 수단을 만듦으로써 힘을 빌리고 있는 거라고 생각해요."

"요컨대, 소환술 같은, 건가요?"

리리아나의 말에 페르메니아는 애매하게 끄덕였다.

"네. 알기 쉬운 예를 들면, 수호천사의 하프 포제션(반 빙의) 같은 거라고 할까요."

"하지만, 그게 신격에게, 이익이 되나요? 종래라면 신앙이라는 공물이 있지만, 그 방식은, 공물(이익)이 분명하지 않아요."

"그럭저럭 직접 간섭이라는 수단을 얻을 수 있는 시점에서 손을 빌려줄 이유는 된다고 생각해요. 극단적인 말로, 신격에게 가장 두려운 건 『잊혀버리는 거』예요. 하지만 힘을 휘두를 기회가 있으면, 이 세계는 전체적으로 볼 때 특정 신앙 외에는 『희미한』 경향에 있어요. 스이메이 님처럼 연결고리를 많이 갖고 있는 사람은 신격한테도 훨씬 좋죠."

"……이게, 다루기 쉬운 남자라는, 거예요."

리리아나가 꽤나 심한 말을 했다. 스이메이가 들으면 단호히 부정했겠지만 이곳에 그는 없다.

그런 대화가 끝났을 때 레피르가 말했다.

"참고로, 자세한 건?"

"먼저 어떻게 하면 되는지 전혀 모르겠어요. 초반의 접속 방법부터 강령 후의 유지, 통신 수단. 신비. 레피르도 스이메이 님의 아브라크 아드 하브라를 본 적이 있잖아요?"

"그건…… 분명 그렇지."

그것은 스이메이가 수호천사를 불러냈을 때다. 레피르는 그것을 두 번 목격했다. 터무니없는 존재를 불러내는 기술이지만, 하프 스피릿(반 정령)이기도 한 레피르로서도 어떻게 된 것인지 그 편린조차 엿볼 수 없었다.

거기서 베르트리아가 보충하듯이 말했다.

"당시의 일본은 다신교였던 데다 마술에 관해서는 옛날부터 다양한 것을 도입하고 있었고, **신앙의 대상을 통합**하거나 난폭한 이야기를 마구 했었으니까요. 신격의 취급에 관해서는 결사에서는 으뜸일 거예요. 그렇기 때문에 사신을 내쫓을 수 있었던 거고요──."

"사, 사신을요──?!"

"네. 유명한 이야기예요! 그리드 오브 텐의 마술사가 세계를 파멸시키기 위해 불러낸 사신을, 현계 도중이지만 마스터가 외각 세계로 내쫓아 개념 존재로 되돌린 건요."

세 사람은 말문이 막혔다. 사신. 즉 지금 그녀들이 적대하고 있는 존재를, 스이메이는 이미 격퇴한 몸이라는 것이다.

거기서 페르메니아가 무심코 멍한 얼굴로 말했다.

"저기, 저는 어쩌면 소환에 실패하지 않았던 게 아닐까요?"

"아니, 실패지. 페르메니아 양, 현실 도피하면 안 돼."

레피르가 페르메니아의 어깨에 손을 얹고 그런 말을 하는데, 리리아나가 볼멘 얼굴을 했다.

"······스이메이는, 역시 거짓말쟁이예요."

"정말이야. 뭐가 중하냐. 상 중의 상이잖아."

"아, 마스터가 그런 말을 했어요?"

"그거 스이메이**답네**."

"자랑 같은 건 별로 잘할 것 같지 않은 분이니까요."

"스이메이의 경우는 하는 일이 일이다 보니 객관적으로 말해도 자랑이 되니까."

하이데마리와 베르트리아가 한창 그런 대화를 나누던 중이었다.

"저기······."

누군가 뒤에서 페르메니아 일동을 불렀다. 물론, 정장을 차려입은 모습에서 이곳의 마술사라는 것을 알 수 있다.

"무슨 일이신데요?"

"저, 그쪽 분, 악수해주실 수 있을까요?"

어느새 페르메니아 일동 주위에 특히 레피르 쪽에 마술사들이 상당수 모여 있었다.

스이메이가 맹주의 방에서 로비로 돌아오자, 그곳은 사람들로 인산인해를 이루고 있었다.

"이, 이게 무슨 일이야……."

현재 상황을 목격한 스이메이가 내뱉은 첫마디였다. 정면 로비는 광희난무(狂喜乱舞)의 대소동이다. 사방에서 흥분한 목소리가 터져 나오고, 익숙한 목소리가 큰 소리로 제지하고 있다. 떼 지어 모인 것은 결사에 소속된 마술사들이고, 그들을 막고 있는 것은 하이데마리를 비롯한 지인들이다.

스이메이가 얼빠진 사람처럼 멍하니 있는데, 인파 속에서 목소리가 날아왔다.

"스이메이──! 늦었잖아! 뭐가 빨리 끝나야! 거짓말쟁이! 바보!"

하이데마리의 분노한 목소리는 유치한 욕이다. 우르르 몰려드는 마술사들을 막아야 한다며 마술까지 쓰고 있는 상황이다.

전개한 것은 그녀의 특기 마술 중 하나인『트럼프 병대』다. 조커 이외의 카드 52장을 총동원해, 몰려드는 마술사를 막거나 열을 짓게 하느라 아주 바쁘다. 손발이 난 카드가 칸막이 구실을 하고 있다. 그런데도 손이 부족한 걸까. 다른 방향에서 밀려드는 세력에 이번에는 다른 마술을 전개했다.

"Sie kommen. Meine niedlich bär kuscheltiere(자, 이리 온. 나의 귀여운 곰인형아)──."

뽕 하고 그야말로 마술 같은 소리를 퍼뜨리며 삼각모를 눌러쓴 곰인형이 공중에 나타났다. 축구공 크기였던 것이 순식간에 거대해지고——.

"고, 곰인형이다! 위험해!"

"방어 장벽——. 늦지 않을까!"

"거거거, 거대해졌어!"

"으아——?!"

옆에서 들어온 다른 세력은 곰인형에게 짓눌려 아비규환이다.

새치기는 좋지 않다……라는 걸까.

한편 다른 줄에는 영향이 없는 모양으로,

"……줄?"

그렇다, 줄. 대기 줄이다. 자세히 보니 줄이 향한 끝에는 묘해 보이는 얼굴을 한 레피르가 자리에 앉아 있고, 페르메니아와 리리아나가 옆을 단단히 지키고 있는 상황이다.

그곳에, 모인 마술사들이 한 명씩 그녀 앞에 서서——.

"머, 머리카락! 머리카락을 주세요! 한 가닥, 딱 한 가닥이면 돼요!"

"이, 이 수정옥에 당신의 힘을 주입해주시겠어요?!"

"예스! 손 안 씻을 거야!"

"누나! 누나라고 부르게 해주세요!"

"아아……."

스이메이의 입에서 무심코 새어 나온 것은 곤혹의 목소리다. 마치 어디의 아이돌 악수회 저리 가라다.

연구가 수십 년분 진전됐다나. 마술사—— 라기보다, 신비 오타쿠 같은 감탄사가 곳곳에서 터지고 있다. 와글와글, 꺄아꺄아. 아이돌에게 몰리는 오타쿠들── 그런 정경이 눈앞의 광경과 겹쳐져 견딜 수 없다.

문득, 줄 쪽에서 부르는 소리가 났다.

"야카기 씨!"

들어본 적 있는 목소리다. 그것은, 하이데마리와 사이가 좋은 마술사 소녀였다.

긴 황갈색 머리카락을 가진 일본인(재패니즈). 나이도 대강 스이메이와 비슷한 정도. 셔츠에 검은 베스트, 빨간 넥타이, 검은 타이츠스커트 차림이다. 그것뿐이라면 수수한 차림이라고도 할 수 있지만, 주름 장갑과 초커, 셔츠에 들어간 자수 무늬 등 군데군데가 보기 좋고 화려하게 장식돼 있다.

용모도 아름답고 사랑스럽다. 그런 말이 딱 어울리는 그 소녀는──.

"아아, 하츠하나구나."

하츠하나. 결사에 소속된 마술사이자, 현역 매지션이기도 하다. 일본에서는 아이돌과 매지션의 중간 같은 활동을 하고 있다. 스이메이가 부른 하츠하나, 『하츠하나 텐키(初花天姬)』가 일본에서 쓰는 그녀의 예명이다. 참고로 일본에서는 사인 한 장에 몇 만 엔을 하는 초유명인이다. 평소에는 스이메이 앞에서 공손한 태도를 취하지만, 지금은 긴급 사태인 모양으로 어딘가 흥분한 기미다.

"아아가 아니에요! 대체 이게 어떻게 된 일이에요?"

"나한테 물어도 말이야. 근데, 왜 네가 여기에 있어?"

"히메는 내가 불렀어. 이건 우리만으로는 수습하지 못한단 말이야."

"갑자기 마리의 심부름꾼이 왔다 했더니 이 상황이에요──. 거기! 새치기 시도하지 마! 태울 거야!"

위험한 발언을 하면서, 타이거 아이(금빛 눈동자)를 붉게 빛냈다. 그녀의 특기인 불꽃 마술이다. 회피가 불가피한 전투 특화. 시살(도라코마이, 視殺)에 필적할 만큼의 마술이다.

"오오! 연소 마술이군요!"

"오히려 태워지고 싶어!"

그런 바보 같은 말을 하는 자도 나타나는 형국이다. 게다가 마술사들은 어디서 소문을 들었는지 점점 모여들어 늘어가기만 한다. 이대로 가면 수습이 불가능해지리라는 것은 상상하기 어렵지 않다.

스이메이는 두통의 낌새를 느끼면서 레피르에게 향했다.

레피르는 의자에 앉아 편하게 있는 것일 텐데도 몹시 지친 모습이었다. 죽은 생선의 눈도 이럴까. 뭐, 돌발적인 이벤트니 무리도 아니리라.

"저기."

"……스이메이. 이건 뭐야? 왜 내가 이런 대우를 받아?"

"물을 것도 없이 눈치챘잖아? 스피릿이니까."

"……설마, 이 정도일 줄이야."

여러 번 말하지만, 이 세계에는 정령이 없다. 없어졌다.

그래서 관련된 데이터를 원하는 마술사는 그야말로 잔뜩 있다. 게다가 레피르는 단순한 정령이 아니라 반정반인이다. 그 희소성은 그야말로 신화시대까지 거슬러 오르지 않으면 찾을 수 없으리라.

그러나 이것도 아직 나은 편이다. 다른 조직에 데리고 가면, 인체 실험을 위해 체포당해 사람을 사람이라고 생각하지 않는 짓을 당할 가능성도 있다. 결사는 그런 점에서 맹주의 주장(이념)도 있어 양심적이다.

그런 가운데, 마술사들의 화살이 스이메이에게 옮겨갔다.

"이분은 마스터 스이메이가 데리고 오신 겁니까?!"

"야카기 경! 이런 신비의 결정체를 독점하는 건 치사합니다!"

"마스터 가문의 전문은 카발라와 신앙의 전환과 조정 관련이었잖아요? 언제 강신, 강령, 정령 관련으로 전환하신 거예요?!"

"공동 연구! 공동 연구합시다! 연구비는 오히려 제가 내겠습니다!"

"아아, 시끄러워! 다들 진정해!"

스이메이는 너무 성가신 나머지 되받아 소리쳤다. 그러나 이곳에 있는 것은 못 해도 마술사들이다. 호통을 들어도 자신의 연구를 위해 물러서는 일은 없다.

"이게 진정할 수 있겠습니다!"

"맞습니다! 흥분으로 밤잠도 설칠 겁니다!"

"아아아아──. 누나아──!"

시끄럽게 몰려드는 마술사들은 전혀 물러날 낌새가 없다. 그러나 스이메이 쪽도 일정이 있다. 그들을 떼어내지 않으면 진전은 없었다.

"알겠어?! 우린 지금부터 갈 데가 있어! 이제 그 정도로 해줘! 부탁할게! 이제부터 더 피곤한 일정이란 말이다!"

"피곤하다니, 어딜 가시는데요?"

"이제부터 더 피곤하다(의미심장)고요?!"

"독점 반대! 반대애!"

떼 지어 있던 마술사들이 목적을 위해 결탁하기 시작했다. 항의하듯이 스이메이의 주위로 몰리는 형국이다.

문득 페르메니아 일동도 어디에 가는지 묻고 싶은 듯이 시선을 향해왔다.

"그러니까, 이제부터 갈 곳은, 신비 오타쿠 요괴한테다!"

"윽!"

"오우……."

스이메이가 뱉은 그 말에 마술사들의 물결이 단숨에 밀려났다.

너무나도 심한 정색에 이세계 조의 불안이 단숨에 높아졌다.

거기서 입을 연 것은 레피르다.

"……뭐야, 저 사람들 반응은? 불안한 마음밖에 안 들어."

"나도 불안해."

"스이메이 님. 지금부터 대체 뭘 하러 가는 거예요?"

"그건, 리리아나의 눈을 봐달라고 할 거야."

스이메이가 그렇게 말하자, 리리아나의 어깨가 움찔 튀었다. 마술사들의 시선이 리리아나에게 쏠렸다. 스이메이가 그런 거라고 끄덕이자, 그 시선은 단숨에 동정으로 바뀌었다.

당연히 리리아나도 시선의 종류는 눈치챈 모양이다.

"……뭔가, 굉장히, 불안해요."

"괜찮아. 걱정 없어. 분명. 분명……."

결국, 단언은 할 수 없는 스이메이다.

마술사들의 포위를 빠져나와, 겨우 입구를 벗어난 스이메이 일동은 결사의 한 연구실을 방문해 있었다.

고성(알트 슈로스)의 서쪽 일실. 그곳에 있는 『정말이지 쓸데없는 비밀 문』을 열고 지하 계단을 내려가면, 목제의 고풍스러운 여닫이문이 있다. 그 너머가 결사 최고참 중 한 명, 마제스터 클래스(수괴급)의 마술사가 있는 방이다.

스이메이 왈, 요괴 박사다. 아니, 스이메이가 아니더라도 결사에 소속된 마술사라면 대부분이 그를 요괴라고 말하리라. 물론 요괴처럼 무시무시한 외모를 한 것은 아니지만, 사람을 놀라게 하거나 장난을 걸거나 그러면서 또 몹시 제정신이 아니라서 그런 인상으로 자리 잡았다.

이곳을 방문한 것은 조금 전 로비에서 스이메이가 말한 대로, 리리아나의 눈을 고치기 위해서다. 데모나이즈된 눈은 스이메이의 심령 치료로 어느 정도 치료했지만, 안구는 완전히 변질돼버렸기에 완전히 고칠 수는 없다.

그래서 그 방향의 전문가에게 치료를 의뢰하기로 한 거다.

이세계에 있을 때부터 몇 번인가 페르메니아 일동에게도 말했지만, 결사에서는 박사로 불리는 마술사다. 실력에 관해서는 전혀 걱정 없지만, 로비에 있던 마술사들이 반응한 것처럼 다른 걱정이 있긴 하다.

스이메이가 문 앞에 서서, 우로보로스(꼬리를 탐하는 뱀)를 본뜬 문고리를 두드리자, 안에서 "들어오시오" 하는 남성의 경쾌한 목소리가 돌아왔다. 이세계 조는 묘한 말투에 인상을 썼지만, 박사는 이게 보통이다. 스이메이도 하이데마리도 이상한 얼굴을 보이는 일은 없다.

그리고 스이메이 일동이 방에 들어간 직후였다.

여느 때는 스이메이를 마구 주물러대는 박사가 레피르에게 굉장한 관심을 보였다.

마치 승리의 포즈를 취하듯 주먹을 번쩍 치켜든 방의 주인은── 포동포동한 체형, 버섯 머리, 안경이라는 특징적인 외모를 한 흰 가운 차림의 외국인 남성. 외모로 본 대강의 나이 대는 중년으로, 얼굴에 사마귀가 있는 것이 특징이다.

"스피릿 파워어어어어어어어! 이것에 흥분하지 않을 마술사는 없다아아아아아아앗!"

그런 말을 외치신 직후, 결사의 요괴 박사는 손가락을 펼쳐 까딱거리면서 레피르를 쫓아 돌아다녔다.

……현재는 그런 일이 시작되고 벌써 몇 분이 지난 상황이다.

스이메이가 이세계 관련 이야기를 하고 있는 사이에도 듣고 있는 건지 마는 건지 레피르를 쫓아다니는 형국이다. 포동포동한 체형으로는 있을 수 없는 경쾌하고 묘한 움직임 탓에 레피르도 적신(赤迅)을 두르는 것을 마다하지 않는다.

"대단해! 대단하다! 그 능력, 자세히! 자세히 알아보게 해 달라고!"

"쯧, 이 변태! 먼저 그 불온당한 손 움직임을 멈춰!"

"소국, 자네에게 대단~히 흥미가 있음이야. 잠깐, 아주 잠깐이면 되니까 소국의 실험대가 돼줘. 아, 조금의 비율은 당사비니까 달리 생각 마시고."

"누가 실험대 같은 게 된대!"

"그렇게 딱딱한 말 하지 말고. 소국은 상냥하기로 정평이 났어. 주로 자신 안에서지만."

"대외적인 지표가 없는 상냥함 따위 못 믿어!"

레피르가 소리쳤지만, 물론 박사는 물러설 것 같지 않다.

저류 탱크가 비좁게 늘어서고, 튜브가 바닥을 나뒹구는 방 안에서 의미를 알 수 없는 술래잡기를 아직 계속하고 싶은 모양이지만…… 역시 적당히 해줬으면 싶은 스이메이가 말렸다.

191

"……박사님. 농담은 그 정도로 해주시겠어요?"

"농담이 아니야. 소국은 진심이야. 언제나 진심이니까."

"딱히 박사님 정도가 되시면 그 정도로 궁금한 것도 아니잖아요? 레피르는 됐으니 제 이야기를 들어주세요."

스이메이는 그렇게 말했지만, 박사의 관심은 꺾이지 않는다.

"하지만, 하지만 말이야, 스이메이 군. 이 아가씨는 살아 있는 정령! 반정반인! 꿈이 펼쳐지는 초 미라클 아닌가?!"

"저기, 언제까지고 본론으로 못 들어가니, 까요……."

스이메이가 조바심을 내기 시작하자, 요괴 박사는 그를 향해 파이팅 자세를 취했다.

"그럼 스이메이 군. 소국과 승부하자고."

"아아, 정말! 무슨 승부를 하는데! 무슨!"

"당연히 마술 승부지. 거기서 이기면, 소국은 스이메이 군의 이야기를 들을 준비를 할까 하는 바야. 참고로 승률은 스이메이 군이라 대반전 확정이니까, 그 점 잘 생각해서 거시게나."

"내가 이길 수 있는 요소가 전혀 없어!"

당연하다. 스이메이와 박사는 마술사로서의 수준이 다르다. 박사는 스이메이의 열 배가 넘는 세월을 살아왔다. 마술사에게 경험과 역사는 힘이다. 그렇다면 대적할 요소가 전혀 없다.

박사의 지나친 괴기스러움에 페르메니아도 리리아나도

할 말을 잃었다. 레피르를 쫓아다니는가 싶더니, 어느새 스이메이를 놀려대고 있는 제트코스터 같은 현란함에 입을 딱 벌리고 있다.

한편 스이메이는 하아하아 하고 거친 숨을 쉬고 있다.

그런 스이메이를 무시하고, 박사는 그녀들 앞에 섰다.

"정식으로 내 소개를 하는 바네. 소국이 이 지하 연구실의 주인. 결사에서는 박사나 마스터로 불리며 친숙하게 여겨지고 있다네."

"자, 잘 부탁드립니다. 페르메니아라고 합니다."

"리리아아, 입니다. 잘, 부탁드립니다."

"…………."

페르메니아와 리리아나는 소개를 받았지만, 레피르는 방심하지 않는다.

"붉은 머리카락의 미소녀 귀하. 그렇게 경계하지 말아주시게. 그건 스이메이 군도 말했다시피 농담이야. 사소한 장난이라네."

"……그렇군요."

"아니, 레피르 방심하지 마. 그런 말로 방심하게 해놓고 뭔가 작당하는 게 이 요괴의 상투 수단이니까."

"아니, 거기서 훼방 놓는 건 없기야, 스이메이 군."

스이메이가 레피르를 뒤로 보호하고 나서자, 하이데마리가 감탄한 듯이 끄덕였다.

"역시 스이메이. 매번 피해자인 사람다워."

"그렇게 생각하면 좀 구해."

"응, 무리야."

야박한 제자의 쌀쌀맞은 대우도 스이메이에게는 늘 있는 일이다.

딱히 유감스러워하는 일도 없이 스이메이는 박사 쪽을 향했다.

"아무튼, 박사님."

"──모두 말하지 않아도 안다고. 스이메이 군의 상담이라는 건, 십중팔구 분명 이 소녀의 눈이라고 생각되는 바야. 아아, 이건 참 여러모로…… 힘들었을 것 같은데?"

정신이 들자 박사는 어느새 리리아나의 얼굴을 쓰다듬고 있었다. 어느 타이밍에 이동한 걸까. 경계심 강한 리리아나도 반응하지 못하는 것은 과연이다.

리리아나가 박사의 얼굴을 올려다봤다.

"아세, 요?"

"알지요. 스이메이 군이 여기 오는 건, 인사를 오거나 소국을 의지하러 왔거나 소국이 장난을 쳐서 불러들였거나 정도밖에 없으니까."

"대부분은 박사님의 장난이지만."

"그건 당연하잖나, 뺨빠까뺨. ……아무튼, 그렇다면 이번엔 자네의 눈밖에 없어."

이러니저러니 해도 짐작하고 있는 면은 과연이다. 베테랑 마술사는 통찰력도 보통이 아니다.

"박사님, 가능할까요?"

"무슨 잠꼬대 같은 소리를 하나, 스이메이 군. 소국의 사전에 불가능이란 없다고. 게다가 지금이라면, 옵션으로 눈에서 마력 빔이 나온다네!"

"무?! 달지 마! 이상한 기능 달지 마! 카 숍이냐고!"

"그건 무리한 이야기라네. 하는 이상은 전력을 다하는 것이 소국의 방침이니까. 그보다 눈에서 빔은 팔에 드릴, 다리가 무한궤도로 변형에 이어 한없이 로망이라고 생각되는데, 그 주변은 어떻게 생각하는지 소국 더없이 궁금하군. 아, 무기의 모티프가 공구인 것도 버리기 어렵군⋯⋯."

묻지도 않았는데 박사의 입에서 위험한 말이 무더기로 튀어나왔다.

그 말을 들은 페르메니아가 불안한 듯이 물어왔다.

"⋯⋯저, 스이메이 님. 리리는 괜찮을까요?"

"괜찮아. 괜찮지 않지만."

"어느 쪽, 이에요."

리리아나는 불안한⋯⋯ 이랄까, 묘한 표정을 지었다. 그것에 관해서는, 스이메이도 뭐라고도 말할 수 없다. 박사는 진지할 때는 누구보다 진지하기에 괜찮을 거라고는 생각하지만, 평소가 이러니 단언할 수 없다.

"그럼, 후딱 해버리지. 뭐, 한 시간도 안 걸릴 거야."

"검사는요? 일단 대강 진단서는 써 왔는데요."

"괜찮아, 필요 없어. 진료는 끝났다네. 문제는 없어."

어느새 그런 것을 했을까. 박사의 능력은 스이메이도 알수 없다. 아니, 스이메이 정도로는 모르는 게 맞을까.

"리리아나, 무슨 짓을 당했어?"

"……아뇨, 그런 낌새는, 전혀."

"소국을 누군 줄 아는 건가. 안경도 흰 가운도 테크노 커트도 허세가 아니라고."

"허세 운운은 그쪽이 아니잖아. 그보다, 예시가 전부 허세투성이야. 적어도 마술사로서의 경력이나 실력을 말해줘."

"그런 건 멋이 없다고 생각하는 바. 아, 역시 스이메이 군의 진찰 능력을 평가하고 싶으니 진단서를 받아두겠네. 책상에 대강 올려놔 주시게."

스이메이는 박사의 말에 따라 서류와 펜으로 잔뜩 어질러진 책상 위에 진찰 시의 소견과 치료 경과를 기입한 메모를 올려뒀다. 너무 난잡한 나머지 치우고 싶은 충동에 휩싸였지만, 이런 종류는 어질러진 편이 좋은 것도 있기에 특별히 손대지 않았다.

"그럼, 안대 고스로리 트윈테일 소녀."

"……처음 만났을 때의 스이메이 같은 표현은, 삼가주세요."

"그건 실례했군. 같은 레벨이었나. 어쨌든, 저쪽 방으로 가시자고."

"……? 방, 요?"

리리아나가 박사가 가리킨 방향을 향하자, 그곳에는 어느새 문이 나 있었다.

너무나도 수상쩍은 현상을 목격한 탓에 스이메이는 미간을 문지르면서,

"……설마, 지금 방을 만들었다고 하시는 건 아니겠죠?"

"그야말로 그 설마라네."

그렇게 말하지만, 진상은 명확하지 않다. 도대체 어찌 된 걸까. 껄껄거리고 웃는 모습이 몹시 수상쩍게 느껴진다.

"그럼 박사님, 잘 부탁드립니다."

"맡겨두시오."

스이메이가 거듭 당부하는데, 문득 옆에 있던 하이데마리가 시선을 보내왔다.

"끔찍이 챙기는구나. 나와는 아주 달라."

"뭐야?"

문득 날아온 가시 돋친 말에 또 독설인가 하고 그쪽을 쳐다보자, 하이데마리가 다가와 있었다.

"그야 그렇잖아. 요즘은 날 가르치지도 않고, 대집행 의뢰도 제대로 알려주지 않고."

"그건…… 지도가 밀린 건 미안하게 생각하지만, 의뢰는 나한테 온 거니까."

"말 못 해? 평소에는 나한테 돕게 하면서?"

"사정이 있어. 제대로 알려줄 테니까 안정될 때까지 조금만 더 참아줘."

"정말 그래? 나 같은 건 아무래도 좋다고 생각하는 거

아냐?"

"그렇지 않아…… 도대체 왜 그래?"

집요한 태도를 이상해하며 물어도, 하이데마리는 또 휙 고개를 돌렸다.

"흥."

"어이……."

불만이 있는데 말해주지 않는다. 그런 그녀의 태도에 난 처해하는데, 페르메니아와 레피르도 다가왔다.

"저기, 마리 님?"

"왜 그래?"

두 사람이 물었지만, 뜻밖에도 대답한 것은 옆방으로 가고 있던 박사였다.

"신경 쓸 거 없다네. 이건 익히들 아는 사랑싸움이니까."

"아니야! 혼란 가중시키지 마!"

리리아나를 안쪽 방으로 데리고 가는 박사의 등에 스이메이가 지적을 날렸다. 역시 박사는 스이메이 놀리는 게 재밌는지 껄껄 웃을 뿐이다.

어쨌든 수술은 당장에라도 시작해줄 모양이다. 이로써 리리아나를 괴롭혀오던 저주가 없어진다고 생각하니, 스이메이도 안도의 한숨이 저절로 나왔다.

★

결사의 본거지를 방문한 다음 날. 스이메이는 독일의 금융 도시인 프랑크푸르트, 그 역 주변에 있었다.

리리아나의 수술이 끝난 후, 고성(알트 슈로스)에서 해둬야 할 일이 일단락되고, 그날은 프랑크푸르트에 있는 호텔 스위트룸에서 일박을 했다. 짐꾼에 대한 후한 지불(팁)에 이세계 조가 수상쩍은 눈빛을 보낸 일막은 있었지만, 그 둘째 날은 어느 목적을 위해 이렇게 외출에 나섰다.

당장 걱정거리였던 리리아나의 눈 수술은 무사히 끝나고, 상태도 바로 움직일 수 있을 만큼 안정적이다. 수술하자마자 움직인다는 것은 보통은 생각할 수 없는 일이지만, 그 부분은 마술에 의한 치료이며, 그것을 행한 술자의 역량이다.

요즘의 병원처럼 당일 수술 수준이다.

리리아나의 상태도 보기에 평소와 같다. 지금은 수술한 사람이라고는 생각할 수 없을 만큼 발걸음도 가볍고 여느 때와 다르지 않다.

리리아나는 빌딩에 반사된 빛을 눈부셔서 손으로 빛을 가렸다. 그런 그녀에게 스이메이가 물었다.

"리리아나, 눈은 좀 어때?"

"네. 특별히, 문제는, 없어요."

역시 엉성한 말투도 그대로다. 외관상으로도 마술적 관점으로도 불편해 보이는 부분은 느껴지지 않는다. 진보랏빛 트윈 테일을 대롱거리며 걷는 고스 로리 소녀. 가리지 않은 한쪽 눈으로, 지나가는 사람들을 흥미롭게 엿보고 있다.

그렇다. 한쪽 눈이다. 안대는 여전히 한 채다.

"저기, 그건 안 벗어?"

"이건, 박사님이, 벗으면 안 된다고, 했어요."

"흠?"

왜냐고 묻는 시선을 향하자, 리리아나는,

"잘은 모르지만, 이걸 벗으면, 저의 『아이덴티티』라는 게, 희미해져버리기 때문이라고, 했어요."

"아이덴…… 그 요괴 박사는…… 그래도 제대로 『쓸 수 있는 의안』을 심어줬잖아?"

스이메이가 말한 『쓸 수 있는 의안』이란 보통의 눈처럼 『기능하는 의안』을 가리킨다. 현재의 의료 기술로는 기능을 대체하는 의안은 만들 수 없지만, 그 부분은 마술사. 초상적인 기술로 대부분은 가능하다.

리리아나가 긍정하듯이 끄덕였다.

"네. 박사님이 만든 걸, 이식한 것 같아, 요. 상태는, 아주 양호해요!"

평범하게 쓸 수 있는 것도 그렇지만, 스이메이는 그 외에 궁금한 것이 있었다.

"저기, 리리아나. 이상한 기능 같은 건 안 달린 거지?"

"……달렸, 어요."

"아, 그 요괴 자식……."

스이메이는 옵션 서비스는 절대로 하지 말라고 입에서 신물이 나게 말했지만 박사는 듣지 않은 모양이다.

이상한 기능이 추가된 거면, 보호자로서 의연히 항의하러 가야 할 상황인데.

"괜찮아요. 듣자 하니, 마안이라는 거래요."

마안. 그 말이 페르메니아의 흥미를 끈 모양이다.

"리리! 대체 그 능력이 뭔데요?!"

"시인(視認)에 따른 현재화(顯在化), 래요."

"시인에 따른…… 그러니까."

듣기만 해서는 알 수 없었던 것이리라. 페르메니아는 그녀답지 않게 얼빠진 표정을 지었다.

"시인에 따른 현재화라니…… 뭐야. 견귀(見鬼) 같은 거야?"

스이메이는 그렇게 말하며, 지식의 보고인 하이데마리에게 시선을 향했다.

"뉘앙스적으로는 가깝지 않을까?"

"스이메이도, 저쪽 세계의 마법사가, 영시력이 부족한 건, 알죠?"

"별로 보이지 않는 건 나도 나는데……."

이세계에는 마물이나 마족이라는 『인간과 적대하는 대상』이 뚜렷이 존재하기에 영시(靈視)라는 개념이 희박하다. 그 탓인지, 암마법의 실태나 아스트로소스의 그림자 따위에 대해서도 전혀 이해가 미치지 않은 실정이었다.

그러나 이 능력을 얻게 되면, 그런 것의 움직임을 파악하기 쉬워지리라. 현세에 나타나서, 강제적으로 『실질』을 떠오르게 할 수 있으면, 격퇴하기도 쉬워질 거다. 그런 존재의 표적이 되기 쉬운 리리아나에게는 최적의 능력이리라.

"그래서, 관측할 수 있게 했다고. 이러니저러니 생각해주는구나~."

"언제나 그런 느낌이지만 말이야."

"그것만 어떻게 돼주면 좋을 텐데."

하지만 그 기괴함은 분명 어쩔 수 없으리라. 그렇게 300년 가까이 살아온 거다. 교정은 불가능이라고 해도 좋다.

스이메이는 그런 생각을 하면서, 중간에 장단을 맞춰준 하이데마리를 봤다. 어제는 어째선지 몹시 저기압이었지만, 오늘은 여느 때와 같아 보인다. 그저 단순히 입구에서의 소동에 휘말린 탓에 기분이 언짢아졌던 것뿐이었을까.

"……뭐야?"

"아니, 아무것도 아니야."

"그래."

엿보고 있던 것을 대충 얼버무리고, 역 앞에서 도보를 나아갔다.

이윽고 표지판이 있는 곳까지 걸어가자, 문득 레피르가 주변을 두리번거리며 물었다.

"그래서, 이제부터 어디로 가는데?"

"거기야. 언제나의."

"언제나의?"

"응. 늘 가는 가게에. 이제부터 정보를 사러 갈 거야."

그렇다. 이번 여정의 목적 중 하나가 정보 수집이다. 얼마

전 스이메이에게 도착한 대집행 일에 대한 정보를 더 사러 정보상을 방문하는 거다.

천야회에서 내려오는 대집행 일은 기본 지령을 주고, 그 후로는 방치하는 일이 많다. 그만큼 인원 부족으로 일손을 쪼갤 수 없기 때문인데, 그래서 위탁처가 그런 부분의 결손까지 메워야 한다.

"……? 이번엔 드물게 빈번히 누군가 왔던 것 같은데?"

"오늘 건 그 정보의 진위 확인이야."

"전문 기관의 조사 진위를 확인하러 정보상한테 간다는 게 또 아이러니네."

"그만큼 녀석의 정보가 정확하다는 거야."

이윽고 목적하던 뒷골목에 도착했다. 이곳부터는 안으로 들어가면 들어갈수록, 공기가 서서히 끈적해진다. 축축이. 마치 어둠이 진창 같은 습기를 머금은 것처럼.

보통 사람이 길을 잃고 들어오면 일 분도 지나지 않아 메스꺼움에 도망쳐버릴, 그런 기분 나쁜 낌새가 있다.

벌써 이 근방부터 불쾌한 냄새가 풍겨오는 탓일까, 문득 레피르가 인상을 썼다.

"이건…… 고약한 냄새네."

"……흥분 작용이 있는, 종류의 약, 이에요."

리리아나가 연기의 냄새만 맡고 그 효과를 단정했다. 저쪽 세계에서는 스파이 같은 일을 했었기에 이런 지식도 주입된 것이리라. 분명 이 마리화나 카페에서는 어퍼(칸나비스

203

사티바) 계통을 쓰는 사람이 많기에 그녀의 말은 맞다. 문득 냄새를 마시자 콧속에 얼얼한 자극이 느껴지는 것이 그 증거일까.

"이쪽이야."

스이메이가 더욱 안으로 길을 재촉하자, 이세계 조 세 명은 경계하면서 따라왔다. 당연하리라. 이렇게 어둠이 깊을 듯한 장소다. 그에 비해 매번 스이메이와 함께 드나드는 하이데마리는 익숙하다. 산책하듯 가볍게 선선히 따라왔다.

불쑥 레피르가 낮은 목소리로 말했다.

"……숫자가 상당하네."

"응. 신경 쓰지 않아도 돼. 달려들 바보는 없으니까."

뒷골목의 어둠에 숨은 그림자를 경계하는 레피르 일동에게 안심을 촉구했다.

이윽고 어두운 골목에 밤의 클럽의 네온사인이 점멸하고 있는 것이 보이기 시작했다. 그곳에는 크게 커피숍(Coffee shop)이라고 쓰여 있다.

──이 커피숍 표기는 독일의 인근국인 네덜란드에서는 대마(마리화나)를 판매한다고 공언하는 간판이다. 물론, 지금의 네덜란드에서도 단속 강화로 인해 거의 찾아볼 수 없게 됐지만, 유럽에서 이 표기는 주지의 사실이라고 해도 좋다.

그리고 이곳 독일에서는 대마 소지가 인정되는 곳은 베를린뿐이다. 그 이외의 도시는 단속도 심한 탓에 존재하지 않을 터지만── 뒷골목의 어둠은 밤의 어둠보다 더욱 깊은 어둠이다.

일반객 거절을 나타내는 벽의 검붉은 얼룩을 무시하고 지하로 이어진 계단을 내려가자 「Jazz und Cannabis」라는 표기와 목제 문이 맞이했다.

"스, 스이메이 님…… 저는 더 이상 안 되겠어요오……."

갑자기 페르메니아가 코를 막으며 항복을 선언하고 그 자리에 웅크리고 앉았다.

"냄새가 못 견디겠어?"

"죄송해요. 기분 쪽이."

"……할 수 없나. 미안, 마리. 좀 돌봐줘."

"……괜찮은데, 이야기는 나중에 나한테도 제대로 들려 줘야 해."

"알았어, 알았어."

하이데마리가 페르메니아에게 손을 빌려주자 페르메니아는 미안해하며 사과했다.

"다음번엔 대책을 세워둘게요."

"그래. 마술사에게 허브나 마약은 끊으려야 끊을 수 없는 거니까. 냄새 정도에는 내성을 길러둬야 해."

익숙하지 않은 것은 역시 이세계인이기 때문이리라. 그녀는 귀족 아가씨인 데다 왕궁에 출입하는 엘리트다. 이세계의 마술 체계도 합쳐져, 마약은 접할 기회가 없었던 것이리라. 과거 시바스가 간단히 허벌 매직에 걸려든 것은 그 때문이다.

계단을 올라가는 페르메니아와 하이데마리를 배웅한 스이메이 일동은 기분을 새로이 하고 문으로 향했다.

잘 맞지 않는 미닫이문을 열자, 귀에 날아든 것은 질허의 로렐라이였다. 무슨 취향으로 클래식 따위 선곡했을까. 차분해서 졸음을 부르는 음악에 위화감을 떨칠 수 없다. 여전히 이 가게의 음악 센스는 정상이 아니다.

가게 안은 난색 계열의 조명이 비추고 있었다. 그러나 석조인 탓에 유난히 잿빛이다. 천장이나 석벽의 균열에는 담뱃진이 들러붙어 있어 공연히 역사를 느끼게 한다.

가게 안을 둘러보니, 손님들의 모습이 드문드문 보였다. 연기를 들이마시고 기분이 고양됐는지 기분 나쁜 웃음에 사로잡힌 자, 갓 시작했는지 자리에 앉으면서 멍한 모습으로 연기를 피우는 자 등. 위스키 브랜드가 죽 진열된 카운터에서는 가게의 마스터가 조용히 잔을 닦고 있다.

"오. 성락(星落) 선생 아닙니까? 살아 있었던 겁니까?"

"요즘 뜸하다 했더니 또── 여자를 데리고 왔어. 여전하네. 어린애도 있잖아."

"선생님──. 거친 행위는 없도록 해주시는 겁니다?"

"너희가 얌전히 있어주면 말이지."

스이메이가 성가신 듯이 그렇게 말하자, 손님들은 일제히 웃음을 터뜨렸다.

"우리가 얌전히 있어도 성가신 일을 부를 텐데요."

"하하하하! 맞는 소리야! 하하하하하!"

단골들은 꽤 기분이 고양된 모양이다. 위협적인 얼굴, 전신에 문신을 새긴 자, 온몸에 상처가 있는 자 등, 건실하지 않은 사람들의 소굴이지만—— 그럼에도 스이메이를 얕보는 자는 결코 없다. 그것도 당연하리라. 마술에 뜻을 둔 자는 그런 쪽의 인간도 벌벌 떨 만큼 뒤가 구린 사람들의 북극에 위치해 있다. 마술사를 어설프게 건드렸다가 눈을 돌리고 싶어지는 말로를 걸은 자는 그야말로 별의 수만큼이나 있다.

그들도 여기서 스이메이가 한번 화안금정을 번쩍이면, 마리화나를 피우던 것도 잊고 움츠러들고 말리라.

중독자들을 적당히 상대하면서 마스터에게 눈을 향하자, 그는 가리키듯이 시선을 옆으로 흘렸다.

그렇다는 것은, 언제나의 장소일까. 그렇게 생각하고 가게 안을 나아가자, 낯익은 사람과 마주쳤다.

그것은 로브를 걸친 키가 큰 남자와 롱 카디건을 걸친 소녀로——.

"헉……."

"아아, 성락!"

이쪽을 시야에 넣은 순간, 소녀가 천적이라도 만난 듯이 소리쳤다.

적갈색 머리칼을 위로 모아 묶은 카디건 차림의 소녀. 언뜻 동양인처럼도 보이지만, 자세히 보면 그렇지도 않은 이상한 인상을 풍긴다. 한편 키가 큰 남자 쪽은 소녀가 떠들어도 모르는 이야기라는 듯 과묵함으로 일관했다.

선혈 같은 붉은 눈동자로, 스이메이 일동을 흘겨봤다.

"격조했습니다, 사제."

"……그래."

스이메이가 마술사의 예법에 따라 인사하자, 키 큰 남자는 짧게 대답했다. 그의 과묵함과는 대조적으로 소녀가 시끄럽게 떠들기 시작했다.

"실종됐다고 들었는데? 혹시 결사의 괴롭힘을 견디다 못해 도망친 거야?"

"괴롭힘당한 적 없어. 너랑은 관계없어."

"흠. 여전하네. 좀 가르쳐줘도 되잖아."

"……너하고 친해질 생각 없어."

스이메이가 쌀쌀맞게 말하자, 문득 키 큰 남자가 그녀의 카디건을 붙잡았다.

"가자, 리오. 볼일은 끝났어."

"엥? 잠깐, 스승님! 오, 옷! 거기 잡아당기면 옷 늘어난단 말이야!"

키 큰 남자는 리오라고 불린 소녀의 목 부분을 붙잡고 끌고 가버렸다.

소란이 지나가자, 레피르가 인상을 쓰며 물었다.

"저 사람들은, 아는 사이야? 둘 다 보통내기가 아닌 느낌이었는데."

"뭐, 그렇지. 위험해. 사제 쪽은 이쪽의 마술사 중에서는 최강의 일각이니까.”

“저 사람이…….”

레피르가 다시 뒤돌아봤다. 그러나 문을 연 낌새도 없이, 로브 일당은 가게 안에서 사라졌다.

스이메이 일동이 더욱 가게 안을 향해 나아가자, 안쪽 자리에 찾던 인물이 있었다.

그것은 퍼가 달린 긴 코트를 입은 젊은 용모의 사내다. 마치 책에 등장하는 악마를 방불케 하는 들쭉날쭉한 치열에 비정상적으로 늘어난 입꼬리. 색이 들어간 선글라스 너머로도 알 수 있을 만큼 눈이 형형히 빛나고 있다. 언뜻 인간으로는 보이지 않는 인물이었다.

지금은 마리화나를 피우며 마치 불량배인가 뭔가처럼 의자가 기울 정도로 뒤로 기대앉아 테이블 위에 다리를 교차시키고 있다.

일부러 걸음을 한 것은 이『정보상 위게르』를 만나러 왔기 때문이다. 완전히 악마 같은 외모에 마찬가지로 귀도 눈도 악마 같은 인물이다.

위게르는 마리화나 다발을 입에 물고, 들이마신 연기를 단숨에 뱉어냈다.

그리고 스이메이를 향해 휙 손을 들었다.

“──여어, 선생. 슬슬 나타날 때라고 생각했어!”

“아, 그래.”

“그래서? 이번 바캉스지는 어디였어? 이 세상에 이 몸도 모르는 리조트가 있을 줄은 몰랐는걸."

"맞아. 이 세상에 없는 곳이야."

"호? 세상의 굴레에서 도망칠 수 있는 장소라니, 꼭 알고 싶군. 그래서?"

"이세계야."

그 말을 하는 것만으로 떫은 감 맛이 입안에 되살아났다.

스이메이가 떠름한 얼굴로 그렇게 말하자, 위게르는 순간 얼었다가 성대한 한숨을 토했다.

"……oh. 이봐, 마침내 그거야? 탈선이 지나쳐서 결국 유감스럽게 돼버린 거야?"

"안 됐어! 진짜야!"

스이메이가 위게르에게 소리치자, 비웃음이 돌아왔다. 그러나 거짓말이 아닌 것은 알고 있었을까. 그 증거로 위게르는 스이메이의 바로 뒤로 시선을 옮겼다.

"그 증거가, 거기 붉은 머리카락의 아가씨라는 건가?"

"딱히 증명하려고 데리고 온 건 아니지만."

그렇게 말하며 가볍게 돌아보자, 레피르가 눈을 가늘게 뜨고 있었다.

시선의 끝에는 위게르가. 경계를 더욱 강화한 듯이 스피릿(정령의 힘)까지 드러내고 있다.

"그렇게 살벌하게 노려보지 마. 이 몸은 나쁜 놈이 아니야."

"하지만, 나쁜 사람이긴 하잖아?"

"크크크……."

적의를 다소 누그러뜨린 레피르에게 위게르는 불길한 미소를 지었다.

"오늘은 인형 아가씨는 안 데리고 왔어?"

"지금은 잠시 떼어놨어."

"흠? 귀여운 조수를 왕따 취급인가?"

"딱히 그런 거 아냐."

"이봐, 그런 소리 하지 마. 버림받아선지 많이 당황했었다고. 여기저기 돌아다니면서 여기도 꽤 자주 왔었고 말이야."

"그래선가, 요즘 뭔가 저기압이라……."

"어이어이, 인형 아가씨의 저기압이 악화된 건 선생이 다정하게 대해주지 않아서잖아? 그건 선생의 자업자득이야."

"다정하게라니…… 그래도 보통 수준으로는 해준다고 생각하는데?"

"밉살스러운 말만 돌려주는 게 대부분이잖아? 자고로 여자란 이러니저러니 해도 남자가 다정하게 대해주길 바란다고."

"그 녀석이 말이지……."

"그걸 모르니까 선생은 동정이란 소리를 듣는 거야. 물으나 마나, 그 귀여운 아가씨들한테도 손대지 않았지?"

"동정이니는 필요 없어! 일 절만 하라고!"

이 위게르라는 남자는 일부러 섞어 넣으면서까지 말하는 구석이 있다. 구석이고 뭐고, 확신하고 말하는 거겠지만.

문득 위게르가 리리아나에게 시선을 떨구었다.

"오. 꼬마 아가씨. 무슨 나쁜 거라도 먹었나 보군. 이상한 게 들러붙어 있어."

아직 리리아나에게서 떨어지지 않은 악의를 간파했을까. 그런 쪽은 상당한데,

"분명, 나쁜 것이기는, 해요."

"옛날의 이 몸도 그런 느낌이었지. 오랜만이군."

"그래? 그보다, 그럼 어떻게 원래대로 돌아온 거야?"

"이 몸의 경우는 그대로 독을 마구 먹었어. 지나치면, 지나친 힘을 얻지. 그리고 그걸 극복하는 데 이르렀다……라는 거야."

"하──. 참고가 안 돼."

"크크크. 카자미츠 선생도 똑같은 말을 했었지."

위게르는 그렇게 말하고, 마리화나 냄새가 밴 숨을 한 번에 토해냈다. 리리아나가 인상을 쓰며 입가를 가리자, 레피르가 보호하듯이 그녀를 등 뒤로 숨겼다.

"……그래서 선생? 이번엔 어떤 성가신 일이었어?"

"뭐, 여러 가지."

스이메이가 무뚝뚝하게 대답하자, 문득 두 사람의 시선이 느껴졌다.

"뭐야, 왜 그래?"

"아니, 벌써 몇 번째인지 모르지만 말이야."

"스이메이는, 걸어 다니는 성가신 일 제조기, 예요."

레피르와 리리아나가 독설을 했다. 그러나 스이메이도 친구에게 이런저런 말을 듣는 것은 이미 익숙하다. 신경 써봤

자 소용없다며 스이메이는 다시 위게르를 향했다.

"그래. 재밌는 이야기 해줄까?"

"오? 진지한 선생치고는 제법 눈치가 있잖아. 여자 앞에서 폼 잡는 거야?"

"시끄러. ……이세계에 쿠드라크가 살고 있었다고!"

"──?! 이야! 그 녀석 대단한데! 초주검이 된 끝에 선생의 벼락을 맞고 위상의 저편으로 날아갔었잖아. 그런데도 살아 있다니. 그 녀석도 업이 깊군."

"진짜야. 뿔 같은 걸 기르고선. 무슨 취향이냐고. 악취미에도 정도가 있지."

"하하하하하! 역시 동족! 악마라도 된 건가!"

위게르는 한층 소리 높여 웃었다. 예상이 적중하기라도 했을까. 한동안 자지러지게 웃더니 이윽고 눈을 가늘게 뜨고.

"그래서? 확실히 숨통은 끊은 거야?"

"아직."

"그렇겠지. 그 녀석은 보통 방법으로는 안 될 테니까. 뭐, 이 몸이나 카자미츠 선생이었으면 순살이겠지만."

"그런 거야?"

"그게 아니면, 카자미츠 선생이 죽을 때까지 기다리지 않고 움직이기 시작했겠지. 그 녀석은 기본적으로 겁쟁이야."

"겁쟁이라……."

"자신의 죽음이 무서운 게 아니야. 그 녀석은 타인을 구제할 수 없는 걸 몹시 두려워해. 태생적으로 메시아 콤플렉스

213

인 거지."

"메시아라니, 그거 의미가 다르지 않아?"

"선생. 세세한 데 신경 쓰면 대머리 돼. 동정에다 대머리까지 되면 구제할 길이 없을 것 같은데?"

"너는 일일이, 일일이 사람을……."

여전히 무슨 말을 하면 쓸데없는 것부터 하나하나 입에서 튀어나오는 남자다. 스이메이가 모조리 쏟아내고 싶은 것을 참고 속으로 겨우 누르고 있는데.

"그래서, 선생. 오늘은 무슨 용건이야? 선생이 그 녀석을 이야깃거리로 한 잡담을 하러 올 것 같진 않은데."

"……흠. 그냥 안부차 왔을지도 모르잖아?"

"누구 입으로 그런 소릴 해. 선생이 이 몸한테 안부를 물으러 오다니. 내일 세상이 멸망하고 말지."

위게르가 그렇게 장담하자,

"큰일 났어! 큰일 났어!"

"야카기 선생이 내일 세상을 멸망시킬 모양이야!"

"엄마아! 살려줘! 동정한테 살해당하겠어어!"

"얌전히 취해 있어. 이 망할 중독자 놈들아!"

스이메이는 방해하듯 떠들기 시작한 바의 손님들에게 일갈했다. 한바탕 그들을 겁준 뒤, 손가방에서 꾸러미 하나를 꺼내 테이블 위에 올렸다.

"오늘 용건은 우선 이거야."

"그, 건……."

꺼낸 물건에 가장 먼저 반응한 것은, 리리아나였다.

"흠…… 이건 눈알이군."

"눈…… 스이메이. 혹시 이건, 리리 거야?"

"오? 꼬마 아가씨 거군. 꽤 좋은 걸 갖고 왔어."

위게르는 그렇게 말하고, 흥미로운 듯이 꾸러미를 이리저리 뜯어봤다. 그런 그에게 스이메이는 질린 듯 차가운 눈길을 주고, 다시 한 번 가방에 손을 집어넣었다.

"당신 취향에 맞춘 게 아냐. 자, 대금이야. 처분은 이걸로 부탁할게."

"매번 고마워~."

위게르는 싱글벙글 웃으며 유로 다발을 받았다.

그러나 불안해 보이는 것은 리리아나다. 흔들리는 눈동자로 올려다 봐왔다.

"그걸, 어떻게 하는, 거예요?"

"먹어달라고 할 거야. 남은 거랑 같이."

그 말에 레피르와 리리아나는 말문이 막혔다. 그러나 그녀들도 신비에 몸담은 자. 곧 그것이 이유가 있음을 알았는지,

"스이메이. 그건 좋지 않은 걸 처리해준다는 뜻으로 받아들여도 되는 거야?"

"그래. 그 외에도 처리 방법은 있지만——."

스이메이가 말을 끝맺기 전에 입을 열어 말을 이은 것은 위게르다.

"아가씨들. 아스트로소스는 아~주 집요하거든. 바로 틈

을 찔러서 빼앗으러 와. 이런 걸 녀석들한테 뺏기면, 좋지 않다는 것 정도는 알겠지?"

"네. 살아 있는 기분이, 들지 않아요."

"그거야, 그거. 분명 니콜라스 녀석의 수술이 끝나자마자 곧바로 프랑크푸르트로 되돌아왔지? 아무리 그 녀석이라도, 이런 걸 처리하는 데는 나름대로 시간이 걸리니까. 분명 녀석한테 들은 김에 갖고 왔겠지."

과연, 그걸 알고 있나.

"그러니까, 이 녀석이 먹어주는 게 빠르고 확실해. 이 남자의 배는 아스트로소스도 가르고 싶지 않을 만큼 혼돈으로 얼룩져 있거든."

위게르가 겁 없이 웃었다. 고르지 못한 치열 사이로 쑥 나온 것은 삼각형의 긴 혀다. 턱 밑, 목까지 닿을 기세다.

어쨌든 이것만으로 이 위게르라는 남자가 무엇인지 알리라. 이미 인간이 아니며 더욱이 변질되어 버렸다는 것을. 이미 악마에 이를 정도가 된 게 아닐까. 그런 인상을 주었다.

"하지만, 먹는다는, 건?"

"그대로 먹어, 이 남자는. 그야말로 **무엇이든 먹는 남자니까.**"

그 말대로, 사물의 비천이나 그것이 무엇인지도 가리지 않는다. 유기물이든 무기물이든 그야말로 테이블이나 재떨이, 마음만 먹으면 가게째 먹어버리리라.

그런 말을 하고 있자니, 위게르는 다 피운 마리화나 다발의 남은 필터를 입안에 넣고 전부 삼켜버렸다.

그 모습을 본 두 소녀는 말문이 막혔다. 과연 이 모습을
목격하게 되면, 무엇이든 먹는다는 의미도 알리라.

"그리고, 그 외에도 묻고 싶은 게 있어."

"오, 뭔데? 꽤 오래전에 선생 쪽에 간 집행 지령의 진위
확인인가?"

"뭐야, 알고 있잖아. ……그래서?"

"그전에 이 몸과의 거래는 선불이 기본이야."

"예예. 참 그런 부분만은 정확해."

스이메이는 위게르의 억척스러움에 질려 하면서도, 가방
에서 유로 다발을 꺼내 테이블에 던졌다.

"캬──. 역시 돈줄이 있으면 좋아."

"사람을 돈줄 취급하지 마."

"아니야. 선생이 없는 동안, 이 몸의 저녁 식사가 얼마나
적적했게? 날이면 날마다 식후 와인을 참고 살았어."

"당신의 금전 감각으로 말하지 마. 어차피 비싼 것만 먹었
겠지."

"이 몸은 입맛이 까다롭거든."

"세계 제일의 잡식 주제에 잘도 말하네."

스이메이는 그런 악담을 하며 위게르에게 실눈을 향했다.

"뭐, 됐어. 그래서?"

"선생한테 하나하나 가고 있는 정보는 틀림없어. 애초에
천하의 천야회 정보망이야. 의심할 여지도 없지."

"그래⋯⋯."

──그렇다면, 지금까지 받은 정보에는 구멍이 없다는 뜻이다. 다시 말해 그것은, 지금도 스이메이의 동향이 천야회에 보내지고 있다는 거다. 어째서 이렇게까지 타이밍 좋게 대집행의 대상이 움직이기 시작하고, 더욱이 그 정보가 끊임없이 들어올까. 아키츠키 편으로 보내진 정보에 결사의 접수원에게 도착해 있던 정보. 마치 그것은 자신을 재촉하고 있는 듯하다. 거기서 생각할 수 있는 사실은 그렇게 많지 않다.

"오. 인형 아가씨 등장이군."

위게르의 말에 돌아보자, 입구 쪽에서 하이데마리가 걸어오는 것이 보였다. 페르메니아는 함께 있지 않다.

"메니아는 좀 어때?"

"응. 꽤 안정됐어. 지금은 골목 입구에서 기다리고 있어. 그래서?"

"이야기는, 지금 묻는 중이야. 그래서?"

"아. 자세한 건 여기 적혀 있어. 뭐, 호텔에 돌아가서 천천히 읽어봐."

위게르는 그렇게 말하며 미리 준비해둔 듯한 편지를 건넸다.

"준비성이 좋군."

"이게 선생한테는 좋잖아? 신경 좀 써줬어. 울면서 감사해."

"울긴."

생색내는 말에 스이메이는 그렇게 대꾸하고 편지를 대충 읽었다.

그리고 그대로 가슴 호주머니에 넣었다.

그러자 문득 하이데마리가 다가왔다.

"저기. 나한테도 보여줘."

"응? 아니…… 나중에."

그렇게 말하며 스이메이가 편지를 보여주는 것을 꺼리자, 어째선지 하이데마리가 불쑥 다가왔다. 갑자기 무슨 일일까. 그렇게 생각하는데, 하이데마리가 그 표정이 부족한 얼굴로 짜증스럽게 말했다.

"왜? 넌 내가 도움도 못 될 만큼 못 미덥다고 생각하는 거야?"

아무래도 의도적으로 말하지 않는 것을 믿지 않는 것으로 받아들인 모양이다. 평소라면 대집행 일 따위 귀찮아하면서 내켜 하지도 않는데, 어제부터 대체 어찌 된 걸까. 아이 같은 변덕이라도 일으킨 걸까.

"그렇지?!"

"그런 거 아니야. 그런 건 아니지만……."

하이데마리의 지나친 집착에 스이메이가 난처해하자, 그녀는『속이 끓는다』라는 말이 어울릴 정도로 거칠게 말했다.

"그럼 이유가 뭔데?! 빨리 해결하기 위해서는 제대로 정보 공유를 해야 한다고 너도 늘 말하잖아?!"

"어이, 진정해. 대체 왜 그러는데. 평소 같으면 그렇게 의

욕적이지 않잖아."

"…………딱히."

"딱히라니……."

하이데마리는 또 시선을 외면했다. 무엇이 그렇게 마음에 들지 않을까. 당연히 그 심리를 모르는 스이메이는 당황할 뿐이다.

레피르와 리리아나도 하이데마리의 흥분에 당황했는데, 문득 위게르가 손을 흔들며,

"뭐, 아가씨들은 신경 쓰지 마. 이것도 선생의 업이니까."

"업이라니, 대체 무슨 말이야."

"조만간 알게 될 거야. 동정."

"그러니까 그건 쓸데없다니까!"

……어쨌든, 이곳에 온 목적은 이로써 모두 끝났다. 스이메이는 위게르에게 돌아가는 것을 짧게 알리고 뒤돌아섰다. 그러자,

"그럼, 동기를 만나면 안부 전해줘. 이쪽의 눈에 띄는 녀석들은 이 몸 위게르 더 페스툼글러의 배 속에 넣어준다고 말이야."

"예예. 그럼 간다, 돌아가는 길에라도 또 들를게."

스이메이는 위게르에게 그렇게 대답하고 출구로 향했다.

문득 하이데마리가 따라오지 않는 것을 깨달았다.

"마리?"

"…………지금 가."

하이데마리는 조금 늦게 그렇게 대답하고 따라왔다.

스이메이는 그런 그녀의 태도에 난감해하면서도 카운터에 팁을 두고 가게를 나갔다.

그런 와중에 문득 목덜미에 얼얼한 위화감이 느껴졌다.

"…………."

인르 때나 쿠드라크 때만큼은 아니지만, 그것은 무슨 일이 있을 때마다 일어나는 불길한 예감의 전조처럼 느껴졌다.

그리고 그런 스이메이의 불길한 예감은 적중하게 된다.

그것은 호텔에서 출발 준비를 마친 다음 날의 일이다.

이른 아침, 옆 객실에 묵고 있던 페르메니아가 황급히 스이메이의 방문을 두드렸다.

"스이메이 님, 스이메이 님! 큰일 났어요!"

문을 통해 분명하지 않은 비명이 들려왔다. 그녀의 목소리 상태에서 상당히 다급해져 있는 것을 느낄 수 있다. 기기류를 폭주시켜버렸다거나 바퀴벌레가 나왔다거나 하는 시답잖은 문제는 결코 아니다. 좀 더 다급함이 느껴지는 목소리다.

스이메이라고 하면, 밤에 정보 정리를 모두 끝내고 오늘 지금부터 모두에게 대집행의 지령을 정식으로 알리려던 차에 지금 이 갑작스러운 방문이다. 사위스럽기 짝이 없다.

하잘것없는 일이면 좋을 텐데 하는 헛된 희망을 품으며 잠금 장치를 풀고 문을 열었다. 급하게 나왔는지 잠옷 차림의 페르메니아는 언젠가 본 정돈되지 않은 머리를 한 채 서 있었다.

"메니아, 갑자기 무슨 일이야?"

"네! 그게! 마리 님이 사라졌어요!"

"응? 사라져? 잠시 어디 나간 거 아니고?"

"아뇨, 그게 그렇지도 않은 모양이에요. 일어나 보니 이런 게……."

그렇게 말하며 페르메니아가 보여준 것은 한 장의 쪽지였다.

"쪽지를 남긴 거야?"

그렇게 묻자, 페르메니아는 고요한 표정으로 끄덕였다.

스이메이는 쪽지를 받아 글자가 적혀 있을 면을 봤다.

──이번 일, 내가 해결하고 올게.

그런 단적인 문장이 적혀 있었다.

스이메이는 튕기듯이 방으로 돌아가 어제 위게르에게 받은 메모를 찾았다. 호텔 방에 비치된 책상 서랍에 넣어뒀었는데── 그게 홀연히 사라져 있었다.

무심코 입에서 쯧 하는 소리가 튀어나왔다.

"그 녀석……!"

"스이메이 님, 역시 마리 님은 혼자서 가버리신 걸까요?"

"그렇겠지. 이런 웃기지도 않은 농담 따위 할 녀석이 아니야. 틀림없이 혼자 갔어."

설마 혼자서 뛰쳐나가 버리다니 하고 스이메이는 난감한 듯이 한숨을 토했다.

그러나 문제는 하이데마리가 왜 갑자기 이런 짓을 저질렀느냐다.

그것이 수수께끼다.

"저, 마리 님은 늘 이런 느낌인 거예요?"

"아니. 이런 건 이번이 처음이야. 평소 같으면 지명 의뢰가 들어와도, 오불관언으로 나는 모르오 하는 앤데 대체 무슨 일인 건지……."

"혹시, 의뢰 내용을 보고 위기감을 느낀 건 아닐까요?"

"그런 거면 내가 자는 사이에 몰래 들어오는 건 이상해. 동기와 행동이 뒤바뀌었어."

그렇다. 의뢰 내용에 위기감을 느끼고 벌인 행동이라는 것은 일단 생각할 수 없다.

애초에 스이메이는 의뢰 내용에 대해서는 계속 얼버무려 왔다. 몰래 들어와서 메모를 볼 때까지 의뢰 내용이 무엇인지는 몰랐을 거다.

그리고 우선, 몰래 들어오면서까지 볼 동기가 필요하다. 그런 동기로 짚이는 것은 없고, 위기감을 품은 거라면 먼저 자고 있는 자신을 두드려 깨워서 항의할 거다.

그런데 이거다. 혼자서 멋대로 해결한다니. 도대체 무엇이 그녀를 그렇게까지 몰아세운 걸까.

"저, 스이메이 님. 스이메이 님한테 도착한 의뢰라는 건, 대체 뭐예요?"

"그건…… 신격의 소환과 동화야."

페르메니아는 귀에 익지 않은 단어에 고개를 갸웃했다.

제4장 천재의 이유

——하이데마리 알츠바인은 호문쿨루스다.

인조 생명체란 생명의 영위가 아니며, 사람의 의사와 사람의 손에 의해 만들어진 생명이다. 그 모체는 육신의 그릇인 자궁이 아니라, 유리로 된 프라스코(시험관)을 근본으로 한다. 모체의 영양으로 자란 것이 아니라, 라피스 필로소포룸(철학자의 돌)에 의해 힘을 부여받은 초상의 존재다.

그 제작자는 마술계에서는 모르는 자가 없다고까지 알려질 만큼 고명한 연금술사이자, 자동인형(오토마타) 제작의 명수인 에드거 알츠바인. 동종 업계에서는 인형술사(돌 마스터)로 불리며, 지금까지 수많은 자동인형을 탄생시키며 역사의 마디마디에 그 인형들을 활약하게 했다고 한다.

하이데마리는 그 연금술사가 최고 걸작이라고까지 말할 만큼 완성된 인조 생명체다. 종래의 타자가 만든 그것과 마찬가지로 감정은 부족하지만, 스스로의 의사로 활동하며 마술에까지 빼어난 재능을 발휘한다. 다른 것과의 우열의 초점은 만능 촉매인 라피스 필로소포룸을 통해 더욱 많은 지식을 끌어낼 수 있다는 데 있으리라.

천재 중의 천재라는 말로 평가될 정도의 힘을 가진 그녀.

천재이기에 무엇이든 가능할 터인 그녀.

그런, 고민과는 무관할 터인 그녀가 지금, 초조함에 동요하고 있다.

그 이유는 그녀의 스승이 된 소년 야카기 스이메이에 있었다.

여느 때라면 대집행 의뢰 정도는 곧바로 알려주는데도 전에 없이 모호한 태도를 보이며 내용을 알려주기를 꺼리고 있다. 마치 "너 따위 믿지 않아"라고 하는 기분이 들어서, 정신이 들고 보니 어느새 그의 호텔 방에 몰래 들어가 대집행 의뢰서를 훔쳐보고 있었다.

지금은 장난감 상자에서 튀어나온 커다란 토끼── 거의 생물로밖에 보이지 않는 토끼 이동수단을 타고 한 장소를 향하고 있었다.

어느 목적을 위해서.

"이런 엄청난 일을 태평하게 그대로 내버려 두다니. 스이메이는 대체 무슨 생각을 하는 거야⋯⋯."

그녀가 중얼거린 것은 의문, 그리고 짜증이다.

어째서 야카기 스이메이씩이나 되는 자가 이 정도의 사건을 내버려 두는가 하고.

신격의 소환과 동화.

하이데마리는 이전에도 그와 함께 신격과 관련된 사건에 종사한 경험이 있다. 그리고 다양한 마술사들이 위험시하는 것처럼, 신격 소환이라는 의식은 유례가 없다는 표현이 지나치지 않을 만큼 뚜렷한 『재해』였다.

방치하는 일은 있을 수 없다. 그런데도 의뢰서를 훑고도 당장 움직이지 않고 시급한 일이 아니라면서 일본에서 이세계에서 데리고 온 소녀들을 챙기느라 분주히 돌아다녔다.

물론 하이데마리도 그녀들이 중요하지 않다고 말할 생각은 없다.

그러나 그럼에도 이 의뢰와 비교하면 우선순위는 낮춰야 한다.

그런데도 스이메이는 언제나처럼 실실거리고만 있다.

그렇지 않아도 말하고 싶은 불만은 산처럼 있었는데 말이다.

"스이메이 바보, 스이메이 바보, 스이메이 바보……."

갑자기 사라져서 마술 지도도 밀린 데다, 돌아오니 돌아온 대로 이번에는 여자를 셋이나 데리고 오는 형국이다. 그리고 그녀들 일에만 매달리고, 마술 연구나 자신의 지도는 나 몰라라 하면 조바심도 커지는 법이다.

"스이메이는 날 뭐라고 생각하는 거야……."

데리고 온 그녀들에게도 사정이 있기에 겉으로 티는 내지 않았지만, 하이데마리도 유쾌하지는 않다. 하이데마리는 스이메이의 제자…… 수제자다. 내버려 둬서 될 존재가 아니다. 수제자이니 으뜸으로 챙겨야 할 존재다. 그런데 상대해주는 것도 아니고, 찾는다 하면 부탁뿐이고 사사건건 어린애 취급이다.

"애라고 생각하면 그렇게 생각해. 내가 이걸 해결하면, 스

이메이 너도 다시 인식할 수밖에 없을걸. 난 어린애가 아니
야……."

　…………어떤 의미로 그것은 아이 같은 질투이며, 그녀
자신이 안에 품은『호문쿨루스』라는 존재가 잠재적으로 갖
는 열등감의 발로였으리라.

　이르기를 호문쿨루스란 라피스 필로소포룸(철학자의 돌)이
바르게 기능하는『진짜』임을 증명하기 위해 만들어진 존재
라고 한다. 생명까지도 창조해버리는 완전한 촉매를 통해
탄생한 것이며 이 세상의 온갖 예지에 통하며, 호문쿨루스
를 만든 자에게 다양한 조언을 해준다고 알려진다.

　그러므로 완성된 호문쿨루스는 그 모두가 태생적으로 천
재다.

　천재. 그것은 모두가 꿈꾸는 것이다. 이 세상에 존재하는
모두가 알고 싶은 욕구의 노예이며, 지성 있는 자들을 받드
는 신봉자다. 배움을 지상으로 여기며, 또한 배움에서 가치
를 발견한다.

　그렇기에 천재란 사람들에게 동경의 대상이다.

　지성자(知性者)의 선두, 히에라르키의 정점.

　열등감과는 대극에 있다고 할 수 있으리라.

　그러나 호문쿨루스의 예지의 출처는 경험의 축적에 의해
발생한『결실』과는 완전히 동떨어진 것이다.

　지성자이면서, 무구하며 아주 새것인 존재. 지식인은 그

것을 『참』으로 정의하고 말씀하시리라. 무구하기에 존귀한 것이라고. 아주 새것이기에 둘도 없는 것이라고.

　그러나 어떤 말로 장식해도 그것은 만들어진 천재다. 자기의 경험 없이 얻은 『지식』을 고마워하는 것은 그 지식의 은혜를 입으려 하는 자 이외에 있을 수 없다.

　그렇다면 그것은 열등감으로 이어지는 순간──.

★

　하이데마리가 호텔에서 사라진 것이 판명된 후, 스이메이 일동은 호텔의 일실에 모여 있었다.

　간단히 매무새를 마친 후, 아침 룸서비스로 조식을 주문하거나 침대 위에 걸터앉거나 역방향의 의자 위에 기대거나 소파 위에 앉거나 하는 식으로 서로의 얼굴이 보이도록 마주 보고 있다.

　거기서 나오는 대화의 내용은 "감자랑 고기, 뿐이에요"라는 식사 이야기가 아니라, 지금까지 스이메이가 거의 말하지 않았던 이번 대집행 의뢰에 대해서다.

　위게르에게 다녀옴으로써 정보가 모두 모여 말할 준비가 된 것도 있지만, 하이데마리가 사라진 탓에 어쩔 수 없이 말할 수밖에 없게 된 상황이기도 했다.

　"──신격의 소환과 동화, 요?"

　스이메이의 말에 먼저 질문을 던진 것은 페르메니아였다.

그녀의 되물음에 스이메이가 대답했다.

"으응. 특별히 설명할 정도는 아니지만…… 내용은 그대로야. 신격에 접근해서 그것과 합일을 노리는 뭐, 이쪽 세계에서는 흔히 있음 직한 마술 의식의 연장선상에 있는 거야."

신과의 합일, 우주와의 일체화. 예를 들면, 네오플라토니즘 따위가 관련된다고 할 수 있을까. 물론, 소환하는 시점에서 이번 일이 그것들보다 직접적이며 폭력적이라는 것은 의심할 여지도 없지만.

개요는 설명했지만, 이세계 조는 별로 와닿지 않는다는 반응이다. 그것도 그럴 터. 이세계의 신비주의는 현대 세계의 신비주의와는 크게 다르다. 마술은 예지를 손에 넣는 과정에서 부차적으로 얻어지는 것이라는 것이 이 세계의 신비다. 마법을 배우는 것을 주안에 두는 이세계와는 애당초 사고방식이 다르다.

그녀들로서는 신과의 합일? 그게 뭐야, 맛있는 거야? 상태다.

"으음. 이세계 기준으로 생각하면…… 그래. 여신 아르주나를 현세에 소환해서, 그것과 일체가 된다는 느낌이야."

과연 그것으로 사태의 중대성을 알았는지 세 사람은 눈에 띄게 초조해하기 시작했다.

"그, 그그그그그건 어마어마하게 엄청난 일 아닌가요?!"

"다시 말해, 이번 의뢰는, 그걸 막으라는, 거군요?"

리리아나의 물음에 스이메이가 끄덕이자, 이번에는 레피

르가 의아한 듯이 인상을 썼다.

"스이메이. 어째서 그걸 지금까지 내버려 둔 거야? 우리 일보다 먼저 어떻게든 해야 하는 거잖아. 마리 양이 먼저 나선 것도 이해가 가."

독단에 동조하는 말에 그러나 스이메이는 고개를 가로저었다.

"아니, 이번 일은 긴급이라고 할 만큼 긴급성은 없어."

"어째서?"

"아마도, 이번 건은 천야회로서는 어느 쪽으로 굴러가도 좋다고 생각하는 구석이 있어."

"네……? 그렇게 큰일을요?"

"뭐, 우선은 말이야. 기본적으로 신과의 합일이라는 의식이 왜 저지되어야 마땅하냐는 이야기가 되잖아?"

"확실히, 나쁜 일을 하는 게 아니라면 막을 이유는 없어, 요."

"그렇지? 딱히 녀석들에게 악의가 없다면 마술 결사에서는 있을 법한 실험 의식이야. 성공 사례 데이터를 거두어들이는 일은 있어도, 사전에 막는 일은 없어."

스이메이는 한숨 돌리듯이 말을 끊고 다시 말하기 시작했다.

"요컨대 천야회 임무의 본질은 마술사의 속셈이야. 세계 평화와 마술의 성과를 저울에 달면, 마술의 성과로 기울 정도로 정의와는 동떨어진 조직인 거야."

"하지만 단속하고 있는 거죠?"

"마술 조직의 이익을 위해서 명목상 경찰로서 움직이는 것뿐이야. 그것도 드러나지만 않으면 베터라고 생각하고 있을 정도로 검은 무리야."

"그런데 이번엔 그럼에도 막으라는 의뢰가 너한테 왔어. 그럼, 그 천야회라는 조직도 나름대로 불안을 갖고 있다는 거긴 하잖아?"

레피르의 물음을, 스이메이는 "그렇긴 한데" 하고 긍정했다.

"뭐, 어느 쪽으로 굴러가도 좋다는 그 증거로, 이번 적은 감시받고 있어. 봐."

그렇게 말하며, 몇 개의 자료와 사진을 파일에서 꺼냈다.

"이건……."

"보고서랑."

"사진, 이네요."

"이건 지금까지 나한테 온 정보야. 이쪽 세계로 복귀한 연락을 하자마자 하나하나 이렇게 정보가 도착하고 있어."

스이메이가 꺼낸 자료를 설명하자, 리리아나가 손을 들었다.

"스이메이."

"뭔데?"

"이상해, 요. 어째서 이렇게 타이밍 좋게, 정보가 부지런히, 보내지는 거예, 요?"

"그런 건 간단해. 천야회가, 대집행에게 의뢰를 보냈다는 정보를 저쪽에 흘린 거지."

"네? 어째서 그런 일을……?"

"녀석들의 의식을 재촉하기 위해서야."

스이메이는 페르메니아의 질문에 그렇게 답하고는 바로 그 이유를 설명하기 시작했다.

"요컨대, 천야회는 내가 자유롭게 움직일 수 있는 동안 이건을 해결하게 하려는 거지. 정보를 흘려서 의식을 재촉하면, 나도 서둘러 움직일 수밖에 없게 돼. 재촉해서 좋을 대로 컨트롤하고 있는 거야."

"그건…… 꽤 위험한데."

"그렇지. 하지만 내가 현장에 있기만 하면, 의식에 실패하든 성공하든, 성공해서 이상한 짓을 하려고 계획하든 잘 종식시킬 거라고 생각하는 거지."

천야회의 스이메이의 실력에 대한 믿음은 상당히 크다. 그것은 스이메이의 지금까지의 활약이 바탕에 깔려서다. 적룡 토벌에 비하면 현격히 등급이 떨어지기 때문이리라.

"하지만 왜 스이메이 님인 거예요? 스이메이 님 말고도 마술사는 있잖아요."

"이런 종류의 일을 확실히 해결할 수 있는 말이 나밖에 없어서겠지. 이른바 전문가라는 거야."

"말이라."

"별로 좋은 거라고는 생각되지 않네요."

"그래도 네임 밸류긴 해. 모두가 한 수 위로 보고, 무엇보다 여봐란듯이 권위를 내세울 수 있으니까. 이러니저러니 해도 편리해."

페르메니아가 "질문이 있어요" 하고 손을 들었다.

"스이메이 님. 신격이란 역시 이 세계에서 신봉하는 신인가요?"

"으응. 이건 그게 성가신 부분이거든. 아마도 독자적으로 만든 걸 거야."

"네에? 신을 만들, 어요?"

"컬트 교단이랑 같아. 종교를 창설하게 됐을 때, 반드시 독자적으로 신을 설정해야 하잖아? 이 신은 어떤 신이고, 믿으면 어떤 이익을 준다 하는 거지."

스이메이는 어딘가 공허함이 느껴지는 웃음을 보였다.

"기본적으로, 이 세상에는 신 같은 건 존재하지 않아."

"뭐?"

"네?"

"요컨대 내가 늘 말하는 신격이라는 건, 외각 세계에 존재하는 신비적인 등급이 높은 무색의 힘이야. 실제로 외각 세계에 신 같은 전지전능한 존재가 있는 게 아니야. 기본적으로는 인간이 멋대로 그것에 그릇을 부여하고, 『무슨무슨 신』이라는 틀에 끼워 넣고 불러내. 그게 신격이라는 거야."

스이메이의 신에 관한 생각에 당연히 레피르는 묘한 얼굴을 보였다.

"……하지만 그렇게 되면, 아르주나도 없다는 것이 돼."

"이건 기본적인 사고방식이야. 물론 그 가운데 의사를 갖거나, 마음대로 형태를 갖는 힘도 있어. 요컨대 고위의 정령이나 악마 같은 게 그런 거지. 그것들이 세계에 간섭해서 그 세계에 손을 대는 일도 있고, 그것이 세계가 숙성되어가는 가운데 신앙이 되고, 신으로까지 존재가 승격한 것이 이세계에서 말하는 아르주나겠지. 기본적으로 그것도 전지전능한 게 아니니까, 개개인의 신의 정의에 따라서는 신이 아니라는 녀석도 있을 거야."

"음……."

신이 아니라는 말에 레피르는 다소 생각하는 바가 있었을까. 그러나 개인이 신을 정의할 때 유럽에서 믿는 신처럼 전지전능한 신이 있는가 하면 동양처럼 여러 신이 있고 각자역할을 가진 것도 있다. 아르주나도 사신과 판세 싸움을 하는 시점에서 만능이 아니리라.

스이메이는 다시 입을 열었다.

"이야기가 샜네. 결국 이번 무리는 자기들이 신을 멋대로설정하고 외각 세계에서 무색의 힘을 불러내서 『자기들이마음대로 설정한 그릇』을 부여하는 걸, 감독 부처(천야회)에신고도 없이 마음대로 하려고 해서 문제가 된 거야."

"자기들 마음대로, 라."

"그게 이것의 무서운 점이야. 어떤 신이 나올지는 녀석들의 속셈 하나에 달렸어. 뭐가 나올지 몰라. 어쩌면 세계를멸망시킬 정도로 강대한 신일지도 몰라. 소환 마술의 규모나 공물로 하는 마력이 크면 클수록 설정한 것에 가깝게 할 수 있으니 무시할 수도 없어."

"하지만 그렇게 간단히 되는 거예요? 기술적으로도 상당히 어려울 것 같은데요."

"스이메이. 구체적으로는, 어떻게 진행시키고 있다는, 거예요?"

"먼저 거론되는 건, 마력을 가진 자들에게 그 신의 존재를 강하게 믿게 하는 거야. 그러면 신앙심이 두터운 사람이 대량으로 없더라도 어느 정도는 대체할 수 있어. 물론 수고는 엄청 들지만. 그건 지령이 와도 바로 시행되지 않고 여기까지 걸린 걸 보면 알 거야."

"하지만 믿게 한다는 건 어떻게…… 아!"

페르메니아가 손뼉을 탁 쳤다. 그런 그녀의 깨달음에 앞서 리리아아가 입을 열었다.

"약, 이군요?"

"그래. 모은 녀석들을 강한 트랜스 상태에 둠으로써 신앙(믿는 힘)을 참에 가깝게 하는 거야. 준비가 끝나면 남은 건 의식뿐이야."

질문에 답하자 이번에는 레피르가 의문을 제기했다.

"상황은 알았어. 그런데 왜 마리 양한테 설명을 꺼렸어? 조금씩이라도 말해줬으면 결과는 달랐을 것 같은데?"

분명 그렇다. 하이데마리는 종종 신뢰받고 있지 않다고 착각하는 기색을 보였기에 물었을 때 말해줬더라면 결과는 또 달랐을지도 모른다.

그러나 애써 말하지 않았던 것에 대해서는 분명한 이유가
있다.

"그게…… 상대가, 호문쿨루스야."

"그렇구나. 그녀와 같다라……."

페르메니아가 질문했다.

"동류기 때문에, 마리 님도 동조할 가능성이 있다고요?"

"아니, 그건 아니야. 단지, 동류를 쓰러뜨려야 하는 걸 어
떻게 느끼려나 싶어서. 진위가 확실해질 때까지 함구한 게
엉뚱한 결과를 낳아버렸어."

"레이지 때와, 똑같네요."

"맞아. 쯧, 마음을 쓰면 항상 이렇다니까."

스이메이는 그런 투덜거림이 섞인 한숨을 쉬었다. 결과적
으로 엉뚱한 결과를 낳은 꼴이지만, 누구도 그것을 비난하
는 일은 없다. 말할지 말하지 않을지의 조절이 어려운 것은
왕왕 있는 일이다. 특히 이런 종류는 어렵다.

……그렇게 설명이 일단락되고, 스이메이는 자리에서 일
어났다.

"전속 차도 슬슬 도착할 때야. 입구에 가서 기다리자."

그 말에 끄덕이는 세 명을 보고, 스이메이는 하이데마리
를 떠올렸다.

(다음엔, 제대로 마음을 터놓고 대화해야지…….)

그런 생각을 하면서, 스이메이는 방의 출입구로 향했다.

　호텔을 뛰쳐나온 하이데마리는 독일의 어느 외진 숲에 도착해 있었다.

　도중에 맑았던 하늘에는 구름이 끼기 시작하고, 형세는 심상치 않다. 내리기 시작할 정도는 아니지만 앞으로 하늘의 심기에 따라서는 잔뜩 찌푸린 하늘이 될지도 모르는 상황이다.

　하이데마리는 이미 토끼 이동수단을 『자기 방』에 집어넣고 홀가분한 상태다.

　형식적인 정도로 쳐진 인간 퇴치용 결계를 빠져나와, 지금은 목적지와 그리 멀지 않은 곳에 있었다.

　정보의 근원은 물론 스이메이의 방에서 훔친 메모다. 정보상 위게르가 입수한 정확한 정보대로 예의 장소에는 버려진 폐촌이 있고, 그럼에도 사람의 낌새가 있는 모순이 있었다.

　"이런 데서 의식이라니. 정말 인간은 취미가 고약하다니까……."

　보이는 것은 곰팡내와 쉰내가 불쾌함을 자극하는 악취 풍기는 폐허들이다. 석벽의 건물은 무너져 칸막이 역할밖에 수행하지 못하고, 사방에 유리 파편이 흩어져 흡사 컬트로프(마름쇠)처럼 되어 있다.

　그러나 소환 장소로 선택한 것은 합당하다고 할 수 있으리라. 인적이 없는 장소라면 소란도 일지 않고, 넓은 토지도 확보할 수 있다. 원래 사람이 있다가 없어진 것은 조금이지만 신비성도 는다. 게다가 독특한 풍습이 있는 곳이라면 의식에는 상당히 유리하다.

마술사로서는 고르는 게 당연한 장소기에 칭찬할 정도는 아니지만.

하이데마리는 나무들을 투명 망토 삼아 폐촌의 모습을 관찰했다.

아무래도 주변에는 공허한 눈을 한 사람이 배회하고 있는 모양이다. 십중팔구, 푸른 약을 먹었거나, 먹게 된 자들이리라. 스이메이의 말대로라면, 의뢰서에는 그 약이 관련돼 있다고 적혀 있었다고 한다.

노리는 바는 신격의 소환과 동화. 아마도 마력을 가진 자를 조종해서 의식이 모호해진 때를 틈타, 일시적으로 소환하기 위한 신을 믿게 하는 것일 것으로 짐작된다.

그렇다면,

"있지. 제대로 된 녀석들이."

십중팔구, 트랜스 상태에 빠진 자들을 선동하는 사람이 필요해진다. 컬트 교단에 흔히 있을 법한, 신자를 마인드 컨트롤하는 『사부』라는 존재다. 신과 동화하는 당사자의 힘만으로는 선동하는 데도 한계가 있기에 어느 정도의 동료 혹은 부하를 갖추는 것이 타당하리라.

역시 예상한 대로 걸음걸이가 똑바른 자가 주변을 돌며 중독자들을 감독하고 있었다.

모두 마술사이며, 이번 일에 관여하고 있다는 것은 대대적인 의식에 관여할 만큼 명수라는 것이다.

혼자서 전부 상대하기에는 힘들지만—— 딱히 무리해서 상대할 필요는 없다. 요컨대, 신격 소환이라는 계획의 첫 단계만 엎어지면 그만이다. 그들을 피해 킹을 잡으러 가면 그걸로 모든 것은 끝나리라.

"장소는…… 저기네."

시선 끝에는 지붕에 십자가를 인 건물이 있었다.

신이라고 하면 그곳이리라. 신의 존재를 떠올리기 쉬운 곳이기에 최적의 장소다. 신비성도 발군으로 높고, 일을 일으킨다면 **누구라도 이곳을 고르리라**.

주변 무리의 시야를 피해 방심하지 않고 안으로 들어갔다. 내부에는 낡은 그림과 썩은 조각상이 있고, 십자가에는 상징인 아버지 모델이. 곰팡이가 슬고 찢어진 붉은 카펫과 장식이 화려한 원기둥. 옆을 보니, 목조로 된 작은 참회실이 마련돼 있다.

전형적인 가톨릭교회다.

소환 의식을 할 것으로 짐작되는 안쪽의 단상을 들여다보지만, 예상과 달리 제단도 마법진도 보이지 않는다.

"……여기가 아니야? 하지만 경비는 두터웠는데……."

거행된다면 분명 이곳이다. 이곳밖에 없을 터다. 마술사라면 틀림없이 이곳을 고를 텐데, 의식을 하기 위한 준비가 되어 있지 않다.

어찌된 일일까. 선입견에 갇힌 하이데마리가 의아하게 생각한 그때였다.

"——흐음. 슬슬 올 때가 됐나 했지만, 설마 호문쿨루스(나랑 같은 게)가 올 줄은 몰랐어~."

"——큭!"

갑자기 내려온 목소리에 하이데마리는 그 자리에서 튕기듯이 홱 물러섰다. 그리고 나타난 낌새의 방향. 천장에 시선을 옮기자, 들보 위에 한 소년이 걸터앉은 것이 보였다.

그것은 보브컷으로 단정히 자른 금발의 아름다운 소년이었다. 나이는 십 대 중반 정도. 교회 안에 장식된 그림에 그려져 있던 천사가 2차원의 멍에에서 풀려나 뛰쳐나온 듯한 아름다운 용모다.

게다가 몸에 두른 것은 신의 영광과 기쁨을 나타내는 가톨릭의 흰 제복과 스톨라.

그야말로 아이러니라 할 수 있으리라.

"너는——."

"반가워. 호문쿨루스 소녀. 내 교회에 온 걸 환영해."

하이데마리가 묻는 것보다 먼저 금발의 소년은 손님을 대하듯 정중히 예를 갖췄다.

내 교회라고 거리낌 없이 큰소리친 소년을, 하이데마리는 방심하지 않고 주시하며,

"마치 기다렸다는 듯이 말하네."

"당연하지. 대집행이 온다고 들었으니까 서둘러 맞을 준

비를 하고 이제나저제나 하고 기다렸어."

"덫──."

"정답……이라고 하기에는, 늦은 감이 있나. 그래도 과연 천야회의 대집행이야. 수상한 장소에 앞서서 수하의 호문쿨루스를 보내다니. 임시방편적 방책은 통하지 않는다는 건가~."

어딘가 유감이라는 듯이 말하는 소년── 호문쿨루스에 하이데마리는 내심 이를 갈았다.

아무래도 이 금발 소년은 부주의하게 덫에 발을 들여놓은 자신을 버리는 말로 착각하고 있는 모양이다.

마술 장치가 없는지 주위를 살피면서 금발 소년에게 대답했다.

"딱히 나는 버리는 말이 된 게 아냐. 여긴 내 의지로 왔어."

"어라? 그래? 호문쿨루스인데? 누구한테 명령받은 게 아니고?"

"그래."

"흐음? 제법 갸륵한 애구나, 넌. 무슨 심정으로 여기에 왔을까?"

"그건 알 필요 없어."

"명령을 받고 여기에 왔다는 게 사고방식으로서는 맞는 것 같은데 말이야."

"네가 호문쿨루스를 어떻게 생각하는지 몰라도 우리는 그런 식으로 취급받는 게 아냐. 그리고 날 너니 호문쿨루스니 하는 따분한 호칭으로 부르지 말아줘. 나한테는 하이데마리 알츠바인이라는 제대로 된 이름이 있어."

문득 하이데마리의 말을 들은 소년의 눈썹이 움찔 움직였다.

"흠. 너, 호문쿨루스면서 이름 같은 게 붙었구나. 뭐, 만든 사람의 변덕 같은 건가?"

"태어난 것에 이름을 붙이는 건 당연한 거야. 사람은 무엇에든 이름을 붙이잖아?"

"…………."

그러나 금발 소년은 입을 다문 채 대답하지 않았다. 그 대신 돌아온 것은 음울한 시선이다. 증오가 섞인, 탁함이 느껴지는 시선이다.

어쨌든 하이데마리는 금발 소년에게 물었다.

"그래서. 네 주인님은 어디에 있는데?"

"글쎄? 지금은 어디에 있으려나? 몰라."

"시치미 떼지 마. 어차피 이 변변찮은 계획도 네 주인님이 벌인 거잖아? 교회 밖에서 소환 준비라도 하고 있는 거니?"

떠보는 말에 그러나 금발 소년은 고개를 가로저었다.

"아니, 틀렸어. 이건 내가 벌인 거야."

"……네가? 말도 안 돼. 있을 수 없는 일이야."

"그렇게 말해도, 그게 사실이니까."

그렇게 말해도, 같은 하이데마리는 이해할 수 없었다. 호문쿨루스가 스스로 이런 사건을 벌이는 것은 심히 생각하기 어렵다. 호문쿨루스란 지식의 보고다. 이런 사건을 일으키면 어떻게 되는지는 생각할 것도 없이 알 수 있다. 무엇보다 호문쿨루스가 신격과 동화해서 어떻게 하려는 건지, 힘을 손에 넣는 그 이점이 떠오르지 않는다.

"……호문쿨루스인 네가, 왜 이런 짓을 하는데?"

"왜냐니. 그건 내가 호문쿨루스니까."

"……?"

금발 소년의 말을, 하이데마리는 이해하지 못했다. 호문쿨루스니까라는 것은 도대체 무슨 말일까.

혹시 수수께끼 같은 걸 내서 놀리는 걸까──.

"아이구, 모르는 모양이네. 내가 신격 소환이라는 누구도 이룩한 적 없는 일을 하면, 그것만으로 나는 호문쿨루스의 딜레마에서 해방돼."

"……호문쿨루스의 딜레마?"

호문쿨루스의 지식에도 없는 말에 하이데마리는 인상을 찌푸렸다.

"어라? 몰라? 모든 호문쿨루스가 갖는 『공허』 말이야. 우리 호문쿨루스는 아무것도 갖고 있지 않아. 있는 건 지식뿐. 전부 경험이 없는 아는 척이야. 경험이나 성과가 없으니까 지식이 있어도 어딘가 가슴에 구멍이 난 것 같은 기분이 돼. 그렇지 않아?"

"그, 건……."

하이데마리는 자기도 모르게 말끝을 흐렸다.

말할 수 없다. 말해버리면 지금껏 외면해 온 짐작이 드러나 버릴 것 같은 기분이 들었으므로. 그래서 정체를 알 수 없는 무언가가 등줄기를 타고 오르는 듯한 불쾌한 기분이 들었다.

그렇다. 그것이 마치 핵심을 찌른 것처럼 느껴졌으므로——.

"그렇지? 분명 너도 그게 싫어서 이렇게 여기 온 거 아니니?"

그리고 금발 소년은 질문에 대한 답도 기다리지 않고,

"넌 내 행동을 막으러 멋대로 여기에 왔어. 그건 누군가에게 인정받을 성과를 원했기 때문 아닐까?"

"——윽!"

금발 소년이 던진 말에 깨달았다. 깨닫고 말았다. 자신이 이곳에 온 이유가 바로 그 말대로라는 것을.

자신은 왜 이곳에 왔는가.

그것은 그 흑발 소년에게 자신이 얼마나 유능하고 없어서는 안 될 존재인지 알리기 위해서가 아니었나——.

깨닫고 말문이 막혀 있자 금발 소년은 옳지라는 듯이 웃음을 터뜨렸다.

"아하하! 거봐~. 역시 그랬어! 너도 똑같잖아! 무언가를 자기 혼자 이룩하려고 멋대로 움직이고——. 그리고 멋대로 덫에 걸려든 거야."

그것은 마치 이쪽의 실패를 비웃는 듯한 불쾌한 웃음이다.

어느새, 자신답지 않게 소리치고 있었다.

"아는 척 말하지 마! 난 너 같은 거랑은 달라! 난 아버지가 만든 최고의 호문쿨루스야!"

"최고의 호문쿨루스라. 그게 맞는지는 아무래도 상관없어. 하지만, 사실 그렇잖아? 그럼, 너도 나랑 같아. 그런 네가, 왜 날 막겠다는 거니?"

금발 소년의 마력이 별안간 높아졌다. 그와 동시에 술식이 전개되는 낌새가 느껴졌다. 이야기에 말려들어 실내에 대한 경계를 풀고 있었다──.

"이건…… 결계 마술?!"

보라색 마법진이 발밑에 펼쳐졌다. 그것을 깨달은 직후, 장소가── 시야가 마블링처럼 일그러져갔다. 공간 제어 계통의 술식일까. 주변 색이 서서히 보랏빛 마력광에 침식됐다. 몸이 무거워져갔다.

"자, 질문할게! 널 만든 연금술사는, 대체 지금 어디에 있니?"

"──윽, 아버지는 여기엔 없어!"

"없어? 없구나~. 그럼, 너도 나랑 같네. 너도, 만든 사람한테 버림받은 거야."

"아니야! 난 버림받은 적 없어!"

"그럼 왜 널 만든 연금술사는 네 가까이에 없을까~? 보통, 연금술사는 호문쿨루스를 자기 곁에 두는 거잖아?"

분명 그렇다. 그러나 결코 자신은 버림받은 게 아니다. 아버지, 에드거는 미래를 생각해서 결사의 마술사 곁에 자신을 보낸 것이다.

그렇다.

"난, 내 미래를 위해서 수련을 보내졌고, 그리고……."

"그건 방편이야. 호문쿨루스는 만들면 끝이야. 그 시점에 역할 같은 건 없어졌어. 그 아버지인가 하는 자는 네가 필요 없어졌으니까 그럴듯한 말을 해서 널 놓은 거야."

"아냐! 아버지는 날 위해서!"

"정말 그럴까? 그렇게 할 가치가, 호문쿨루스(우리)한테 있는 걸까?"

"그건——."

있는 걸까. 금발 소년의 말이 머릿속에서 마음대로 되풀이됐다. 자신에게 그런 가치가 정말 있을까. 세월의 무게감도 없는, 태어난 지 고작 몇 년인 자신. 아무것도 이룬 적 없는 자신. 그의 말처럼 아무것도 없는 자신에게 대체 얼마만큼의 가치가 있을까.

시야가 일그러져갔다. 마치 용광로 속에 내던져진 것처럼 물컹하게 녹아갔다. 그와 동시에 의식이 희미해졌다.

단지, 희미해져가는 의식 속에 비웃는 듯한 목소리가 언제까지고 머릿속에 메아리쳤다.

★

    호텔에서 마중 나온 차에 탄 스이메이 일동은 하이데마리가 도착한 것보다 조금 늦게 현장인 외진 숲에 도착했다.

    유럽 지방은 켈트 문화의 자취가 강해 숲은 신성한 것으로 여겨지며, 특히 독일에서는 삼림이 보호되고 있다. 메르헨의 무대로도 자주 다뤄지며 빨간 모자, 백설공주, 가시장미 공주, 헨젤과 그레텔 등이 숲과 관련이 있는 것은 특히 유명하리라.

    지금은 개발로 인해 많이 깎여 나갔지만 북쪽은 라인하르츠 숲, 서쪽은 토이토부르크 숲, 중부는 튀링겐 숲, 그리고 검은 숲으로 유명한 슈바르츠발트 등 아직 독일에는 광대한 삼림지대가 남아 있다.

    지금 스이메이의 눈앞에 펼쳐진 것도 완만한 곡선을 그리듯이 뻗은 숲이다. 나무는 푸르고 아름다우며, 자연을 물씬 느끼게 한다. 군데군데 오솔길이 보이고 골짜기에는 흰 벽에 오렌지색 지붕이라는 서양의 선명한 색체의 집들이 옹기종기 모여 있다. 멀리 저편의 능선에는 성채인 듯한 건축물이 서 있다.

    여기에 날씨가 쾌청하면 최고의 상황이지만 지금은 결코 관광을 온 게 아니다.

    살짝 으스스한 기운이 느껴지는 바람을 맞으면서 떡갈나무 위에 올라가 원시술로 목적지를 관찰했다. 스케치의 앵

글을 잡는 요령으로 손가락으로 네모난 창을 잘라 내 그곳을 들여다보자, 폐촌과 그것과는 어울리지 않는 말쑥한 차림의 자들이 드문드문 있다. 비틀거리는 걸음걸이의 자들을 모아놓고, 무언가 설법을 하고 있는 모습이 보인다.

떡갈나무의 줄기를 타고 아래까지 미끄러져 내려오자, 레피르가 말을 걸어왔다.

"스이메이, 어땠어?"

"응, 틀림없어. 이 앞에 있어. 딱히 감시꾼은 세우지 않은 것 같아."

"……그래. 별일이네."

적이 경계에 힘을 쏟지 않은 사실에 레피르는 어리둥절해했다. 그러나 상대가 마술사라면 흔히 있는 일이다. 감시꾼을 세우지 않는 대신 다른 잔재주를 부리는 일은 흔한 이야기다.

페르메니아, 레피르, 리리아나 셋이 출발하려던 때에 스이메이가 말을 걸었다.

"아, 미안한데 너희는 먼저 가 있어줘. 난 작업할 게 좀 있어."

"작업이요?"

페르메니아의 질문에 스이메이는 턱으로 가리켜 보였다.

"이 주위에도 봐, 결계가 쳐져 있잖아?"

페르메니아 일동이 시선을 옮긴 곳에는 아지랑이 같은 경계와 결계의 구분을 나타내는 각인이 있었다.

"인간 퇴치용 결계는 조금 전에 지나왔고…… 이건 어떤 역할을 하는 결계인 거예요?"

"이건 외적의 침입을 막기 위한 게 아니라, 신격을 소환할 때 그 규모를 조정하기 위한 결계야. 자연의 힘을 지나치게 거두어들이는 걸 막는 것과 나머지는 우리를 만들어서 억제한다는 이미지야."

"어느 정도 규모인데?"

"이 주변 일대야. 상당히 넓게 잡아뒀어."

"그러니까, 스이메이는 지금부터, 그걸 깨러 간다는, 거예요?"

"그래. 이런 안건을 처리하는 건 급소를 찌르면서 상대의 본성을 치는 게 정석인데…… 그 녀석, 뒷도 제대로 확인하지 않고 직접 뛰어들었어."

의식의 내용도 그렇지만, 그 준비의 진행 정도와 규모의 크기를 생각한 끝에 하이데마리는 조급해했을 가능성이 있다. 의식의 중심점만 제압하면 된다고 보고 방침을 그쪽으로 변경한 것이리라.

"스이메이 님. 저희만 먼저 가는 건 상관없지만, 구체적으로 뭘 하면 될까요? 먼저 가 있는 마리 님에게 가세…… 하나요?"

"아니. 그것보다 가짜 신도들을 무력화해줘. 주위에 있는 놈들을 닥치는 대로 잠들게만 해주면 돼."

스이메이가 그렇게 말하자 레피르가 물었다.

"괜찮아? 그 애를 먼저 구하지 않아도."

"당연히 구하고는 싶지만…… 구하러 가는 사이에 신격이 소환돼버리는 건 말도 안 돼. 동화되면 그야말로 우리만으로는 수습하지 못하니까. 일을 진행할 때는 충분히 주의해서, 우선 숫자부터 줄여줘."

"알았어. 맡겨둬."

겁 없이 말한 레피르에 스이메이는 마치 눈부신 것이라도 보는 듯이,

"아아, 든든해. 오히려 상대해야 하는 녀석들이 불쌍해지기 시작했어."

레피르와 상대해야 하는 마술사는 틀림없이 공포를 품으리라. 레피르의 신비적인 위격의 높이를 생각하면, 전문적인 대처를 해야 하기에 대부분의 마술사는 어쩔 도리가 없다.

"스이메이 님! 저도! 저도 최선을 다할게요! 마리 님한테는 이것저것 신세도 졌고요!"

"아, 으응…… 메니아도 잘 부탁해."

"네!"

스이메이가 말해주자, 페르메니아는 기쁜 듯이 대답했다.

그런 대화를 나누자마자, 스이메이는 다시 폐촌이 있는 방향을 보며 눈을 가늘게 떴다.

"스이메이?"

"…………바깥의 결계가 이대로라면, 그 녀석은 분명, 제대로 확인도 하지 않고 본성에 바로 쳐들어갔어. 때려 부수

면 바로 끝난다고 생각하는 거겠지. 뭐, 분명 그렇지만, 그렇게 호락호락하지 않아. 이미 어느 정도, 외각 세계에서 힘을 거두어들였을 거야."

"하이데마리는, 어디에 있다고, 생각하세요?"

"……그건 교회야. 여기, 이거. 십자가가 장식된 건물이야."

스이메이는 참고를 위해 가지고 온 사진을 몇 장 보여줬다.

그러자 세 명은 의욕적인 기색을 보였다. 빨리 쓰러뜨리고 하이데마리를 구하러 가자고 생각하는 것이리라. 이쪽 세계에서 와서 보살핌을 받은 만큼 잔뜩 분발하고 있는 것이겠지만, 그건 견적이 허술하다.

"가지 마. 어차피 거기에는 덫이 쳐져 있어."

"그럼 그 애는 이미 덫에 걸렸다는 거야?"

"틀림없이."

하이데마리는 아직 모든 경험이 적은 반면 지식만 풍부한 탓에 이론대로 움직이는 경향이 있다. 적절한 행동을 으뜸으로 여기며 또한 타자에 대해서도 자신과 같은 눈높이로 적절히 움직이는 것이라고 생각한다. 의외성을 고려하지 않는 자는 무릇 함정에 걸려들기 쉬운 법이다.

무엇보다,

"그렇지 않으면 혼자서 해결했던가, 아님 불리하다고 판단했으면 탈출했을 거야. 하지만 밖을 서성대는 녀석들은 그대로. 뭔가 움직인 흔적도 없다면── 정직하게 덫에 걸려서 붙잡혔다고 보는 게 맞겠지."

그러자 페르메니아가 걱정스레 물어왔다.

"……마리 님은 괜찮은 걸까요?"

"괜찮아…… 그렇게 유약한 녀석이 아니야. 그리고 녀석의 껌새는 제대로 있어."

아마도 결계 마술에 갇힌 것이리라. 의뢰서에는 환각 계통의 결계에 주의하라고 적혀 있었다. 그렇다면 환술이라는 성질상, 폐색형의 구속 결계라는 것이 가장 생각하기 쉽다.

꼼짝 못 하고 있는 건지 헤매고 있는 건지 모르지만, 최대한 빨리 데리러 가는 게 좋으리라.

"……걱정시키고 말이야. 이걸로 사라졌었던 건 없었던 일로 할 거니까."

스이메이가 문득 중얼거린 그 말에는 다분히 하이데마리에 대한 걱정이 포함돼 있었다.

스이메이와 일시적으로 헤어진 페르메니아 일동은 곧장 폐촌으로 이어지는 좁은 길을 통해 정면으로 당당히 쳐들어가려 하고 있었다.

속공으로 결판을 짓기 위해 굼뜬 수단은 제외다. 페르메니아는 가속의 술식으로 스스로의 이동 속도를 강화하고, 레피르는 적신(赤迅)을 둘러 대검의 중량이 전혀 느껴지지

않는 속도를 유지했다. 리리아나는 『하울러(울부짖는 자)』를 만들어 내고, 지금은 그 등에 타고 있었다.

"작전은, 어떻게 할까, 요?"

"내가 먼저 나가는 게 가장 좋을 것 같은데, 페르메니아 양은 어떻게 생각해?"

"그게 가장 좋을 것 같아요. 적측의 마술은 저와 리리아나가 대처하면 되고요."

"정해, 졌네요."

그런 요령으로 대화를 이어나가 회의는 금방 끝났다. 모두가 전장을 누벼온 베테랑. 이야기도 빠르고, 적확하다.

어쨌든 작전은 이렇다. 레피르를 선진에 세워 요격을 나온 마술사들을 날려버리고, 페르메니아가 지원에 투입되고, 리리아나가 후위를 무찌르는 데 암약하는 전격 작전이다. 마술사에 대해 절대적 우위를 취할 수 있는 『최고의 카드(스피릿)』가 있는 한, 잔재주 따위 필요 없다. 애당초 스이메이가 결계를 깨고 합류할 때까지 시간을 버는 것만으로도 충분하다.

일은 훨씬 간단하다.

이제 각자의 역량이 적측 마술사들의 역량을 웃돌기만 하면 된다.

폐촌 입구 정면에 도착하자, 곧바로 마술사들이 모여들었다.

그중에서도 연장자 같은 남자가 크게 소리쳤다.

"네놈들은 누구냐?! 천야회 사람이냐?!"

"우리는 당신들을 방해할 자들이에요!!"

먼저 페르메니아가 큰 소리로 그 존재를 어필했다. 우선 주목을 모아서 상대의 의식을 제어하기 위해서다.

계획대로 페르메니아에게 주목이 쏠리고, 마술사들이 페르메니아를 제거하려 마술 행사를 시작했다.

쓸데없는 말은 하지 않았다. 즉시 마술 행사에 들어갔다. 더욱이 행사 속도에 무게를 둔, 수고가 적은 속공 마술이다. 역시 이세계는 존재하지 않는, 영창이 없는 유형의 마술이다.

페르메니아도 거기에 응하려 했을 때—— 주력인 레피르가 그녀의 등 뒤에서 뛰쳐나왔다.

그리고 그것을 본 마술사 한 명이 조롱을 드러냈다.

"어리석은 것! 좋은 과녁이다!"

한 발 먼저 적측의 마술이 완성됐다. 수비술을 이용한 화염의 술식. 스이메이도 자주 쓰는 마술의 **초열화판**이 다수 **적신을 두른** 레피르에게 쇄도했다.

"먼저 한 명이다!"

"후발! 조성 마술, 방성 마술 행사! 진지 구축을 서둘러라!"

환성 사이로 마술 행사 지시가 떨어졌다. 레피르가 지금 걸로 쓰러졌다고 **간주하고** 다음 행동으로 넘어가라는 것이리라. 조성 마술로 다른 마술사에게 각종 강화와 대항력 향상을 앞당기고, 방성 마술로 수비를 견고히 했다. 진지 구축은 그대로. 마법진을 깔고 간이로 의식장을 만듦으로써 위력이 높은 마술을 쓸 수 있게끔 하는 거다.

그러나 그 계획은 무너졌다. 그 자리에 있는 모두의 시야가 붉게 빛나는 가운데 불꽃도 열도 그곳에서 생겨나는 풍압도 모든 것이 다 순식간에 사라졌다.

"ㅇㅇㅇㅇㅇㅇㅇㅇㅇㅇㅇ!"

직후, 레피르의 우렁찬 외침이 주변에 메아리쳤다.

──하프 스피릿(반정령)인 레피르에게는 저위의 마술은 통하지 않는다. 대부분의 신비에 자동적으로 디스패리티 아웃(위격차 소멸)이 발생하는 데 더해, 그녀의 공격도 스피릿(정령의 힘)을 이용한 것인 까닭에 힘을 높이면 그것만으로 다른 신비를 얼씬도 못 하게 한다.

그것은 마술사들의 진형을 붕괴시키는 첫 일격이다.

붉은빛을 아로새긴 바람, 이샤크토니의 적신을 두른 대검의 칼끝이 중천에서 지면으로 내리꽂혔다.

"레베 루바스토(사봉검, 四封劍)!!"

충격이 관통함과 동시에 주변의 지면이 갈라졌다. 그리고 그 번개와 같은 균열의 틈에서 진홍의 빛이 단숨에 넘쳐흘렀다.

폭산(爆散)의 한순간 전.

날아가기 직전.

마술사들에게 그런 예감을 준 직후, 사방에 적신이 소용돌이치는가 싶더니, 지면의 섬광과 회오리를 방불케 하는 바람이 주위의 마술사들을 베고 날렸다.

"——우선은 네 명."

그 말대로, 마술사 네 명이 무력화됐다. 지금은 날아가서 땅에 굴러 경련하고 있다.

"큭…… 관통력 높은 광술을 써! 쏴라!"

마술사 남자의 지시에 레피르를 향해 광술이 사용됐다. 마치 레이저 광선처럼 눈부신 섬광이 하늘을 관통했다. 그러나 한편 레피르는 그 자리에서 움직이지 않고, 방어 자세도 취하지 않는다.

높은 열량을 가진 광술이 내리쬐지만—— 레피르는 지극히 태연한 채 대검의 칼끝을 내리고 그들 곁으로 다가갔다. 마치 검귀와 같은 그 모습에 마술사들은 겁에 질린 목소리를 금할 길 없다.

"히, 히익……."

"큭! 통하지 않는다고…… 말도 안 돼……."

"저 힘은…… 스피릿?! 맙소사!! 저 여자, 인간이 아니야?!"

혼란이 마술사들을 지배했다. 설마 이런, 마술사 중에서도 상식을 벗어난 존재가 나타날 줄은 몰랐던 것이리라.

그들 앞에 레피르가 방벽처럼 막아선 가운데, 암약하는 작은 그림자가 하나.

(건물 뒤에 하나, 둘…….)

하울러를 옆에 거느리고, 몸을 숨기고 공격의 기회를 엿보고 있는 마술사들을 하나하나 세고 있다. 폐허의 벽에 마술을 걸어 즉석 방벽을 구축. 그것을 차폐물로 삼으면서 그곳에서 레피르와 페르메니아를 노리는 것이리라.

역시 마술에 의한 전투법이 세련됐구나 하고 리리아나는 관찰하면서 생각했다. 그녀들의 세계의 마법 공방은 더욱 선택지가 적다. 정면에서 당당히 마법 합전을 벌이든, 전위의 전사를 두고 싸우는 정도로 한정된다.

영창을 기본으로 하는 마법의 특성상 진지 구축 따위와는 인연이 없기에 어쩔 수 없을지도 모르지만, 지금 보고 있는 전술과 비교하면 너무 무방비하리라.

"이쪽이다! 이쪽에도 있어! 애송이 마술사다!"

아무래도 들킨 모양이다. 저쪽 세계에서는 결코 들키지 않는 은형(隱形)도 절기(絶氣)도 이쪽 세계에서는 완벽하지 않은 모양이다.

그러나 이미 때는 늦었다.

리리아나는 마치 손을 한숨으로 데우듯이, 두 손안에 주문을 중얼거렸다.

소곤소곤. 음산한 자의 혼잣말을 연상케 하는 몸짓에 손안에 눈에 띄게 점도가 높은 검은 덩어리가 완성됐다. 그것은 비유한다면, 폭로된 악의를 맨손으로 잡고 다루는 것과 같다. 닿으면 그냥 끝나지 않는 그것도, 그녀에게는 별것 아니다. 주술 따위 점토를 반죽하는 정도의 수고만으로 마음대로 형성할 수 있다.

──리리아나는 악의와 저주에 몸담았던 과거가 있다. 어렸을 때는 주위 사람이나 그녀의 부모까지도 그녀에게 저주

의 말을 쏟아냈다. 그래서 저주에는 남보다 배로 알아채기 쉽게 민감하며, 아스트로소스와 이웃해왔기에 다소의 저주 따위 아무렇지 않은 둔감함도 겸비했다.

"까마귀 씨. 까마귀 씨."

생명을 부여하듯 그런 말을 중얼거리자, 이기고 있던 저주가 까마귀의 모습으로 변해갔다.

"까마귀 씨. 까마귀 씨. 당신의 이름은 『노이지(시끄러운 자)』 예요."

부리도 발톱마저도 모든 곳이 검게 된 『저주의 까마귀』. 단지 그 눈동자만이 푸르스름한 그윽함을 띠고 있다.

"맙소사…… 어째서 그런 마술을 쓰고도 아무렇지 않을 수 있는 거야……."

마술사들은 리리아나의 마술 행사를 보고 망연자실해 있다.

그것도 그럴 터. 지금 눈앞에서 일어나고 있는 일이 그들에게는 있을 수 없는 일이므로.

……과거 스이메이가 리리아나를 아스트로소스의 마의 손에서 구했을 때와 같다. 이 세계는 이미 마술 체계가 정리되어, 이세계의 암마법과 같은 『악의』를 직접적으로 다루는 양날의 검과 같은 술식은 이미 낡아빠진 것이기에 충격을 받은 것이다.

한편 한 발 먼저 완성된 리리아나의 노이지와 그리고 하울러가 움직이기 시작했다.

하울러가 짖어 마술 효과를 지우자, 마술사들은 곧바로

다음 마술에 들어갔지만——.

"■아■ ■끼■ ■까■아아!"

노이지의, 말로는 표현할 수 없는 요란한 울음소리가 마술사의 영창을 방해했다. 그들이 주문을 다 외워도, 어째선지 마술이 발동하지 않는다.

"뭐야……?"

"끼어들기다! 까마귀의 울음소리가 영창 사이에 끼어들어서 방해하고 있어!"

"술식을 동작만으로 변경해! 빨리 해!"

마술사들은 다른 마술을 시도하지만, 그러나 아직도 하울러와 노이지는 돌아다니고 있다. 하울러도 노이지도 자립형이다. 마술 행사를 방해하는 것뿐만 아니라, 공격으로도 전환할 수 있다.

후위의 마술사 세 명은 사역마들의 공격에 압도당해 곧 한군데로 내몰렸다.

그리고 그들을 몰아넣은 리리아나는 불쑥 차갑게 말했다.

"저주는, 이렇게 다루는 거예, 요."

리리아나는 그렇게 어눌하게 내뱉고, 능숙하게 다시 저주를 이었다. 그 어눌한 말투는 어느새 어디론가 사라져 있었다.

"——불모(不毛)의 대지. 그것은 썩어 녹아내리고 아주 황

폐해져 다시는 돌아오지 않으니. 소원은 끊기고 희망은 사라져, 저주하는 목소리의 수만큼 많은 밤을, 황량한 겨울철 들판을 미끈거리며 사막(砂漠)한다. 깊은 곳에서는 굶주림의 목소리. 깊은 곳에서는 갈증의 목소리. 생명은 졌다. 가인(佳人)은 울었다. 그럼에도, 절대 끝나지 않는다. 그것이 선 대지(臺地)는 산 자를 끌어들이는 죽음을 고하는 늪."

"——보이드 풋(발밑 소용돌이치는 진창의 늪)."

입에서 나온 주문이 지면을 검게 침식했다. 이윽고 그들의 발밑은 검은 저주에 녹아내리고, 깊이를 알 수 없는 늪처럼 질퍽하게 변해갔다. 저주에 발이 묶인 마술사들은 그대로 구멍 같은 늪 속으로 추락했다.

주술 봉인, 『허무한 발밑(보이드 풋)』. 주술과 대지의 힘을 이용해 대상을 봉인하는 마술이다.

"——토장, 이에요."

그런, 끝을 고하는 어눌한 한마디가 싸늘하게 떨어졌다.

"……으음. 완전히 잔무 처리처럼 돼버렸어요……."

페르메니아는 자신이 활약할 장이 전혀 없는 사실을 혼자 쓸쓸히 불평하고 있었다.

싸우기 시작하기 전까지는 신세 진 하이데마리를 구하려 벼르고 있었지만, 막상 싸우니 생각한 것 이상으로 따분하고 재미가 없다. 이래서는 너무 맥이 빠졌다.

그러나 그것도 할 수 없으리라. 레피르가 스피릿(정령의 힘)으로 싸우고 리리아나가 암약으로 후위를 각개 격파하면, 마술사로서 정직한 존재인 그녀가 활약할 곳이 있을 리 없다.

남은 것은 그녀의 말대로 잔무 처리 같은 잔당 사냥이다. 레피르가 놓친 마술사들을 조용히 쓰러뜨릴 뿐이다.

"──타 죽어라(Verbrennen)!"

마술사가 불꽃의 마술을 행사하지만── 물론, 페르메니아에게도 통하지 않는다.

"이크…… 잠잠해져라, 잠잠해져라, 조용히 사라져라."

적절한 마력, 적절한 설계의 마법진, 적절히 고른 어구의 주문으로 마술을 지웠다.

"잘해……."

페르메니아의 역공에 마술사들이 혀를 내둘렀다. 적이 문득 드러내는 분함과 고뇌는 칭찬의 증거다. 본인은 그렇게 생각하지 않더라도.

(염술에 광술, 뇌술…… 역시 스이메이 님이 말한 대로군요.)

어떤 마술이 쓰이는지는 미리 스이메이에게 들었다. 오로지 공격에 쓰는 것은 거의 폭렬의 파괴력이나 고온에 기댄

염술, 관통력이 높은 광술, 고에너지의 뇌술로 한정된다고 한다. 속성은 있지만, 확실히 위력에 기댄다면 그것들을 쓰는 게 가장 정답이리라.

그러나 미리 어떤 마술이 쓰이는지 알고 있으면 대책도 용이하다. 더욱이 상대하는 마술사들은 그녀가 가르침을 받는 스이메이보다 현격히 실력이 떨어진다. 조심만 하면 특별히 드문 힘을 갖지 않은 그녀라도 쓰러뜨리는 것은 어렵지 않다.

오히려 그녀의 재능과 섬세한 마술 행사가 있으면──.

"상당히 엉성하네요?"

"──."

페르메니아가 무심코 한 말에 마술사들은 말문이 턱 막혔다.

물론 페르메니아에게는 표면적인 의미 이상의 다른 뜻은 없었다. 단지 그때그때의 감상을 말한 것뿐이다. 그러나 그렇기에 마술사들은 역량의 차이를 통감해야 한다. 질릴 정도로 태연한 그 말은 도발조차 아니었기에 단적으로 사실을 알린 거라는 것을 안 것이다.

자신들의 마술보다 섬세하기에 나오는 아름다움.

그 아름다움은 마술사가 늘 목표로 하며 깊이 연구하는 것이며, 기초적인 실력의 결과이다.

그 이후는 특필해서 언급할 것 없는 공방이다.

마술사들이 공성 마술을 쓰고 페르메니아가 그것을 방어

했다. 틈을 찾아 페르메니아가 공격하고, 확실히 한 명씩 쓰러뜨렸다.

그것은 그야말로 작업 같은 것이다.

아무런 재미도 없는 싸움.

마력로도 최대 가동하지 않은, 전력과는 거리가 먼 공방.

그런 식으로 되고 만다.

과거의, 스이메이와 만나기 전의 페르메니아가 그들과 상대했다면 순식간에 쓰러졌을 것이다. 그러나 지금의 그녀는 과거의 그녀가 아니다. 마법사 페르메니아가 아니라, 마술사 페르메니아다. 같은 판에 설 수 있으면, 재능 있는 그녀, 이 정도 수준의 마술사 따위 전혀 대수롭지 않다.

이윽고 그녀를 상대하던 마술사들은 무력화되고 말았다.

"으음…… 정말 싱겁네요."

따분하다. 그것이 얼마나 큰 역량 차이를 나타내는지. 그걸 알기엔 그녀는 아직 대마술전의 경험이 너무 적었다.

──페르메니아 일동의 공격은 의식을 꾸미고 있던 마술사들에게 너무나 전격적이었다.

원래, 천야회에서 대집행이 파견된다는 것은 그들도 독자적인 루트를 통해 파악하고 있었다. 물론 그 정보는 천야회측에서 일부러 흘린 것이며, 그 내용도 인원에 관해서는 전혀 파악되지 않은 한정된 것이었지만, 그럼에도 대집행이 방해하러 나타날 것을 고려하여 나름의 방위책을 취하고 있었다.

그래서 덫도 놓았고, 거기에 마술사 하나가 보기 좋게 걸려들었다.

그러나 그 후, 일기가성(一氣呵成)의 공격이 시작됐다. 주변 일대에 쳐진 결계 마술의 파괴 작업이 시작되어, 그곳으로 인원을 보낸 직후, 그것은 양동이었다는 듯이 정면에서 주력이 쳐들어왔다.

그들도 의식의 직전으로 사람이 가장 적어지는 때인 탓에 가장 경계하고 있었지만, 애석하게도 상대의 능력이 너무 높았다.

혹은, 마술보다 고위의 신비에 의한 마술사의 유린.

혹은, 노련한 주술사 뺨치는 주술 취급.

혹은, 치밀한 술식에 의한, 이쪽 마술의 압도.

모두 일조일석으로 얻을 수 있는 힘이 아니며, 하물며 그것을 아직 어린 계집들이 다루는 것은 생각지도 못할 일이다. 오히려 정령 소환과 동격의 힘에 대해서는 완전히 말도 안 된다는 말밖에 떠오르지 않는다. 너무나도 예상 밖에 있는 대집행 측의 움직임에 그들은 그 전력의 3분의 1을 무력화당했다.

아니, 지금도 마술사의 모습은 계속 줄고 있다. 가장 애를 먹는 것은 역시 스피릿(정령의 힘)을 가진 붉은 머리 소녀리라.

대검을 가볍게 휘두르고, 또 하나는 특수한 능력인지 세계의 어느 신화나 일화에도 없는 신비한 바람을 다루고 있다.

빛을 아로새긴 붉은 바람은 마술사가 다루는 신비보다 위격이 높다. 술자가 이것을 맞으면 몸짓이나 손짓, 주문 영창 같은『신비적 행위(술식)』의 신비성이 깎여, 현상을 발생시키는 데까지 이르지 못하게 된다.

장벽을 쳐도 대검에 의해 파괴되고, 회피에 나서도 주위의 공기가 붉은 바람에 침식당했기에 뜻대로 되지 않는다.

마술사 남자, 이 집단 안에서는 호문쿨루스 소년에 버금가는 격을 가진 자가 남아 있는 동료에게 지시를 내렸다.

"붉은 계집의 발을 막아! 동쪽 진지를 쓴다!"

폐촌 안은 대집행의 습격에 대비해, 규모가 큰 마술 행사를 위한 의식장을 몇 개 구축해뒀다. 입구 정면의 것은 쓰기 전에 파괴당했지만 아직 남은 것이——.

"부, 불가능합니다! 동쪽 제단이 해체됐습니다!"

"뭐라고?! 어느새……?!"

망연히 말한 그때, 앞장서 들어온 실버 블론드의 소녀가 폐허의 모퉁이에서 빼꼼 얼굴을 내밀었다. 조금 전까지 붉은 머리 소녀의 원호로 선도하고 있었을 터인데.

"아…… 에헤헤."

소녀는 들킨 사실에 눈을 동그랗게 뜬 것도 잠시, 얼버무리는 웃음을 지으며 모퉁이 뒤로 물러났다.

"저것이……!"

그런 얕보는 태도에 짜증이 났지만 뒤쫓고 있을 여유는 없었다. 붉은 머리 소녀를 막고 있던 마술사들이 충격음과 함께 날아왔기 때문이다.

마술사의 천적(하프 스피릿)이 대검을 한 손에 들고 대범하게 걸어왔다. 그런 그녀에게 마술사 남자가 적의가 담긴 시선을 향했다.

"네가 대집행이냐?"

"글쎄, 어떨까?"

붉은 머리 소녀는 분명히 말하지 않고 겁 없이 웃을 뿐이다.

그러나 실제로 이 여자가 대집행인지 아닌지 따위는 이미 상관없다. 방해한 시점에서 적이므로.

그렇게 본 마술사 남자가 마술을 행사하려 한 순간, 등 뒤에서 바람을 가르는 소리와 마력의 낌새가 있었다. 그가 황급히 몸을 피하자, 바로 옆을 검은 그림자가 스쳐 지나갔다. 불길한 색의 깃털이 몇 장 흔들거리며 지면에 떨어졌다. 그림자의 정체를 시선으로 쫓자, 요란한 울음소리를 내는 까마귀였다.

자세히 보니, 일대의 지붕 위에 빨간 눈을 한 까마귀가 머물러 있다.

문득 뒤쪽에 눈을 향하자, 어느새 진보랏빛 머리카락의 소녀가 서 있었다.

"쯧, 이예요."

"리리, 그런 거친 말은 어울리지 않아. 그리고 쓰는 건 바람 밖에서 부탁해."

진보랏빛 머리카락의 소녀는 고개를 끄덕이고는, 토끼가 뛰듯이 깡충깡충 움직이기 시작했다.

그러나.

(──아직이야. 이런 어린 계집들한테 무시당한 채로……!)

마술사 남자는 아직 꺾이지 않은 반항심을 태우고 있었다.

그렇다. 만회할 여지는 있다고, 마술사 남자는 그렇게 생각했다.

그 생각대로, 아직 그들에게는 승리에 이르는 길이 남겨져 있기는 했다.

수하의 병력은 절반이 무력화됐다. 즉, 아직 절반이나 남아 있다. 그렇다면, 승산은 충분히 있었다.

여자들을 완전히 쓰러뜨리지 못하더라도, 신격 소환의 시간만 벌 수 있으면 된다. 소환만 하면, 신격의 힘을 이용하는 거다. 그러면 어떤 상대라도 쓰러뜨릴 수 있다.

조정용 결계는 파괴당했을지 몰라도, 어디까지나 그것은 조정용이다. 불러낼 신격을 자신들에게 가장 유리한 상태로 하는 것이 그 역할이며, 설령 파괴됐다고 해도 소환 자체가 불가능해지는 것은 아니다.

그렇기에 마술사 남자는 이렇게 생각했다.

(버티면 돼. 단지 그것뿐이야.)

준비는 되었다. 약을 먹고 몽롱한 상태의 마술사들이 이미 마을 중앙부에 집결해 소환 의식을 거행하고 있다. 선동자가 없어서 소환하는 힘의 등급은 다소 떨어질지도 모르지만, 그래도 충분하다. 마술사 소녀 두 명도 스피릿(정령의 힘)을 휘감은 소녀도 강대한 신비 앞에 굴복하는 수밖에 없을 터다.

　——그러나 그 승산도 상황이 그대로였을 때의 이야기다. 그들의 적이 그녀들뿐이고, 그것이 그대로 변하지 않는다면 승리를 얻는 것도 결코 불가능은 아니었다.

　그들의 적이 그녀들뿐이라면.

　그렇기에 그런 희망적 관측에 젖은 생각은 순식간에 와해됐다.

　그렇다. 너무나도 강대한 마력의 낌새가 다가온 것을 깨닫고.

　그렇다. 나무들이 펼쳐진 능선의 안쪽에서, 돌연 땅거미가 몰려온 것을 깨닫고.

　"뭐야——?"

　낮의 하늘이 저녁노을로 물들어갔다. 산 저편에서 대규모 화재가 발생한 것처럼, 하늘이 자줏빛으로 타들어갔다. 아직 해가 질 시간은 아니다. 더욱이 저녁노을에 침식당하는 속도는 무섭게 빠르다. 마치 빨리 감기라도 하는 듯이 하늘이 푸른빛을 잃고 푸른색이 오렌지색으로, 오렌지색이 해질 녘의 남색으로, 그리고 검은색으로 어지럽게 변해갔다.

　마치 그 색이 어딘가로 빨려 들어가고 있는 것처럼.

하늘이 밤하늘의 칠흑에 뒤덮여 몰려왔다.

거기서, 마술사 남자의 뇌리에 번쩍이는 것이 있었다.

——별을 떨어뜨리는 마술사는 밤을 함께 데리고 찾아
온다.

오른손에 푸른 창검을 들고, 왼손에는 금색의 방패를.

흑의와 번개를 두르고, 천야의 이름 아래 온갖 악덕을 단
죄하기 위해서.

그것은 신비에 몸담은 자의 상식이다. 적룡의 현현이라는
파격의 신비 재해를 진정시킨 결사의 마술사, 대집행 야카
기 스이메이. 그 절대적인 힘을 칭송한 문장이다.

수하의 병졸 중 누군가가 숨을 삼켰다.

"마, 말도 안 돼. 이 상황에서 성락이라고……."

이윽고 소녀들의 뒤쪽에서 흑의를 입은 일본인 소년이 나
타났다. 결사의 마술사가 즐겨 입은 정장에는 간부의 증거
인 희망을 꽃말로 하는 파란 장미의 자수가.

한 손에 청정한 빛을 휘감은 도검을 들고, 다른 한 손은
아무렇게나 정장 호주머니에 찔러 넣고 있다.

아직 나이도 차지 않은 앳됨이 남은 얼굴이지만, 그 표정
에는 마술사의 냉혹함이 분명히 도사리고 있었다.

이만큼의 전력이 있는데도 불구하고, 거기에 더욱 추가되
다니. 마술사들이 엉거주춤한 자세를 취하는 가운데, 문득

실버 블론드의 소녀가 신이 난 목소리로 외쳤다.

"스이메이 님!"

"미안. 결계를 정리하는 데 시간이 좀 걸렸어. 그쪽에도 제대로 병력을 배치해둔 건 칭찬받아 마땅해. ──그렇지?"

대집행은 그렇게 묻는 태도를 보이며 화안금정을 향해왔다. 설마 파견된 대집행이 이 남자라니. 분명 신격과 관련한 신비 범죄와 재해에 관해서는 실적이 있지만, 최근 몇 달그 소식이 묘연해진 상태였을 터다.

거기서 문득 깨달았다.

"──설마, 누설됐던 정보는?!"

"그 설마야. 나나 당신들이나, 천야회 영감들 손바닥 위에서 아주 좋을 대로 놀아난 거야."

야카기 스이메이는 피곤한 듯 말했다. 그러나 그 속은 다소 끓고 있으리라. 그 이글거리는 눈동자의 반짝임과는 반대로, 빛은 몹시 싸늘하게 식어 있었으므로.

"──윽. 공성 술식 준비! 전력으로 공격해애애애애애!"

호령 일하. 그저 마술을 전력으로 쏘라는 것뿐인 지시지만, 그럼에도 무슨 뜻인지는 동료들에게 전해졌다. 눈앞의 지나치게 강대한 위력에 저마다의 뜻이 일치했다고도 말할수 있지만── 실상은 지나친 상대에 자포자기 상태가 됐다는 것이 맞으리라.

공격성, 파괴성만을 특화한 광술이 온갖 각도에서 야카기 스이메이를 덮쳤다.

"――Primum excipio(제1성벽, 축성 전개)."

스이메이가 단적인 주문 영창과 함께 왼손을 뻗은 순간, 금색의 마법진이 공중에 그려지고, 회전, 전개했다. 광술은 방패처럼 나온 그 마법진과 충돌하고 격렬한 불꽃을 튀겼지만―― 관통에는 이르지 않았다. 그대로 야카기 스이메이는 다른 광술도 막듯이 팔과 몸을 움직이면서 다른 빛줄기에 마법진을 대응시키고 다시 주문을 읊었다.

"――Secondom excipio(제2성벽, 축성 전개)."

직후, 금색 마법진에 더욱 포개지듯이 마법진이 또 하나 형성됐다.

"Tertium ex quartum excipio(제3 제4, 축성 전개)."

그대로 영창은 멈추지 않는다. 계속해서 진이 하나, 둘 포개져갔다.

금빛 요새.

야카기 스이메이가 가진 마술 중에서 유명한 방어 결계다.

보통, 일반적인 결계 마술은 의식에 필요한 요소를 모두 갖춘 다음 실행된다. 진을 칠 토지를 찾고, 경계를 깔기 위한 물품을 설치하고 침착하게 이루어진다. 그 외에 자신의 주위를 진지로 해서 다양한 효과를 발휘시키는 종류의 마술도 미리 어느 정도의 준비를 빠뜨릴 수 없다.

그러나 이 야카기 스이메이의 방어 결계, 해방형 축성 결계는 그런 대대적인 수단과 시간이 필요한 대결계의 의식 구성을, 축성으로 보고 단계적으로 구축한다고 한다.

성벽을 짓고 관을 짓고, 다양한 효과를 갖는 장치를 설치. 그것들이 각각의 의식이 되고, 더욱이 상위의 마술 발동의 열쇠가 되어, 하나의 마술이 되어가는 거다.

그 시간은 불과 3분. 의식이 필요한 결계 마술에는 있을 수 없는 경이로운 속도로 행사된다고 한다.

상대적으로 마력을 대량으로 소비하지만, 하이 그랜드 클래스에게는 마력량 문제 따윈 별로 큰일이 아니다.

지맥에서 별의 기운(아스트랄)을 끌어당겨 오든, 공기 중의 에테르를 흡수하든 한계를 늦출 방법은 얼마든지 있으므로.

필시 이미 마력로의 가동을 한계까지 끌어올렸으리라.

"──Non amo munus scutum. Omnes impetum invictus. Invincibility immobilitas immortalis. Cumque mane surrexissent castle(나의 방패는 방패가 아니니. 어떤 공격 앞에서도 더욱 견고한 것. 어떤 포화 앞에서도 더욱 흔들림 없는 것. 결코 무너지지 않는 부동의 반석. 그것은 별의 숨결을 모은 황금빛으로 장식된 견고한 성. 그 이름은)──."

──Firmus! Congrega aurum magnalea(나의 견고함. 현란한 금빛 요새).

……이윽고, 이쪽의 마술이 통하지 않은 채로 반(半)해방형의 축성 결계가 형성됐다.

그것은 적룡의 포효를 막았다고 알려지는 금색 마그나리아. 금색의 빛이 눈에 잔상을 새길 정도로 빛나고, 지면에는 몇 겹의 마법진이 깔리고, 공중에도 수많은 마법진이 회전하고 있다. 물리 방어, 마력 방어, 감쇠, 시간 정체. 요새 이기에 출입은 자유로우며, 안에서의 공격도 가능하다.

가장 위협인 건 이것이 **술자를 중심으로 움직인다는 점**이다. 지금도 야카기 스이메이가 움직이자, 마법진에 의해 완성된 요새 같은 결계가 그를 기점으로 움직이고 있다. 결계인 이상, 그것이 움직이는 것은 상식 밖의 현상인데.

……이쯤 되면, 이 남자의 수비를 뚫을 수 있는 것은 이름 높은 강대한 마술사들이나 그리드 오브 텐뿐이리라.

"──마술전에서 중요한 건 어떻게 상대의 패를 깨느냐 혹은 유리한 상황을 구축하느냐를 들 수 있어. 그런 점에서 말하면, 후자는 시종 진지 구축에 부심하지 않으면 안 돼. 이런 식으로 말이지."

야카기 스이메이는 그렇게 말하고 팔을 펼쳐 보였다.

그것은 마치 이 마술을 보라는 몸짓이다. 대마술을 보이고, 이쪽의 전의를 꺾고 있다.

"젠장. 이 상황에 고설이라니──."

되받아 외친 그 직후였다. 야카기 스이메이가 입을 열었다.

"──Fiamma est lego. Vis wizard. Hex agon aestua sursum. Impedimentum mors(불꽃이여 모여라. 마술사의 분노에 찬 절규와 같이. 그 단말마의 비명은 형태가 되

어 이렇게 불타오르고, 내 앞을 가로막는 자에게 가공할 운명을)."

"──?!"

마술 행사와 동시에 야카기 스이메이의 마력이 신음하고, 주위에서 공기 원소가 단숨에 그의 곁으로 빨려 들어갔다. 폭발할 때의 압력과 같은 풍압에 균형을 잃은 것도 잠시, 화성의 인이 그려진 각인이 마법진의 중심에 완성되고, 불꽃이 소용돌이치고, 이윽고 공중에 아무렇게나 마법진이 전개됐다. 주위에 넘쳐나듯 튄 불똥이 그것을 더욱 빛나게 하고 있다.

행사의 순간을 이제나저제나 하고 기다리듯 불꽃이 애타게 하늘을 넘실대고 있다.

어느새 야카기 스이메이의 손바닥 위에는 새빨갛게 적열하는 보석이 떠올라 있었다.

──Fiamma o asshurbanipal(빛나라. 아슈르바니팔의 눈부신 돌이여).

"자, 잠깐──."

간원과도 닮은 비명은 보석 압괴 직후에 일어난 폭음에 지워졌다.

마치 고막이 날아간 듯이 소리가 사라지고, 기계음과 같은 이명이 멀리 저편에서 찾아왔다. 조금 전 동료 마술사들이 쓴 염술과는 비교도 되지 않는 위력의 화염과 폭굉이 주변을 유린하고, 나무들이 꺾일 정도로 폭발의 압력이 뚫고 지나갔다.

재빨리 몸을 숙이고 방어 장벽을 치는 데 성공한 자는── 많지 않았다.

"끄, 아……."

방어해도 『마술사의 불꽃』을 완전히 막아내지는 못했다. 몸 여기저기가 화상의 고통에 지글지글 하고 괴로움의 비명을 질렀다.

이윽고 불꽃이 걷히자, 그곳에 펼쳐진 것은 아비규환의 장이었다. 방어에 실패한 동료 마술사들이 괴로움에 땅을 뒹굴고, 지독한 탄내가 주위를 떠돌고 있다. 지면은 빨갛게 달구어져 녹아내리고, 붉은색이 아직 잔상으로 두 눈에 남아 있었다.

소리만은 회복하려 고막을 치유 마술로 치유하고 있는데, 문득 후방에 물러나 있던 동료들이 도착해 다른 동료를 구조했다.

"이봐! 괜찮아?!"

"큭, 화상이, 몸에……."

안아 일으켜 치유 마술을 걸기 시작했다. 그러나 뜻밖에도 그 참상을 만들어 낸 대집행은 그저 보고만 있을 뿐이다. 화상이 치유되면 전력은 다시 원상 복구된다. 아니, 후위가 도착해서 충실해진다. 그럼에도 섬멸하지 않는 꼴은 어째서일까.

　오히려 그 모습에 정작 본인은 뜻밖이라는 눈빛을 보내고
있다.

　"흠? 동료를 구할 정도의 기개는 있군. 하지만, 지금 그건
악수야."

　"뭐──. 컥?!"

　불쑥 구조하던 동료가 소리쳤다. 그리고 그대로 괴로운
신음을 흘리며 바닥에 무너져 내렸다.

　"뭐, 뭐야?"

　"어이, 무슨 일이── 끄아아아아아아!"

　한 명이 알 수 없는 괴로움에 주저앉은 것을 계기로, 구조
하던 동료들이 잇따라 괴로워하기 시작했다. 그것은 마치
화상의 고통이 그자들에게도 옮은 듯하다.

　한편 보고만 있던 야카기 스이메이가 질린 한숨을 토했다.

　"금지편(金枝編)을 꼼꼼히 읽어. 마술의 기초라고."

　"금지…… 이건, 그래. 감염, 마술……."

　감염…… 그렇다, 감염이다. 마술의 기초라고도 해야 할
감염의 법칙. 저주를 가진 물품에 닿으면 저주가 옮는, 마
술 중에서도 초보적인 법칙이다. 동료는 저주를 받은 자와
접촉함으로써 같은 저주를 받은 것이다.

　……세상에는 헤이그나 제네바 같은 규제 조약에 따라 사
용을 제한당한 병기가 있는데, 마술사들 사이에도 사용을
금지당한 마술이라는 게 존재한다.

금술로 불리는 그것들은 위력의 높고 낮음과 관계없이, 효과가 너무나도 잔인하고 잔학하기에 보통의 마술사가 사용하면 엄벌의 대상이 된다.

그러나 대집행은 그 속박에서 자유롭다. 세계의 평화를 어지럽히려는 마술사를 단죄하기 위해, 독으로써 독을 다스린다는 듯이 금술 행사의 자유가 약속되어 있다.

세뇌 마술로도 불리는, 강암시의 자유 행사.

시간 제어에 의한 영속 봉인.

모든 대마술의 행사 감독권.

병마나 맹독에 의한 국지 오염.

그리고──.

"가, 감염 마술의 한정 해제에 의한 카스 오브 아웃브레이크(저주 감염)라니……!"

닿으면 저주의 힘이 옮아 효과를 발휘하는 **바이러스성 저주**다. 한번 시가지에 이 유형의 마술이 쏘이면 도시 기능은 눈 깜짝할 사이에 마비되리라. 구조하던 자가 지금의 자신들처럼 2차 피해를 입는다. 원인이 해명되지 않은 채로 3차, 4차로 이어져…… 결국은 판데믹으로 발전한다. 세계를 멸망시킬 수 있는 효과를 가진 마술이다.

그렇기에 저주 감염 마술은 천야회에서 금술로 지정하고 있다.

마술사 소녀들도 그 위협── 아니, 무서움을 깨달은 것이리라.

사람이 괴로워하면서 픽픽 쓰러져가는 너무나도 끔찍한 참상에 할 말을 잃고 있다.

"이런 건 별로 좋아하지 않는데 말이야, 악당들한테 쓰는 거라면 마음 따위 안 아프거든."

야카기 스이메이가 읊조렸다. 그렇게 말하지만, 이건 아직 관대한 편이리라. 집행 지령이 내려진 상대는 기본적으로 어떤 이유를 붙여 살해당하는 것이 보통이다. 가벼운 신비 범죄라면 물론 포박되지만, 범죄의 등급이 올라가면 간단히 포박당해줄 녀석도 없어지기에 대집행이 자위를 고려하여—— 아무도 모르게 없애버린다.

고통은 있지만 살려둔 시점에서 아직 자비롭다 할 수 있었다. 구속에 커패시티를 쓰지 않고 저주의 전염을 이용하여 자동으로 무력화하는 수법은 같은 마술사로서 전율을 금할 수 없는 솜씨인데.

문득 실버 블론드의 소녀가 야카기 스이메이에게 쭈뼛거리며 물었다.

"스, 스이메이 님…… 이 마술은, 저의 『비 떼구름에 타오르는 백』과는."

"다르지? 그건 『불똥』이지만, 이건 『감염』이야. 아아, **여기서는 쓰지 마.** 허가받은 자 이외가 쓰면 체포되니까."

야카기 스이메이는 그런 식으로 말하고, 별일 아니라는 듯이 어깨를 움츠렸다.

"뭐, 이쪽 세계에서 쓰면 보는 대로야. 술로서는 거의 완벽한 성능이지?"

이어서 나온 그 말에 대해서일까. 꿀꺽 하고 침을 삼키는 소리가 들려왔다. 동료조차 전율하는 그 실력. 세 소녀의 눈빛에는 경악과 긴장이 분명히 있었다.

붉은 머리 소녀가 반쯤 질린 한숨을 토했다.

"규모가 큰 마술의 다중 행사도 그렇지만, 거기다 이 효과라니. 분명 이쪽에 오면 원래대로 돌아간다고는 말했었지만, 그렇다 해도 이 정도일 줄은 몰랐어."

"나는 위력이 떨어지지 않는다고 말했을 뿐이야. 더 강한 걸 쏘지 못한다고는 안 했다고?"

"스이메이? 이제 슬슬 적당히 하는 게 좋아."

"아. 미안, 미안."

붉은 머리 소녀의 지르퉁한 눈빛에 야카기 스이메이의 킥킥거리는 웃음이 울려 퍼진 그때였다. 돌연, 주위가 흔들리기 시작했다.

"으음."

"이건……."

지진 같지만 지진이 아닌 그것은——— 마나필드 바이브레이션(신비 역장 요동)의 발현이다. 심한 신비 현상의 발생 직전에 일어나는 전조 현상이다. 공간 자체가 삐걱거리는 소리와 여자를 잡아 쨈 듯한 비명을 내며 흔들렸다. 먼지가 날아오르고 지면을 뒹구는 돌멩이가 전류를 띠고 터졌다.

그런 흔들림이 시작된 직후, 마을의 중심부에서 빛이 넘처흘렀다. 야카기 스이메이의 『블레스 블레이드(푸름으로 정화된 도신)』에 의해 만들어진 의사적인 야천(夜天). 그 암계를 찢듯이 피어오르는 빛은 그가 만들어 낸 금색의 빛에 필적할만큼 눈부시고 강하다.

마술사 남자가 황급히 근처에 있던 다른 마술사에게 확인했다.

"시, 식은──?!"

"완성됩니다!! 곧!"

"푸, 푸하하하하하! 바보 같은 놈! 여유 부리고 있으니까 이렇게 되는 거다! 이걸로 우리의 승리다!"

신격 소환 의식이 비로소 완성됐다. 마술사 남자는 화상의 고통도 잊은 듯이 승리에 도취된 큰 웃음을 터뜨렸다. 이걸로 이겼다고. 신격이라는 규격 외의 힘의 화신이 현계하는 이상 이쪽의 승리는 확고하다고.

폐허가 날아가고, 지면에 흰 선을 그은 거대한 마법진이 회전, 전개하고, 더욱 크게 확대되어갔다.

"스, 스이메이 님, 이, 건……."

보니, 실버 블론드의 소녀가 창백해진 얼굴로 떨고 있었다. 본인도 그 떨림의 출처를 몰라 곤혹스러운 듯하다. 그러나 당연하다. 마술사이기에 예감이 형언할 수 없는 한기가 되어 몸을 떨게 하는 것이리라.

그것은 진보라색 머리의 소녀도 마찬가지다.

평정을 유지하고 있는 것은 대집행 야카기 스이메이와 스피릿(정령의 힘)을 다루는 붉은 머리 소녀뿐이다. 마술사 남자의 동료조차 신격 소환이라는 대작업이 동반하는 강대한 힘의 발현에 동요를 숨기지 못하고 있다. 그것은 마술사 남자도 예외가 아니다.

이윽고 한층 강한 발광과 함께 마법진에서 아직 안정되지 않은 신격이 기어 나오려 진의 가장자리에 손을 댔다. 아직 형태가 안정되지 않고 질척한 것이 엉겨 붙은 팔이 마치 나락을 기어 올라온 것처럼 그 몸을 현세로 끌어올리려 용을 썼다.

"스이메이! 소환되고 있어!"

"위험, 해요⋯⋯."

붉은 머리 소녀와 진보라색 머리의 소녀가 그것을 막으려 마력을 높였지만── 야카기 스이메이가 그것을 한 손으로 저지했다.

"스, 스이메이! 왜 막는 거야?!"

"──소환의 기본이야. 대의식에 의한 소환은 그 도중에 강제적인 개입을 시도하면 반동으로 생각지도 못한 참사를 부르게 돼. 그렇다면 소환이 끝나고 안정되지 않은 꿈결 상태일 때 상대를 돌려보내는 게 안전해."

거기서 실버 블론드의 소녀가 무언가 떠오른 것처럼 외쳤다.

"아⋯⋯ 왕성에서도 그렇게 말씀하셨죠."

"응. 조정용 결계는 이미 깨졌으니까. 신격과의 동화가 바로 불가능해진 시점에서 우리가 질 일은 없어."

"그럼."

"존재가 확정됐을 때 단번에 날려 보낼 거야."

그런 식으로 가볍게 말했지만, 그런 계획이 간단히 실현될 거라고는 생각할 수 없었다.

"아무리 네놈이 대집행이라고 해도, 그렇게 간단히 신격을 돌려보내는 술 따위가 있을 리——."

"없다고 생각해? 아쉽게도, **이미 지나온 길이야.**"

야카기 스이메이가 거만하게 말하자, 마술사 남자의 동료들이 저마다 외쳤다.

"허세야! 그런 걸 할 수 있을 리 없어!"

"상대는 신격이라고!"

"일개 마술사가 어떻게 할 수 있는 상대가 아니야!"

그런 식으로 무리라고, 이쪽의 승리가 확실하다는 외침이 날아다녔다. 그러나 어째선지 지금은 그것이 불안을 절규로 지워버리고 싶다는 간원으로밖에 들리지 않는다.

이렇게 절대적으로 유리한 상황에서 어째서 불안에 시달리는 걸까.

거기서 안정을 되찾은 마술사 남자는 문득 짐작에 다다랐다.

나쁜 예감이 등줄기를 스멀스멀 타고 올랐다. 그렇다. 이 남자가 이번 집행 지령에 뽑힌 데는 이유가 있을 터다.

야카기 스이메이는 과거에 신격을 내쫓은 실적이 있었기

에 이 건에 관여한 것은 아닌가──.

"……신성한 번개."

불쑥 입에서 흘러나온 중얼거림이 야카기 스이메이의 웃음을 불렀다.

그것은, 눈앞의 가공할 만한 위협 따위 아랑곳하지 않는 겁 없는 웃음이다.

충격과 진동은 아직도 더욱 계속되고 있다. 흰 선의 마법진에서는 여전히 강한 힘이 넘쳐흐르고 있고, 그 나머지가 전류가 된 주위를 침범하고, 푸르스름한 발광이 점토를 주무른 것처럼 형태를 바꿔 점차 거대한 신격의 모습을 형성해갔다. 몸의 어딘가가 현세에 닿으면 먼지가 되어 무너지고, 계속 새는 바람의 압력이 그것을 날렸다.

머리다. 머리가 나왔다. 거대한 눈알. 찌그러진 얼굴 모양. 신을 신성한 존재로 숭상하는 자에게는 너무나도 모독적인 모습이리라. 이윽고 그 불안정한 모습이 소환에 관여한 자가 그리던 모습으로 안정되어갔다. 성스러운 것에 가까워지고자. 팽창과 수축을 반복하며 모양을 갖추고 이윽고 마법진의 나락에서 기어 올라와 그 전모를 드러냈다.

그 신의 위엄에 버티지 못하고 무릎을 꿇는 자도 나타날 정도다. 소녀들도 예외는 아니다.

그것은 그야말로 재해라고 해도 지장이 없는 것이었다. 그것과 맞먹을 만큼의 맹위가 이 안에는 내포되어 있다.

선인가, 악인가. 무엇을 이루는지 정해지지 않고, 주위의 것을 파괴하고 있다. 그러므로 이것은 아직 재해다.

그러나 그런 재해를 앞두고 더욱, 야카기 스이메이는 여유로운 표정을 짓고 있다. 손에 들고 있던 수은도를 땅에 꽂고, 정장의 매무새를 다듬듯 옷깃을 흔들었다.

그리고――.

"――Abreq ad habra(죽음이여. 너는 내 벼락 앞에 멸하리)."

야카기 스이메이가 오른손으로 도인(刀印)의 형태를 만들자, 순간, 뇌기(雷氣)가 나타났다.

하늘에 뜬 구름에서, 멀리 떨어진 어느 거리에서, 모든 전기를 몽땅 빼앗으려는 듯 주변 일대에 전기에 속한 에너지가 푸르스름한 번개가 되어 모여들었다. 동시에 그의 등 뒤에 나타난 무기질적인 여자의 흉상.

그리고 짝이 되는 것은, 진영창(眞詠唱)일까――.

"Dicite. Qui conturbat me. ut omnis qui interficit vos ad me. Ergo mors meus es tu. Fulgur caeruleum. Procal. Qui praemisit personam. Fulgur dissipati(그래, 지금 여기에 고한다. 내 앞을 가로막는 자, 너는 나를 해하는 자이니. 너는 나의 만난(萬難)인 죽음에 다름 아니다. 그렇다면 푸른 번개

여. 그 이르는 곳이여. 하나로 묶은 끝에 있는 것이여. 나의
벼락 앞에 산화(散華)해라──)."

아무렇게나 흩어져 있던 번개가 마치 수면의 파문을 거꾸
로 재생한 것처럼 야카기 스이메이의 손끝에 모였다. 도인
의 끝에는 푸르스름한 구체로 변한 고에너지와 그것을 여전
히 계속 압축하고 있는 마법진이 있다. 이윽고 신격이 스이
메이에게 팔을 뻗자, 야카기 스이메이도 반쯤 튼 몸을 앞으
로 내밀고 그 번개의 끝을 내밀었다.

신격을 향해 마법진이 포개어져 갔다. 그것은 마치 물이
흐르는 길처럼 야카기 스이메이에게서 신격이 있는 곳까지
뻗어나가고──.

"돌아가라. 있어야 할 곳으로."

찢긴 여자의 절규와 함께 푸르스름한 분류(奔流)가 신격을
꿰뚫고, 하늘의 구름을 가르고 칠흑 같은 허공에 번쩍였다.

그리고 마법진의 나락에서 기어 올라온 신격은 아브라크
아드 하브라에 의해 형태를 무너뜨리고 외각 세계로 되돌려
졌다.

남은 것은 쓰러진 마술사들과 바닥을 뒹구는 푸른 번개
다. 현상의 여운이 곧바로 사라지지 않고 남는 것도 대마술

행사 후에 흔히 있는 일이다.

스이메이는 수은도를 땅에서 뽑고, 걸었던 마술을 해제하고, 오른손의 도인에 잔류한 번개도 지웠다.

그러자 페르메니아가 반쯤 넋이 나간 모습으로 불쑥 말했다.

"정말 무시무시한 위력……."

"뭐, 여기로 오면 이런 식이야."

구름을 가르고 하늘을 꿰뚫었다. 지상을 향해 쏘면 산 하나는 가볍게 날아갈 위력이다. 과거 이세계에서 두 번 썼지만, 이 정도까지의 위력은 아니었을 터다.

페르메니아는 번개의 여운을 맞고 한동안 그런 상태로 있었지만, 문득 떠오른 듯 말했다.

"그럼 마리 님을 구하러 가요!"

그녀가 하이데마리가 있는 곳으로 서두르려 교회 쪽을 향하자, 돌연 우두머리 격으로 보이는 마술사가 웃음을 터뜨렸다.

대체 뭘까 하고 네 사람이 의아하게 생각하는데,

"그건, 먼저 들어온 호문쿨루스 말이지? 그 녀석은 지금쯤 보스가 잡아두고 있을걸?"

"보스라."

마술사의 말에 스이메이는 중얼거렸다. 아마도 그 보스인지 뭔지가 예의 그 호문쿨루스리라.

마술사의 말에 스이메이는 시선을 교회가 있는 쪽으로 옮

기고는,

"**저건**가."

"하하. 그렇다."

"저거? 스이메이 님, 저거, 라뇨?"

레피르의 물음에 스이메이는 턱으로 가리켜 보였다. 그 끝에는 아지랑이에 흔들리는 투명한 간격 같은 것이 교회의 모습을 희미하게 변형시키고 있었다.

"결계 마술이군. 대상을 정신세계에 구속하는 유형이겠지. 종별은── 폐색형 환영 결계."

의뢰서에 적힌 대로 역시 결계 마술이 특기인 듯하다. 폐색형 환영 결계. 폐색형── 즉 거두어들인 대상을 내부에 가두는 것이며, 환영── 요컨대 하이데마리에게 헛것을 보여주고 있는 거다. 정신을 환각의 우리에 유폐하고, 아직도 헤매게 하고 있는 거다.

마술사 남자가 적의에 찬 눈빛을 향해왔다.

"보스가 있으면 아무리 너라 해도."

"상대가 안 된다고? 얕봤군."

"핫──. 상대는 천재, 호문쿨루스 님이라고! 인간이 지식으로 녀석들을 이길 수 있을 리 없잖아?"

분명 그렇다. 호문쿨루스는 그 성질상 폭넓은 지식을 가진다. 지식은 마술사에게 큰 힘이며, 지식이 있고 없고에 따라 그 질도 크게 달라진다.

그러나.

"──그런 말로, 부추긴 거냐."

"뭐? 무슨 말이냐?"

"잡아떼지 마. 네들이 그렇게 치켜세워서 그 녀석이 마음을 먹은 거잖아? 호문쿨루스는 머리가 좋아서 그렇게 쉽게 잘못을 범하는 일은 없어. 하지만, 그렇기 때문에 너희는 호문쿨루스의 뒤틀린 구석을 이용했어. 그렇지?"

"…………."

마술사 남자는 끝내 입을 다물었다. 역시 적중한 것이리라.

한편 페르메니아가 스이메이의 말에 인상을 찌푸렸다.

"스이메이 님. 호문쿨루스의 뒤틀린 구석, 이라니요?"

"호문쿨루스는 지식과 지혜를 가지고 태어나는 존재야. 이를테면, 어린아이가 터무니없는 지식을 얻은 게 호문쿨루스라고 바꿔 말할 수 있어. 하지만 지식이 있어도 어차피 어린애야. 이렇다 할 경험도 없이 지혜만 있는 탓에 정신이 불안정해지기 쉬워. 그래서 이 녀석들은 잘됐다 하고 그 점을 파고들었어. 신격과 동화하면, 마음의 빈틈이 메워진다는 식으로 귓가에 속삭였겠지."

거기서 말을 끊고, 스이메이는 이번에야말로 마술사들의 핵심을 찔렀다.

"너희가 그린 그림은 이래. 마치 호문쿨루스가 주모자인 것처럼 해놓고, 실제로는 너희가 달콤한 말을 속삭여서 그런 마음을 먹게 했어. 호문쿨루스의 힘을 안전하게 이용하기 위해서 말이지. 천재라는 것의 허영심과 자기 현시욕을 이용한 거야.”

　호문쿨루스는 그 지식과 경험의 차이 탓에 정신이 불안정
해지기 쉽다고 한다.

　게다가 그들은 원래 인간을 위해 만들어졌기에 인간이 하
는 말을 듣고 싶어 하는 성질도 있다. 그래서 틈을 이용당
해 넘어간 것이리라.

　마술사 남자가 어두운 표정으로 노려봐왔다.

　“……그게 어쨌다고? 인간이 호문쿨루스를 이용하는 건
당연한 거잖아? 그 녀석도 자기가 있을 곳을 원해서 우리를
이용하는 거라고.”

　“그건 부정 안 해. 그래도 말이야, 너도 마술사라면 다른
거에 기대지 말고, 네가 어떻게든 알아서 하란 소리야. 뭐,
마술사의 긍지를 버린 너한테는 꽤나 어울리는 말이겠지만
말이야.”

　“큭…….”

　스이메이는 괴로운 듯 신음한 마술사 남자의 앞에 서서,
대집행으로서 선고했다.

　“──전 『알파르도 나인(미친 성좌의 사도들)』, 사이크스 루
가. 천야회의 의뢰에 따라 생사는 묻지 않는다고 하나──
구속하도록 하지.”

　“거기까지 드러난 건가…….”

　“망한 조직을 다시 일으키고 싶으면, 좀 더 제대로 된 수
단을 취했어야 해. 천야회가 주목할 방식을 취한 시점에서

애당초 무리한 이야기였겠지만."

스이메이는 그렇게 내뱉고, 페르메니아 일동 쪽을 봤다.

"그 녀석은 내가 데리고 올게. 세 사람은 그 녀석들을 붙
잡아줘. 뭐, 화상 때문에 제대로 못 움직이겠지만."

스이메이는 페르메니아 일동에게 그렇게 말하고, 교회를
향해 걸어갔다.

"그 결계는 폐색형이다! 바깥쪽에서 들어갈 수 있을 리가!"

사이크스는 「불가능」이라고 말하고 싶은 것이리라. 그런
일이 불가능하다고 말하고서 가능했던 일이 조금 전에 있었
던 것을 벌써 잊은 모양이다.

결계의 바깥쪽에 닿았을 때, 문득 스이메이는 그녀에 관
한 한 이야기를 떠올렸다.

그렇다. 그것은 언젠가 맹주가 들려준 이야기다──.

그것은 언제나의 어둑한 방에서의 일.

"미스터 스이메이."

"말씀하십시오. 맹주님."

"저기. 네 사역마 호문쿨루스에 대해서 말인데."

"하이데마리는 사역마가 아니라 제자라고……."

"아니, 미스터 스이메이? 그녀는 분류상 거기에 해당돼.
어떻게 꾸미든 그 애가 인간이 아닌 사실에는 변함없어. 내

말이 틀려?"

"그건, 분명 사실에 입각하면 그렇지만……."

그래도 사역마 취급은 하고 싶지 않다.

스이메이는 떨떠름한 얼굴로 그렇게 말했지만, 맹주는 부정하듯 고개를 가로저었다.

"그 애를 너무 인간 취급하는 건 안 돼. 그건 너한테도 본인한테도 도움이 안 되니까."

"그렇다고 물건 취급하는 건 저는 할 수 없습니다."

단호히 말한 스이메이에게 맹주는 오해를 웃어넘기듯 밝은 목소리로 말했다.

"아아. 아니야, 아니야. 딱히 그녀를 물건 취급하라는 게 아냐. 사역마라고 해서, 마술사의 하인인 게 아니야. 단지, 그녀와 네가 다른 존재라는 걸 존중하고 잘 나누어서 생각하지 않으면 어우러지지 못한다는 거야."

"그랬군요."

스이메이는 맹주의 말의 깊은 뜻을 듣고 안도했다. 그런 뜻이 담긴 말인가. 그렇다면 오해하지 않게 좀 더 신경 써주지 하는 시선을 보내자, 맹주는 그것을 알아챈 것처럼 짓궂게 웃었다.

"후후…… 너무 짓궂었나? 아무튼, 오늘 내가 너한테 하고 싶은 말은 그런 게 아니고, 그 애에 대해서야."

"마리에, 대해서요?"

"그래. 호문쿨루스가 아카식 레코드와 깊은 관계를 가진 건, 너도 알지?"

"네. 호문쿨루스는 창조될 때 힘을 부여한 라피스 필로소 포룸(철학자의 돌)의 특질에 따라 아카식 레코드로부터 지식 을 부여받은 존재라고 들었습니다."

"맞아. 호문쿨루스의 지식의 원천은 아카식 레코드에 있 어. 호문쿨루스를 형성하는 요소가 될 수 있는 것이자, 호 문쿨루스가 모두 천재로 불리는 까닭이야. 하지만, 부족한 것도 있어."

맹주는 거기서 말을 끊고, 다음 말을 이어갔다.

"아카식 레코드는 호문쿨루스에게 인간성까지는 주지 않아."

"그럴까요? 아카식 레코드는 현재, 과거, 미래, 모든 결과 를 기록한 것입니다. 그 안에는 인간 감정의 미묘한 사정에 대해서도 기록되어 있는 거 아닐까요?"

"지식으로서 말이지. 하지만 인간성을 획득하기 위해서 는 반드시 경험이 필요해. 인간도 그렇잖아? 인간의 성격도 철이 들 무렵부터의 경험에 의해 형성돼."

"호문쿨루스도 마찬가지라고요?"

"미스터 스이메이. 어떤 존재든 성격을 형성하려면 경험 이 필요해. 사람은 사물과 현상을 경험하고 대책을 마련하 고, 그것이 자기 형성의 거름이 돼. 하지만 아카식 레코드 에서 부여받은 지식은 모두 딴 곳에서 일어난 일이야. 결국 그 애의 것이 아니야."

그러리라. 요컨대 타인의 경험을 책으로 읽은 것과 마찬가지다. 그 등장인물에 감정의 동요는 있었다 해도, 그것을 지식으로써 얻은 이상 경험으로는 이어지지 않는다.

"그 애는 천재(天才)야. 그 말이 가리키는 건, 정말『하늘(天空)로부터 부여받았다』는 거야. 스스로 쟁취한 건 무엇 하나 없어. 그런데도 그만큼 자신만만하게 굴 수 있어. 그건 몹시 일그러진 거라고 생각하지 않니?"

"——."

그것은 분명 그럴지도 모른다. 인간은 성공의 경험을 통해 자신감을 얻는다. 그렇다면 그것이 없는 그녀가 자신만만하게 굴 수 있는 것은 이상한 일이다. 지혜를 가진 만큼 교만이 어리석은 행위임은 충분히 알 텐데 그런 태도를 계속 유지하는 것은 납득이 가지 않는다.

"에드거는 옛날부터 그런 미묘한 사정에 좀 모자라. 그 자신 재능도 있고, 나와 마찬가지로 속세와는 거리를 두고 싶은 외골수적 기질이니까. 그래서 그는 그 애를 너한테 맡긴 거야."

맹주는 그렇게 말하고, 쾌활했던 목소리를 점잖게 바꾸었다.

"그 일그러짐이 존재하는 한, 그리 머지않은 미래에 그 애는 반드시 자기가 발 딛고 선 곳이 보이지 않게 될 거야. 그러니까—— 그때가 오면, 미스터 스이메이. 네가, 그 애를 이끌어주렴."

맹주는 앞으로 나아가기 위한 도움이 되라고, 그렇게 말했다.

그러나.

"저에게, 그럴 능력이 있을까요?"

그 믿음은 과도한 게 아닐까. 어째서 자신을 그렇게까지 높이 사주는 걸까. 애송이다. 아이도, 애인도 만든 적 없다. 그런 사람에게 길을 가리키라는 말을 어떻게 할 수 있을까.

반쯤 추궁하는 시선을 향하자, 역시 맹주는 빙그레 미소 지었다.

"……미스터 스이메이. 너의 삶에는 꿈이 있어. 출발 지점은 우리와 같지만, 너의 그건 너만의 것이야. 무엇보다 강하게 빛나고, 어둠 속에 존재하는 빛. 어디에나 있을 법한 시시한, 하지만 무엇보다 고귀한, 인간 본연의 자세를 가리키는, 소망(꿈)의 끝이야."

맹주는 노래하듯 말하고는.

"사람은 발 디딜 곳을 잃어도, 가리키는 빛만 앞에 있으면 나아갈 수 있어. 발 디딜 곳이 보이지 않아서 걸을 수 없으면, 기어서라도 가면 돼. 그러니까——."

──그 애가 그 발 디딜 곳을 잃으면, 네가 그 꿈(빛)을 가리켜줘.

맹주의 말에 어쩐지 쑥스러워져서 솔직하지 못한 말이 나오고 만다.

"기어서 간다고요. 그 녀석이 그런 촌스러운 짓을 할까요?"

"그건 걱정할 거 없어. 그 애가 갖지 않은 모든 걸 갖고 있는 네가 있으면, 분명 그 애는 네 뒤를 쫓아올 거야."

"내 뒤를……."

…………스이메이는 문득 그런 말을 들은,『언젠가』를 떠올렸다.

그것은 이세계로 소환되기보다 전, 하이데마리를 결사에 데리고 왔을 무렵의 일이다.

맹주의 말이 옳았다고 증명하듯 하이데마리는 사사건건 자신은 천재라고 말했다. 그것이 아이덴티티라는 듯, 그것이 그녀 자신을 지탱한다는 듯.

다시 말해 그것은 그녀의 무의식적인 저항이었던 것이리라.

다른 사람과 다른 것이 너무 외로워 견딜 수 없어서.

사실은 아무것도 갖고 있지 않은 게 너무 불안해 견딜 수 없어서.

천재라는 말을 입에 달고 산 것은 외로움과 불안을 달래기 위한 통곡의 반대말이었던 것이다──.

★

──너는 필요 없어.

──너는 필요 없는 존재야.

──아무도 네가 필요하지 않아.

익숙한 목소리가 그런 말을 해왔다.

297

필요 없는 존재라고. 필요 없다고. 모두가 다 그렇게 생각하고 있다고.

일깨워주는 것은, 그림자다. 낯익은 그림자. 아버지로 따르는 노인과 언니들의 윤곽을 많이 닮은 그림자다.

"이제 그만해, 이제 그만……."

듣고 싶지 않았다. 그런 목소리로, 그런 말은.

자신이 버려졌다는 생각은 지금껏 한 적 없다. 스스로도 필요한 존재라는 자부심은 있었고, 타인도 필요로 하는 구석이 있었다. 그럼에도 마음 어딘가에 "왜?"라는 의문이 있었던 것은 분명하다. 아버지는 본인 곁에서 다른 언니들—— 의사를 가진 자동인형(오토마타)들을 교육하고 독립시켰으면서, 자신에게는 딱히 무엇을 가르치는 법도 없이 남에게 맡겼으므로.

금발 소년이 말한 것처럼, 필요 없어진 게 아닐까 하고 생각한 적도 있다. 부모는 아이를 곁에 두고 키우는 게 보통이다. 그 기간은 4년이나 5년 정도가 아니다. 그럼에도 떠나보내는 것은 키울 필요가 없기 때문 아닐까. 쏟아야 할 애정도 무엇도 없었기 때문 아닐까.

그런 식으로 불안이 점점 쌓여 부풀어갔다. 익숙한 목소리가 그것을 부추기기에. 그 사람의 목소리로 그런 말을 하기에.

필요 없다고.

버린 거라고.

이 자홍빛에 닫힌 세계 속에서 뻗어난 그림자들이 위에서 짓누르듯 하면서.

문득, 그림자가 속삭이는 그런 말에 귀를 막고 웅크리고 있는 그때였다.

"……아이고."

질린 목소리와 함께 자신을 에워싸고 있던 그림자가 마술에 의해 찢어졌다.

"──뭐 하는 거야, 천재. 이런 술에 걸려들고. 너답지 않잖아."

그렇다. 이 그림자뿐인 세계에 나타난 것은, 야카기 스이메이였다.

"그래. 이번엔 너구나. 스이메이."

"뭐?"

"너도 내가 필요 없는 존재라고 말하러 온 거지?"

그렇게 말하자, 스이메이는 언제나 하듯 어깨를 움츠리고 한숨을 쉬었다.

"어이, 정신 차려. 난 진짜야. 난 네가 지금까지 보고 있던 그림자가 아니야."

"……정말이네."

자세히 보니, 분명 진짜였다. 조금 전까지는 그림자였는데 이번에는 색감이 있는 진짜다. 어떤 취미인지는 몰라도,

이 그림자가 아닌 그는 자신을 업신여기는 자가 아닌 모양이다.

이 스이메이는 "정말……" 하고 질린 듯이 어깨를 떨구었다. 그런 그에게 물었다.

"……저기, 스이메이. 나는 필요 없는 애일까?"

"뭐? 필요 없는 애라니?"

"그래. 아버지는 내가 필요 없어져서 나를 멀리 보낸 거 아냐?"

그렇게 묻자, 스이메이는 고개를 가로저었다.

"그럴 리가 있냐. 진짜로 마이스터가 널 필요 없다고 생각한 거면, 결사 같은 데 보낼 리가 없잖아."

"그럼 그 이유는? 나한테는 다른 마술이 있는데, 또 다른 마술을 배우는 게 의미가 있어?"

"그건……."

역시 대답할 수 없다. 자신은 마술을 갖고 이 세상에 태어났다. 사실은 억지로 다른 마술을 배울 필요는 없다. 그러지 않더라도 마술사로서는 이미 완성돼 있다. 그렇다면 역시 결사에 스이메이의 곁에 제자로 보내진 것은 의미가 없었던 게 된다.

"……역시 난, 아버지가 만든 것에서 끝이었던 거야. 그렇지 않으면 아버지가 날 놓을 리 없잖아? 언니들은 모두 아버지 곁에서 자랐는데 말이야……."

그러자 스이메이는 농담이라도 하듯,

"어이어이. 평소의 뻔뻔함은 대체 어디로 간 거야? 뭐야. 결국 너, 그런 말을 듣는 게 익숙하지 않아서, 살짝 들은 걸로 의기소침해진 거지? 아이고. 그래서 이런 데 걸려든 거군?"

"난…… 난 지금 진지하게 말하는 거야!"

그의 무심한 농담이 너무 화가 나서 버럭 소리쳤다. 그것이 계기인 것처럼, 가슴속 깊은 곳에서 검고 물컹한 것이 자꾸 솟구쳐 올라왔다.

"난 아버지에게 만들어지고 나서 이렇다 할 일도, 목적도 주어지지 않고 멀리 보내졌어. 호문쿨루스로서 도움이 되라는 말도, 마술사로서 도움이 되라는 말도 들어본 적 없어. ……그런 나한테 정말 가치가 있다고 말할 수 있어?!"

"천재인 네가 가치가 없으면, 평범하고 속된 나 같은 인간은 어떡하라는 거야."

"뭐가 평범해! 넌 뭐든 할 수 있잖아! 다양한 걸 하면서 모두에게 인정받고 있어! 하지만 나한텐 그게 없어!"

그렇다. 경험이 없다. 이룬 것도 없다. 천재다 뭐다 하지만, 결국 자랑할 부분은 호문쿨루스라는 한 가지 점뿐이다. 대체 그런 자신의 어디에 가치가 있을까. 그렇지 않아도 그 호문쿨루스라는 부분도 누군가가 부여한 것에 지나지 않는데 말이다.

"난 만들어진 존재야! 가진 힘도 지식도 재능도 전부 다 누군가에게 받은 거지 내가 손에 넣은 게 아니야! 전부 다 대체할 수 있는 거야!"

숨을 몰아쉬며 어깨를 들썩였다. 스스로도 이렇게 격한 감정이 있었나 하고 반쯤 놀랄 만큼 소리치고 있었다.

누군가에게 만들어졌다. 부여받았다. 그렇다. 그것은 결국 또 비슷한 것을 만들 수 있다는 뜻이다. 그렇다면 그런 양산품 중 하나에 가치 따위 있을까. 정말로 필요한 걸까. 감히 알 수 없겠지.

모두에게 필요한 존재인 사람에게는.

……그걸 모두 쏟아낸 뒤에는 오열밖에 나오지 않았다.

문득 어깨에 손이 닿았다.

"좀 후련해졌어?"

"나, 는……."

"……마리. 분명 넌 우리랑은 달라. 태어날 때부터 모든 걸 갖고 있고, 웬만한 일은 혼자서 할 수 있어. 하지만 그것만이 전부는 아니잖아? 사람도 그 가치는 날 때부터 전부 정해지는 게 아니야. 긴 시간을 보내면서 무언가를 이루어가는 과정 속에서 천천히 차츰 정해지는 거야."

"긴, 시간?"

"그래. 어떤 녀석이든 긴 시간이 걸리는데, 너만 그 시간이 짧은 일은 없어."

"하지만, 앞으로 할 수 있다는 보증은 없어."

"그래서 마이스터는 널 나한테 보낸 거야. 너한테는 없는 걸, 네가 갖고 싶어 하는 걸, 스스로 손에 넣을 수 있도록 하기 위해서 말이야. 그러니까 절대로, 네가 필요 없어진 게 아니야."

그럴지도 모른다. 분명 그것도 가능성 중의 하나이긴 하다.

그러나 만약 아니라면. 사실은 그 그림자들이 하는 말이 전부 옳고, 정말로 자신은 필요 없는 존재라면.

자신이 있을 곳 따위 이 세상 어디에도 없는 게 아닐까.

그런 불안에 흔들리는 시야인 채로 스이메이 쪽을 바라보자, 그는 부드럽게 미소 지었다.

"하지만, 그래도. 그래도 모두가 널 필요로 하지 않는다고 말한다면——."

……꿈을 좇아, 구원받지 못할 누군가를 구하려 하는 소년.

언제나 눈부시게, 그저 한결같이 계속 달려온 소년.

그런 그이기에 이렇게 자신에게 손을 내미는 것이다.

"——내가 널 필요로 해. 그러니까, 그런 식으로 자신을 비하하지 않아도 돼."

주저앉은 자신에게 한쪽 무릎을 꿇고, 함께 가자는 듯이.

"정말? 정말 필요로 해줄 거야?"

"그래."

"이제 아무 데도 안 가? 마음대로 사라지거나 하지 않아?"

"그래."

"두고 가는 건 싫어! 내버려지면 외로워!"

"걱정하지 마. 난 분명히 여기에 있어. 그러니까——."

이 손을 잡으라고.

잡고서 절대로 놓지 말라고.

네가 가야 할 곳으로, 반드시 데리고 가줄 테니까라고.

그의 말을 듣고, 마음속에서 따뜻한 것이 솟아났다.

어느새 그토록 자신의 마음을 괴롭히던 불안은 처음부터 아무것도 없었던 것처럼 사라져 있었다.

"……응!"

그의 말에 크게 끄덕이고, 그 손을 잡았다. 당겨 일으키는 힘은 강하고, 듬직하며, 자신감에 차 있었다.

그렇다. 이거다. 그가 이런 사람이기에 자신은 따라가기로 마음먹은 게 아닌가. 그렇다. 어째서 알아차리지 못했을까. 그럴듯한 말에 놀아나 멋대로 풀이 죽고, 보기 좋게 상대의 술에 걸려들었다. 한심하다. 한심하지만, 할 수 없다.

자신에게는, 그가, 야카기 스이메이가 필요하므로.

……한동안, 스이메이가 머리를 쓰다듬어주었다. 마치 어린아이를 어르는 자애로운 모습이다. 그러나 어쩐지 그게 기분 좋아서, 하는 대로 내버려 두었다.

"——좀 진정됐어?"

"응. 뭐, 정말 어처구니없는 추태를 부렸어. 나에게 있을 수 없는 꼴사나움이었어."

"그래. 그 정도로 뻔뻔한 게 너다워."

무뚝뚝하게 말하자, 스이메이는 유쾌하게 웃었다.

그리고.

"지금, 어떻게 된 건지 알겠어?"

"이건…… 그래, 정신 작용계의 결계네. 폐색형의 환영 결계?"

"괜찮은 것 같네. 정말, 이런 거에 걸려들다니. 정신이 나갔던 거지."

"그러게 말이야. 정말 나답지 않은 실수야."

조금 전까지 의기소침해 있었다고는 생각할 수 없는 말투다.

그러나 그에 대한 말투는 이거면 된다. 그래도 그는 받아들여 준다.

그리고 그는 언제나처럼 이렇게 말하는 거다.

"가자. 이런 결계 빨리 부수고, 이상한 걸 불어넣은 녀석한테 한 방 먹여줘."

"응. 물론이야. 나한테 이런 추태를 부리게 한 외상값은 반드시 치르게 해줄 거야."

그렇게 큰소리치고, 결계 파괴에 돌입한 스이메이의 뒤를 쫓았다.

보이는 것은 등이다.

어딘가 눈부심이 느껴지는 그의 등.

그것을 응시하며 잠시 생각했다.

언젠가 자신도 이 소년처럼 모두의 꿈을 좇을 수 있는 마술사가 되어 보이겠노라고.

누군가를 구할 수 있는 마술사가.

누군가에게 필요한 마술사가.

그래서 이렇게 말하는 거다.

——Kun = rei Maximumlicht(용로 최대 휘황, 龍路最大
輝煌).

마력로 해방의 문구를.

★

격렬한 진동과 함께 마력이 폭발적으로 높아졌다.

하이데마리가 마력로의 가동을 한계까지 끌어올리고, 그
힘으로 결계를 안쪽에서부터 파괴했다. 이미 하이데마리
자신의 정신 상태를 원상회복했기에 결계를 부수는 데는 이
렇다 할 어려움도 없었다.

환영의 세계가 소실되자, 그곳은 원래 있던 교회 내부로 바
뀌었다. 교회 자체를 결계의 울타리로 했었기 때문이리라.

결계가 사라진 직후, 제단이 있어야 할 곳에서 아름다운
보이 소프라노의 목소리가 날아왔다.

"——아이고. 저쪽은 완전히 실패했나. 큰소리치던 만큼
도 아니군~."

그곳에는 흰 제복 차림을 한 미모의 소년이 서 있었다.

이게 하이데마리를 가뒀던 호문쿨루스(금발 소년)이리라.

그런 것치고는 신격 송환을 방해하지 않은 점, 하이데마리 구출을 방해하지 않은 점에서 여러모로 의문이 남는 조처지만, 어쨌든.

스이메이와 하이데마리가 방심하지 않고 마력을 높이고 있자, 금발 소년이 질문을 던졌다.

"넌 누구지?"

그것은 스이메이에게 던진 말이다. 그에 스이메이는 딱히 숨기는 법 없이 대답했다.

"나? 난 결사의 마술사, 야카기 스이메이."

"──흠. 결사의 이브닝 폴(야락 기라성, 夜落綺羅星). 그래, 대집행은 너였구나~."

금발 소년은 사소한 감상을 말하듯 말했다. 그런 소년에게 스이메이는 언제나처럼 악동 같은 짓궂은 웃음을 향했다.

"되게 느긋하네. 너희 계획은 방금 전에 무너졌어."

"그 말은 맞지 않아. 너희가 아니라, 그들의 계획이야. 거기에 나는 포함돼 있지 않아."

"분명 사이크스(녀석)의 숙원이겠지만…… 너도 그 안에서 목적을 발견했던 거 아냐?"

"그렇지. 근데 결국 나한테는 아무래도 좋을 일이야."

"무슨 뜻이야?"

스이메이가 품은 의문에는 하이데마리가 답했다.

"그러니까, 신격과 동화하지 않더라도, 신격을 쓰러뜨린 인간을 쓰러뜨리면 된다고 생각하는 거겠지, 넌."

"맞아. 그거야. 내가 신격을 쓰러뜨릴 수 있는 존재를 쓰러뜨릴 수 있으면, 내 목적은 이루어지는 거니까."

도중에 목적이 변경됐다. 그래서 이쪽을 방해하는 일에도 하이데마리의 구출을 방해하는 일에도 소극적이었던 거다.

거기서 납득이 갔다.

이쪽이 신격을 쓰러뜨린 시점에서 목적이 변경된 거라고.

소년에게는 『능력을 과시한다』는 목적이 있고, 신격 소환이 그 루트였다. 그러나 그 신격을 쓰러뜨리는 자가 나타났다면, 오히려 『능력을 과시한다』는 점에서는 그 신격을 쓰러뜨린 상대를 쓰러뜨리는 게 듣기에 좋다.

그렇기에 소년은 소환 저지를 방해하는 일에도 하이데마리의 구출에도 소극적이었던 거다.

요컨대 이 소년도 뿌리는 하이데마리와 같다.

풍부한 지식과 경험 없음이 낳은 공백에 시달리며 호문쿨루스의 딜레마에 사로잡혀 있다. 그리고 그 공백을 어떻든 메우기 위해서 이렇게 발버둥치고 있는 거다.

스이메이가 얼마간 연민의 정에 흔들리고 있자니, 금발 소년이 단상에서 외쳤다.

"이브닝 폴. 넌 내가 쓰러뜨려야겠어. 신격 동화는 실패했지만 너라는 천재를 쓰러뜨리면 그것만으로 나의 공허는 채워져."

"천재라. 난 스스로를 천재라고 생각한 적이 없는데 말이야."

"그건 도발하는 건가? 그래, 분명 효과적이야. 그 말은 충분히 열 받아. 신격을 세상에서 물리치고 그리드 오브 텐의 두 각을 쓰러뜨리고, 종말의 현시인 적룡을 무찌른 네가 천재가 아니면 뭔데?"

금발 소년의 광언 같은 말에 스이메이는 어딘가 자조하듯 홋 하고 웃음을 흘렸다.

"너는 천재라는 말을 착각하고 있네. 난 단순히 깨끗이 체념하지 못하는 것뿐이야."

"계속 그렇게 말해. 평가하는 건 네가 아니라 다른 사람이니까."

분명 그것은 지당한 말이리라. 자신에 대한 평가는 타인에게 위임하는 법이다. 결코 스스로 평가한 것이 그대로 전해져도 될 리 없다.

그러나.

"애초에 네 상대는 내가 아니야."

"먼저 제자부터 쓰러뜨리라는 건가? 아까는 꼴사납게 내 결계에 걸려든, 거기 자칭 최고 걸작 씨를 말이야."

"그래. 이번엔 교활한 잔재주 없이 제대로 된 마술전으로 이겨봐. 거기에 성공하면, 내가 얼마든지 상대해줄게."

"얕봤군."

그리고 금발 소년은 하이데마리에게 시선을 맞췄다.

그런 그에게 하이데마리는 지팡이 끝을 겨누었다.

"한 건 해줬어. 설마 그런 수를 쓰다니 말이야."

"그건 네 마음에 빈틈이 있었으니까. 설마 찢고 나올 수 있을 거라고는 생각 못 했지만 말이야. 그대로 결계 안에 찌그러져 있으면 아픈 경험은 없었을 텐데."

금발 소년이 마력을 높였다. 그러자 주위의 풍경이 서서히 뒤틀려갔다.

"근데, 방심은 여전하네. 교회(여기)는 내 진지야. 준비했던 결계는 그거 하나만이 아니야."

금발 소년이 그렇게 외치자, 어지럽게 흔들리는 시야가 격렬함을 더하고 끼이이잉 하고 금속을 쥐어짜는 소리가 들리기 시작했다.

마술 성립의 방문에 따른 현상의 격화리라.

그리고 소년이 결계 발동의 말을 외쳤다.

"──결계여! 여기에 완성돼라!"

그의 발밑에 마법진이 전개함과 동시에 마력광으로 형성된 돔이 하이데마리를 에워쌌다. 하얗게 가루를 뿌린 듯한 그것은 마치 그녀를 지키기 위해 방어 장벽을 친 것 같다.

그러나 그것은 결코 그녀를 지키기 위한 게 아니다.

"이건 내 구속 결계야. 이번엔 아까 같은 심심풀이 술식이 아니야. 이 술식에 뭉개져라."

그 말과 함께 금발 소년은 손을 휘두르는 동작을 취했다. 그러자 그 손가락이 오므라드는 정도와 연동하듯 빛의 돔도 수축하기 시작했다. 결계를 좁힘으로써 공간 자체를 압축해 하이데마리를 단단히 압박해서 그대로 짓뭉개버릴 속셈이다.

활동형 수축 결계.

과연 다채로운 결계 마술의 명수다.

이래서는 안팎에서 관통력 있는 마술을 쏴도 그다지 의미는 없으리라.

자, 그렇다면 그녀는 어떻게 대처할까.

스이메이가 행동을 관찰과 경계에만 그치고 있자니 문득 하이데마리가 가슴 호주머니에서 무언가를 꺼냈다. 그것은 그녀가 마술을 행사할 때 가장 자주 쓰는 마술품인 트럼프와 그 케이스다.

하이데마리는 케이스에 담긴 카드를 그 자리에 아무렇게나 뿌렸다.

그리고.

"──Wirbel wind(휘몰아쳐라, 회오리 바람)!"

결계가 수축하는 가운데 하이데마리가 바람의 마술로 카드를 주위에 날렸다.

결계 안에 흩날린 카드는 결계의 벽에 듬성듬성 달라붙었다. 하이데마리는 그것을 확인함과 동시에.

"──Handskar av järn. Angriff(카드 병대, 공격)!"

다시 주문 영창을 외쳤다.

마술 행사로 날아간 트럼프가 더욱 강력한 마술에 의해 크게 변해, 손과 발이 장갑과 구두가 달린 채 쑥 자라났다. 그 모습은 마치 이상한 나라에 등장하는 병대들 같다. 검을 든 트럼프 병대에 창을 든 병대, 방패를 든 것까지 다양하다. 일제히 결계의 경계에 매달려 수축을 저지하려 몸을 던져 막았다.

"하하하. 그런 단순한 수로 내 결계를 막으려는 거야? 바보 같기 이를 데 없구나."

"나도 이런 걸로 막을 수 있을 거라고는 생각 안 해."

"뭐——?"

소년의 목소리를 지우듯 하이데마리의 마력이 높아졌다. 전류가 튀는 타닥거리는 소리와 건물과 물건을 으드득으드득 깎는 귀에 거슬리는 소리가 뒤범벅이 되어 주위를 가득 채우고, 결계를 안쪽에서 압박했다.

뿜어져 나온 마력이 색과 빛을 띠고 그녀의 주위에 소용돌이쳤다. 마치 용이 승천하듯 결계의 천장을 밀어 올렸다.

"……! 이 마력은……."

"이런 걸로 놀라면 오래 못 버텨!"

하이데마리는 마력의 발로에 동요를 보이는 소년에게 되받아 외쳤다.

그리고 아무것도 없는 허공에서 책 한 권을 꺼냈다.

"마도서? 아니, 아니야……."

"그래. 이건 그런 대단한 게 아니야. 그냥 그림책이야."

하이데마리는 그렇게 말하고는 꺼낸 책의 표지를 슬쩍 보였다. 그것은 삽화와 함께 영어가 적힌 오래된 그림책이다. 아이도 보기 쉽게 글자에 맞춰 판형도 큰 틀림없는 아동서다. 그 외에 어떤 특색도 마술품으로서의 가치도 없는 평범한 그림책.

"거울나라의 앨리스?"

"그래. 이건 내가 처음으로 아버지한테 받은 거야. 오래 읽어서 낡은 오리지널 영문판이지만."

"흥. 그런 걸로 어쩐다는 거야?"

"어쩌긴? 난 마술사야. 해야 할 건 하나. 그렇잖아?"

"마술품이면 또 몰라도 그런 걸로 뭘 할 수 있을 리가."

"할 수 있어. 그야 내 마술은——."

——그렇다. 그녀의 마술은 오리진 매직.

보통 마술에서 말하는 술식은 원시적인 기도나 소망 따위에 부수되는 행위를 형식화한 것이다. 그렇기에 하나하나의 기본적인 동작은 그 마술 체계에 의해 정해져 있으며 변하지 않는다. 애당초 동작이 이미 정해져 있기에 동작의 내용 자체를 개인이 바꿀 수 있는 게 아니다.

그러나 그녀의 경우는 그게 없다.

필요한 분량의 작업도 동작마저도 원하는 순서로 자유롭게 생각한 대로의 결과를 일으킬 수 있다.

말하자면 그저 작업량이 상응하면 그만이다.

마력의 소비량과 술식이 결과에 상응하면 이론상으로는 어떤 결과도 일으킬 수 있다.

하이데마리 알츠바인의 마술은—— 작은 장난감 상자
(Klein spielzengkiste). 아이들의 장난감으로 분류되는 모든 것
을 매체로 하여 그녀의 꿈을 구현화하는 마술이다.

아이들의 따분한 여가를 달래주는 것이 장난감이라면.

인형도.

봉제 인형도.

트럼프도.

매지션의 도구도.

아이들에게 읽어주는 그림책도 그녀에게는 장난감이다.

하이데마리는 그림책을 한 손에 들고 막힘없이 주문을 읊
어갔다.

"——Twas brillig and the slithy toves(밥짓녘, 맵끈한 토
브들)."

"——Did gyre and gimble in the wabe(온 주위 나선으로
돌며 송곳을 뚫는다)."

"——All mimsy were the borogoves(모두 약하고 뒤떨어
진 보로고브)."

"——And the mome raths outgrabe(길 잃은 라스는 우짖
어 외치네)."

그것은 세계적으로 유명한 동화에 나오는 구절이다. 거울 속에 존재하는 세계를 방문한 소녀와 땅딸막한 달걀의 문답 속에 등장하는 어느 괴물에 대한 것을 묘사한 것이다. 괴물은 종잡을 수 없는 말로 사람들을 현혹시키지만, 결국 끝에는 진실의 검에 의해 그 말째 꿰뚫려 쓰러진다고 한다.

그림책의 페이지가 훌훌 젖혀지는 것과 함께 그것은 마술의 매체로 변해갔다. 희미한 빛이 어른거리더니 유로(流路)가 형성됐다. 하이데마리가 오른손을 겨누자, 지핀 마력이 그림책을 통해 번개의 유로를 지나 그 손 안에 한 자루의 검을 형성했다.

"──He took his vorpal sword in hand And through and through. The vorpal blade went snicker-snack(보팔의 검 그 손에 쥐고 망언 허식을 꿰뚫는다. 보팔의 검이 진실을 새기고 베어낸다)."

그리고 그 검의 이름은 보팔 소드.

하이데마리는 그것을 뻗어 금발 소년에게 향했다.

"그런 검에 내 결계가 깨질 거라고!!"

"생각해. 그야 이 검은 그 유래대로, 마술(속임수)을 끊는 거니까."

"무──?!"

"──vorpal sword Vanity cutter(진실의 검이여. 허식을 끊어라)!!"

보팔 소드 · 바니티 커터.

괴물이 늘어놓은 속임수를 벤 것처럼 이 검도 모든 마술(속임수)을 끊는 거다.

그것을 나타내듯 금발 소년이 만들어낸 수축 결계가 갈라졌다.

그것이 마술(속임수)이기에.

"이게 바로 마술살. 속임수는 모두 갈라져서 사라질 뿐이야."

금발 소년의 수축 결계는 그 말대로 꿰뚫려 갈라지고, 그 형태를 이루지 못하고 사라졌다.

★

하이데마리의 보팔 소드(진실의 검)가 결계 마술을 가른 후는 실로 싱거운 것이었다.

설마 수축 결계가 깨질 줄 몰랐던 금발 소년은 그대로 흘러넘친 트럼프 병대에 밀려 저항이 허무하게 패배했다. 정신을 잃은 상태로 엎어져 쓰러졌다.

"의외로 강하지도 않았네."

"그거야 상대가 너니까."

하이데마리의 맥 빠진 듯한 반응에 스이메이는 그렇게 말했다. 애당초 그녀와 그는 호문쿨루스로서의 성능이 다르다. 하이데마리는 인형술사(돌 마스터)가 탄생시킨 최고 걸작인 반면 금발 소년은 자신의 재능을 과시하고는 있었지만 실제로는 탄생시킨 마술사에게 쫓겨날 정도의 실력밖에 없는 수준이다.

어떤 의미로 이 결과는 처음부터 눈에 훤했다고 해도 좋으리라. 일시적으로 하이데마리를 붙잡은 것은 수훈이라고 할 수 있지만 제대로 된 마술전이 되면 캐퍼시티가 큰 하이데마리 쪽으로 기우는 게 당연하다.

지금은 쓰러져 있는 금발 소년을 내려다봤다. 스이메이도 조사 서류를 대충 읽었기에 이 소년의 처지는 알았다. 어느 연금술사의 손에 실험의 일환으로 태어난 후에는 그대로 쫓겨나 방황했다고 한다. 그때 사이크스 루가가 접촉해 이번 사건이 된 거다.

"……뭔가 좀 불쌍하다는 생각도 드네. 버림받고 속은 결과가 이거라니."

"그러게."

"그래도 말이야. 결국 왜 호문쿨루스(이 녀석)는 이런 분에 넘치는 짓을 하고 싶어 한 걸까? 뭔가를 하고 싶은 거면 좀 더 차근히 해도 될 것 같은데 말이야."

"분명 만든 사람이 자기를 쓸모 있다고 인정하고 받아주길 바란 거야. 그래서 큰일을 해서 눈에 띄려고 한 거야. 그리고—— 그래."

"뭔데?"

"이 애한테는 네가 없었어. 그래서 나처럼은 될 수 없었던 거야."

하이데마리는 금발 소년을 내려다보며 그렇게 말했다. 그 목소리에는 분명 동정의 빛이 섞여 있고, 내려다보는 얼굴도 조금은 쓸쓸해 보였다.

"……스이메이. 조금 떼써도 될까?"

"뭔데?"

"이 애, 천야회에 넘기지 말아줘."

"그건 딱히 상관없지만, 그래서 어쩌려고?"

스이메이는 조금 엄하게 물었다. 아무리 불쌍하다고 해도 내쫓으면 똑같은 일의 반복이다. 눈감아준다면 눈감아주는 대로 앞으로의 방침을 세워야 한다. 스이메이가 리리아나를 지킨 것처럼 그게 책임을 지는 방식이다.

"아버지한테 보내고 싶어."

"……흠. 마이스터한테 교육받게 한다고."

"응. 그러는 편이 좋을 것 같아서."

"몇 자 적어줄 수도 있지만 저쪽에서 승낙할까? 어디의 누군지도 모르는 인연도 연고도 없는 녀석이야."

"분명 괜찮을 거야. 잘 안 되면 조르면 돼."

스이메이는 그런 말을 꺼낸 하이데마리에게 무심코 물었다.

"왜 그렇게까지 하는데?"

"왜냐니? 그걸 네가 묻는 거니?"

하이데마리는 그렇게 말하고는.

"──구원받지 못할 자를 확실히 구하기 위해서야."

과연. 그렇다면 분명 그렇게까지 하는 이유는 되리라.

"……그래. 그렇다면 확실히 도와줘야지."

스이메이는 그렇게 말하고, 쓰러져 누운 금발 소년을 둘러업었다. 인도를 고사한다면 앞으로 천야회와의 절충이 기다리고 있다. 귀찮다고 생각하면서도, 결사의 이념에 따라 움직이려 하는 제자를 위해 애쓰는 것은 스승으로서 당연한 일이리라.

하이데마리의 성장한 모습에 기쁨을 느끼며 그녀와 함께 교회를 나왔다.

밖에는 페르메니아 일동과 그녀들에게 붙잡힌 마술사들을 인수하러 온 천야회 사람이 기다리고 있었다.

에필로그 군것질거리는 얼마까지가 타당해?

스이메이 일동은 호문쿨루스 소년을 하이데마리의 아버지인 에드거 알츠바인이 있는 곳으로 보낸 후, 독일에서의 자잘한 볼일을 끝내고 일본으로 무사히 귀국했다.

그리고 여러 가지 준비—— 레이지 일동에게 줄 각종 물품(선물) 조달을 마치고, 이세계에 가는 날이 찾아왔는데——.

"초코초코초코초코!"

"초코초코초코초코!"

야카기 저택의 마당 앞에서 미소녀 두 명이 초코초코를 연호하면서 스이메이 앞으로 다가왔다.

그것은 초콜릿이 든 골판지 상자를 안은 페르메니아와 펭귄 봉제 인형을 소중하게 안은 리리아나다.

그녀들은 초콜릿을 아주 잔뜩 이세계로 갖고 가고 싶은 모양이다. 현대 세계에 있는 동안 초콜릿에 대한 욕망을 극복할 수 없었는지 이렇게 가기 직전이 되어 갖고 갈 양을 직접 담판하는 상황에 이르렀다.

여기서 스이메이가 진지한 얼굴로 "간식은 3백 엔까지" 같은 말을 하면 호된 꼴을 당할 게 틀림없다.

스이메이도 그것을 알기에 어느 정도의 과자 반입을 허락했는데.

"아무리 그래도 이건 양이 너무 많잖아……."

갖고 갈 과자의 양은 골판지 상자 단위다. 게다가 옆에는 홀 케이크가 든 종이 상자까지 놓인 철저함이다.

그녀들은 대체 얼마나 갖고 가고 싶은 걸까. 전의의 진 공간 이상으로는 갖고 갈 수 없으니 그런 사정도 고려해주었으면 좋겠다고 스이메이는 절실히 생각했다.

페르메니아의 주장은 이렇다.

"안 돼요! 선물은 필요해요! 저에게는 전하께 초콜릿과 케이크를 전해드릴 신하로서의 사명이 있어요!"

자신을 위한 게 아니라 티타니아의 몫이라고 한다. 변함없이 충성심 높은 소녀다.

한편 리리아나의 주장은 이렇다.

"초코를 참는 건 무리, 예요. 적어도 며칠에 한 개는 먹고, 싶어요."

이쪽은 자기가 먹고 싶어서인 모양이다. 솔직해서 좋다고는 생각하고 제대로 절도를 지키려고 하기에 장하긴 하지만.

"그래도 한도라는 게 있잖아?"

"이래 봬도 줄인 거예요!"

"사실은 좀 더 많이 챙기고, 싶었어요."

두 사람은 그렇게 말하며 물러서려 하지 않았다. 이야기는 평행선이랄까 오히려 스이메이의 형세가 나빠져 가고 있을 때.

야무지게 루메이어에게 줄 선물로 술병을 든 레피르가 입을 열었다.

"두 사람, 이 이상 스이메이한테 억지 부리지 마."

"하지만!"

"레피르. 저희에게 이건, 죽고 사는 문제, 예요."

남 일이 아니지 않냐는 듯한 시선에 레피르는 부드러운 미소로 답했다. 그러나 그것은 결코 초콜릿을 갖고 가는 양을 줄이라는, 스이메이 쪽에 섰다는 의미가 아니었다.

"당연히 알지. 하지만 우리한테는 마리 양이라는 든든한 동료가 있잖아."

그녀는 그렇게 말하며 새로운 동지를 모집하라고 두 사람을 부추겼다. 나무라나 했더니 이거다. 아니, 과자에 집착이 있는 시점에서 애당초 그녀도 적이었다.

새로운 동료를 발견한 두 사람이 하이데마리에게 달려갔다.

"마리 님!"

"하이데마리도, 말해주세요."

물론, 하이데마리도 저쪽 편이다.

이로써 3, 아니, 4대 1이다.

"스이메이. 쩨쩨하게 구는 건 안 돼."

"……안다고. 쯧."

그렇게 말하며 마지못해 허락하자 천진난만한 환호성이 터졌다. 과자를 그렇게 포기할 수 없었을까. 페르메니아는 당연히, 평소에는 표정이 희미한 리리아나조차 웃는 얼굴로 기뻐했다.

스이메이가 마법진을 추가로 써넣는 작업을 하고 있는데

하이데마리가 말해왔다.

"스이메이도 선물 샀으니까 괜찮잖아."

"그거야 안 사 가면 시끄러운 녀석이 있으니까."

그런 밉살스러운 말을 하고 있자니, 준비를 마치고 기다리고 있던 하츠미가 비난 섞인 시선을 향해왔다.

"스이메이 심한 말을 하네. 반성의 기색이 없었다고 보고해도 돼?"

"왜? 그보다 누구한테?"

"나도 아노 양 쪽 사람이야. 말해도 돼? 스이메이가 마지못하였다고."

"으."

그렇다. 하츠미도 미즈키와 마찬가지로 마술사라는 사실을 듣지 못했던 사람이다. 이런 상황에서 어느 쪽에 붙느냐고 하면 물론 미즈키 쪽에 서리라.

물론 스이메이에게도 사죄의 마음은 있다.

"그만큼 제대로 준비했잖아?"

"정말 그러네. 이것저것 꽤 준비했잖아."

갖고 가는 것은 이세계와는 인연이 먼 일식 재료다. 쌀에 된장, 간장, 각종 국물, 그뿐 아니라 컵라면 등 향수에 시달릴 만한 물건은 대강 준비했다.

"저쪽에 가서의 요리는 맡길게."

"응. 당연하지. 팔이 근질거려."

그 솜씨는 검으로 보여주었으면 하지만…… 그녀에게는

부엌도 전쟁터인 것이리라. 마찬가지로 멤버 중에서는 요리를 담당해주는 페르메니아와 함께 활약해줄 것이 틀림없다.

"──아. 슬슬 출발인가."

문득 바깥쪽에서 그런 남자의 목소리가 들려왔다. 익숙한 목소리에 돌아보자, 쿄시로와 그 아내 유키오, 그리고 하츠미의 남동생인 하세토가 걸어오고 있었다.

머무는 동안 일가가 여러모로 돌봐주었기에 일부러 배웅하러 와준 것이리라.

문득 마법진을 본 쿄시로가 감탄사를 외쳤다.

"……흠? 이건 원의 수가 많군."

"아시는군요."

마법진의 원진이 많다는 것은 그만큼 내포하는 정보가 많다는 뜻이다. 귀환── 이번에는 이쪽에서 가기에 스트레이트로 전이의 마법진이지만 이것저것 포함해서 7진까지 있다. 대마술 플러스알파다. 그만큼 마력 소비도 장난 아니지만 그런 쪽은 마술사들뿐이기에 문제조차 되지 않는다.

문득 유키오가 뺨에 손을 붙이고 정숙한 몸짓을 보이며 말했다.

"아쉽네요. 모처럼 시끌벅적했는데."

"그러게 말이야. 제자들을 불러서 식사하는 건 있었지만 이런 건 처음이라 신선했는데 말이야."

스이메이는 그런 태평한 말을 하는 부부를 무시하고 또 한 명의 사촌에게 눈을 돌렸다.

"……결국 하세토한테도 말해버리다니."

"하츠미한테는 들켰고 말이야. 그럼 이제 적기지."

쿄시로가 그런 말을 하자 하세토가 자못 말을 꺼내기 어렵다는 듯 묘한 표정을 향해왔다.

"뭐랄까, 이상한 사람이라고는 늘 생각했었지만 설마 그런 판타지적인 존재일 줄은 몰랐어요."

"너는 별로 놀라지 않았네."

"그거야 뭐…… 그래서, 실제로 얼마나 강한데요?"

그렇게 흥미진진하게 물어오는 하세토에게 스이메이는 언제나처럼.

"응. 중하———."

라고 말하는데, 여러 곳에서 시선이 날아와 꽂혔다.

"스이메이. 너는 그런 부분이 말이야……."

"저기. 이제 남한테 거짓말하는 건 그만하지?"

"너는 이제 적당히 하는 게 좋아."

레피르, 하츠미, 하이데마리의 고언이 동시에 스이메이에게 꽂혔다. 스이메이가 "윽……" 하고 말문이 막혀 있자, 문득 쿄시로가 하츠미 쪽을 향했다.

언제나의 초연한 분위기는 어디론가 사라진 듯 긴장된 분위기를 띠고 있다. 부모가 아닌 스승으로서의 태도일까. 하츠미는 그런 그를 다소 긴장감을 갖고 대했다.

"하츠미."

"네."

"제대로 끝내고 와라."

"알겠습니다."

건네는 말을 짧고 적었지만 그것만으로 충분하리라. 두 사람의 담백한 대화가 끝나자 이번에는 유키오가 다정한 미소를 띠고 말했다.

"하츠미. 질병이나 부상에는 조심하는 거예요!"

"그건, 뭐, 응."

유키오의 다소 어긋난 말에 하츠미는 살짝 난처한 얼굴을 보였다. 쿄시로의 동반자로 살아온 그녀에게는 적이 강한 것에 대한 위협보다 질병의 위협이 더 무서운 걸지도 모른다.

"여러분도 건강에는 각별히 주의하세요."

그러게 말하며 다른 멤버들에게도 위로의 말을 전했다. 그것이 끝나자 이번에는 쿄시로가 레피르를 불렀다.

"레피르."

"네. 그랜드 마스터."

"한 번이면 돼. 네가 존경하는 검사한테도 얼굴을 비쳐둬."

"알겠습니다. 짧은 시간이었지만 가르쳐주셔서 진심으로 감사드립니다."

"그래. 지금 그 말을 잊지 마. 타인에 대한 감사를 잊으면 검에 교만이 싹트니까."

쿄시로의 말에는 이래저래 함축하는 바가 있다.

대강 작별 인사를 끝내고 세 사람은 집으로 돌아갔다.

"자, 그럼 슬슬 갈까."

전이를 위해 마법진 위로 이동하자 불쑥 하이데마리도 안으로 들어왔다.

"……마리. 왜 그래?"

"왜 그러냐니. 뭐야 너. 혹시 나만 따돌릴 셈이었어?"

그것은 비난하는 말투다. 그러나 스이메이도 따라온다는 이야기는 듣지 못했다.

"아니, 괜찮아?"

"역시 스이메이. 그 눈치 없음에는 두 손 들었어. 너는 남 같이 군다는 말도 모르니?"

"저쪽 생활은 생각하는 것 이상으로 불편해. 네가 좋아하는 과자도 제대로 사러 갈 수 없어."

"나도 전이 의식을 배우면 그뿐이야."

"오직 과자를 사러 가려고 대량의 마력을 소비하다니 너도 참 호기롭다."

"나를 가르치는 것도 있으니까. 제대로 한다고 했으니까 제대로 해."

스이메이는 "네에네에" 하고는 이어서 말했다.

"기분 풀어. 쓰다듬어줄 테니까."

"내가 그런 거에 홀라당 넘어갈 거라 생각하는 거니? 정말…… 사람을 뭘로 보고."

"……그렇게 말하면서 모자를 벗고 머리를 내미는 건 무슨 양식미야?"

하이데마리가 실크해트를 한 손에 들고 머리를 스이메이

쪽으로 기울였다. 그런 그녀를 스이메이가 수상쩍게 바라 보자 그녀는 천연덕스러운 얼굴로 말했다.

"쓰다듬어줄 거야 말 거야? 한 번 뱉은 말을 번복하는 건 사람으로서 나쁜 거 아냐?"

"정말 수다스러운 일곱 살 애야."

스이메이는 어이없어하면서도 하이데마리의 머리를 쓰 다듬었다. 기분이 나쁜지 어떤지 알기 힘든 무표정이지만 그대로 계속 머리를 대고 있다는 것은 이걸로 괜찮은 것이 리라.

한편 스이메이가 무심코 한 말에 이세계 조 플러스 하츠 미의 눈이 동그래졌다.

그리고 하이데마리를 상대하고 있는 스이메이에게 무슨 소리냐고 캐묻는 듯한 시선을 일제히 던졌다.

"응? 뭔데?"

의아해하는 스이메이에게 페르메니아가 당황한 채로 물 었다.

"저, 스이메이 님? 방금 말씀하신 일곱 살 애라는 건……."

어떻게 된 건가. 그런 식으로 묻는 페르메니아와 다른 멤 버의 의문의 시선에 스이메이는 문득 떠올렸다.

"아아. 그러고 보니 말 안 했나."

"……저기, 스이메이. 너 뭔가 굉장히 중대한 일을 말 안 한 거 아냐?"

"아. 응. 뭐…… 마리는 호문쿨루스로 태어나서 아직 7년

밖에 안 됐어."

말하지 않은 것을 미안하게 생각하면서 그런 사실을 말하자 레피르가 맙소사라는 듯이 눈을 동그랗게 떴다.

"아니. 그런 것치고는 몸집도 명석한 두뇌도 맞지 않잖아."

"뭔가 이제 와서지만…… 그런 쪽은 호문쿨루스니까. 평범한 인간과는 성장 방식이 달라."

"그, 그런 거야……?"

레피르가 곤혹스러워하는 한편 리리아나가 한쪽 눈을 크게 뜨고 하이데마리에게 물었다.

"하이데마리. 진짜, 예요?"

"응. 난 일곱 살이야."

리리아나의 물음에 하이데마리는 끄덕였다. 리리아나는 언니인 줄 알았던 일곱 살 아이를 올려다본 채 굳었다. 아직 이해하지 못한 모양이다. 그것도 당연하리라. 리리아나의 절반 정도인 것이다. 혼란스러운지 "아? 아?" 하면서 손으로 숫자를 세고 있다.

"이건 정말이지."

"크, 큰 문제 아닐까요?"

레피르도 페르메니아도 설마 했던 사실에 당황한 모습이다. 하츠미에 이르러서는 반쯤 넋이 나가서 하이데마리를 보고 있다.

"또래인 줄 알았는데……."

그러나.

"인식은 그대로면 돼. 일곱 살이라고 해도 호문쿨루스 일곱 살이니까. 인간의 나이를 기대하는 건 맞지 않아. 왜 개나 고양이도 그렇잖아?"

"잠깐 스이메이. 그 비유는 아니지 않아?"

"아니, 생각난 비유가 그것뿐이라."

그러나 역시 개나 고양이에 비유한 건 바람직하지 않았을까. 하이데마리가 노려봐왔다.

한편 스이메이는.

"자. 그럼 갈까."

"잠깐. 스이메이! 그냥 흘려버릴 수 없어! 저기!"

"알았어, 알았어. 됐으니까 전이할게. 진 안으로 들어와."

"정말. 나중에 제대로 매듭지을 거야!"

하이데마리가 뿅뿅 하는 효과음이 어울릴 듯한 모습으로 그렇게 말하면서 마법진 안으로 들어왔다.

이윽고 스이메이가 손뼉을 쳐 짝 하는 경쾌한 소리를 퍼뜨리자 마법진이 마력광을 뿜어냈다.

"――Dimensional connect(시공 연결)."

스이메이가 그 건언을 외침과 동시에 스이메이 일동은 다시 이세계의 땅으로 되돌아갔다.

……그렇다. 그 모습을 그늘에서 엿보고 있던 마인이 있었다는 사실도 모른 채.

"헤헤——! 안 보인다 했더니 꽤 재미있는 일을 하고 있었 잖아요오오오오오오! 역시 이 내, 가 패애애애앤일 만해, 스이메이!! 여기선 나도 팬 제1호로서, 쫓아가는 게 이치 죠?! 그렇죠?!"

그런 이상한 목소리가 야카기 저택의 마당 앞에 울려 퍼 졌다.

외전 마술사와 인형 아가씨

후 하고 내뱉은 숨결의 온기가 흰 안개를 만들어내고는 다시 사라져갔다.

박하와 같은 청량함이 폐를 점거하기 시작한 것은 언제쯤부터일까. 아직 겨울은 멀었을 테지만, 산 위라면 응당 그러한 것이리라.

보통 지상에서 1천 미터 표고의 높은 곳에 올라가면 그것만으로도 10도는 기온이 내려간다고 한다. 아직 기온이 안정되지 않은 초가을 직전이면 산의 기온이 낮아도 별로 이상한 일이 아닐지도 모른다.

그렇다 해도 이 혹독한 추위는 상당히 괴로운 것인데.

"……왜 독일에 오자마자 이런 산중에 와야 하는 건데."

전나무 숲 바로 위. 흐린 하늘에 뜬 대낮의 해를 향해 그런 불만을 중얼거렸다. 뱉은 숨은 구름처럼 변해 또 사라졌다.

그날. 현대 마술사인 야카기 스이메이는 그가 소속된 마술 조직인 결사의 맹주 네스테하임에게 한 임무를 받아 독일의 산속으로 왔다.

──마술사. 보통의 감각을 가진 자가 그 명칭을 들으면, 옳고 그름과 관계없이 몹시 수상쩍게 느끼리라. 마술사 같은 자는 보통 창작물 속에서만 등장하는 것이다.

마린, 모르간, 오딘, 키르케, 맥베스의 마녀. 그런 가공의 존재는 거론하기 시작하면 일일이 셀 수도 없으리라. 열 명에게 물으면 틀림없이 열 명이 모두 "마술사 따위 없어"라고 대답하는 게 일반적이며, 기술사라는 명칭이 그나마 사회적인 위치를 확립하고 있다고 할 수 있다.

그러나 과학 기술이 도처에 만연한 이 현대에 마술사는 분명히 존재하고 있다. 물론 그것은 이 사람 저 사람이 생각하는 마술사상과 마찬가지로 신비를 해명하고 속인이 생각하는 불가사의한 현상을 다루는 자로서다.

그들은 오래전부터 그 터무니없는 힘으로 사람들을 인도하고 그 번영에 기여해 왔다. 자연 철학을 비롯하여 온갖 학문을 발전시켰다. 어쩌면 인간 세상이 누리는 영화의 초석은 그들이 쌓았다고 해도 과언이 아니리라. 그러나 현재는 그 기술적 지위는 과학에 의해 대체되고 그 존재의 인지는 조금 전에 열거했듯이 로버트 보일의 시대부터 서서히 가공의 존재로까지 폄하되어갔다.

그럼에도 마술사는 세상의 뒤편에서 숨죽이고 계속 그 신비를 전하고 있다.

그런 자들 중 한 명인 일본인 소년—— 야카기 스이메이는 문득 멈춰 섰다.

길이 사라지고 얼마나 시간이 지났을까. 걸어도 걸어도 비슷한 모양을 한 나무와 자갈, 흙으로 된 땅뿐이다.

차가운 공기에 인상을 쓰면서, 스이메이는 손에 든 가방에서 천천히 지도와 성도(星圖)를 두 개 다 꺼내 땅에 던졌다.

그리고 뭐라고 수상쩍은 말을 중얼거렸다.

그게 끝나자 한 번 하늘을 올려다본 뒤 주위를 둘러보고 땅으로 시선을 떨구었다. 그러자 지도와 성도는 땅에 떨어졌을 때의 방향과는 다른 상태로 땅에 내던져져 있었다.

"흠…… 길은 잃지 않았군."

진행 방향에 착오는 없다. 목적지에 가려면 이대로 나아가면 된다. 그러나 눈앞에 있는 것은 나무들이 유난히 우거진 어둑한 숲(발트). 상록수가 빽빽이 늘어서고, 그 잎에 뒤덮여 있어서일까. 몇 미터 앞조차 보이지 않는다.

당연한 일이지만 마술사인 그에게는 이런 것(어두운 숲)쯤은 장애 축에도 끼지 않는 사소한 문제다. 마술을 써서 빛을 비추면 어둠에 잠긴 길 따위 금방 빠져나갈 수 있으므로.

그러나 여기서 문득 게으름을 피우기로 한 스이메이는 검은 정장 호주머니에서 친구에게 받은 손전등을 꺼내 작동시킬려고 했다.

"응?"

짤각, 짤각. 스위치에서 허무한 소리가 울렸다. 어째선지 손전등은 본연의 역할을 수행하려 하지 않았다.

다시 말해.

"아이고. 고장 나셨군. 뭐야, 그 녀석. 그렇다는 건, 꽤나 좋은 걸 준 거냐."

그렇다. 이 손전등은 이번에 일본을 출발하기 전 가장 친한 친구가 생일 선물이라며 준 거다. 아직 한 번도 쓰지 않앉지만 그 효과를 보기도 전에 천수를 다해버린 모양이다.

스이메이는 난감한 듯 뒤통수를 긁으며 친구가 준 선물의 영락한 말로를 호주머니에 집어넣었다.

과학 기술을 이용해서 만들어진 물건을 쓰려는데 기능하지 않는 것은 마술사에게 왕왕 있는 일이다. 신비에 대해 이해의 자원이 기울면, 과학 지식에 대한 이해가 미치지 못하게 된다. 그뿐만 아니라 고도로 기계적인 공작물도 다룰 수 없게 된다.

그리고 클라이맥스는 지금의 스이메이처럼 이렇게 마음대로 고장 나고 만다.

마술을 습득해가면 그자 자체가 신비적인 존재가 되기 때문이다.

스이메이도 역의 자동 개찰구나 자동문에 거부당한 적은 한두 번이 아니다.

분명 손전등은 기계적인 것—— 이라고 할 것도 없을 만큼 단순한 물건이지만, 요즘은 유기발광다이오드(OLED)나 다이오드 따위가 쓰인 것도 있고, 과거의 제품보다 선진적인 기술이 쓰이는 경우가 있다.

아마도 이번에 그게 영향을 받았을 것으로 짐작되지만…… 그럼에도 손전등 정도의 물건이 그렇게 간단히 망가지는 일은 스이메이에게도 일찍이 없던 일이었다.

그렇다는 것은 즉 손전등이 망가질 다른 요인이 이곳에 있다는 거다.

종종 듣거나 경험한 적이 있을 거다. 신성한 장소나 심령 스폿 따위에 갔을 때 사진기나 조명, 라디오 같은 것들이 갑자기 기능을 멈추는 일 말이다.

마술 개론이 가리키는 대로라면 전파라는 것은 지극히 신비의 영향을 받기 쉬운 성질을 가진다고 한다. 신비의 세계에서는 『빛의 파장』이라는 점에서 전파는 중요하지만, 이 세상에서 말하는 『영구적이며 보편적인 원리』 가운데에서도 전파는 매우 중요한 부분을 차지한다.

그래서 「신비」라는 원리가 가까이에 있으면 과학적 원리 안에서 발생한 전파는 기능하기 어려워진다고 한다.

다시 말해 이 주변에는 항시적으로 전파나 기기에 영향이 생길 만큼 강한 신비의 힘이 작동하고 있을 가능성이 있다는 것이다.

──결계군.

그렇다. 숲이 비정상적으로 추운 것은 표고가 높아서라는 이유 때문만이 아니다.

눈앞의 공간이 지나치게 어두운 것은 볕이 들지 않아서라는 이유 때문만이 아니다.

손전등이 고장 난 것은 자신이 마술사여서라는 이유 때문만이 결코 아니다.

요컨대 결계를 써서 이 앞을 헤매지 않게 해둔 것이리라. 비정상적인 추위와 삼켜질 것 같은 어둠으로 일반인의 침입을 막고 있는 거다.

지금 스이메이가 서 있는 그곳에 보이지 않는 경계가 분명히 존재했다.

그러나 그럼에도 스이메이는 망설임 없이 숲으로 들어갔다.

발밑의 감각은 불안정한 데다 낙엽이나 마른 가지를 밟는 감각은커녕 지면의 단단함조차 느껴지지 않는다. 평범한 어둠과 달리 생물적인 습기가 느껴지는 검정이 피부에 들러붙었다. 정말로 어두운 바닷속에 빠진 것 같다. 평범한 사람이라면 1분도 버티지 못하고 도망칠 그런 위화감이 드는 바닷속을 발걸음도 힘차게 나아갔다.

이윽고 숲을 지나자 빛이 그의 눈을 찔렀다. 눈이 타는 듯한 빛의 잔상을 견디고 차츰 광도의 차이에 익숙해지자, 별안간 조금 전의 길은 무엇이었나 의심이 들 만큼 깔끔하게 포장된 포석 길이 나타났다.

"목적지는 이 길 끝이군."

이 길 끝에 어렴풋이 보이는 저 건물이리라.

그렇다. 이번에 스이메이가 결사의 맹주에게 받은 임무는 아주 별난 것이었다.

그가 말하길── 훌륭히 하이 그랜드 클래스의 위계에 오른 너에게 이번부터 보좌를 붙이도록 하겠다. 그러니 이제부터 너를 보내는 곳에 나의 오랜 벗이 있으니 그에게서 너를 보좌할 자를 **받아 와라**, 라고.

그 말에 자신의 얼굴은 몹시 험하게 일그러져 있었으리라.

언제나 천진한 미소를 띠고는 무리한 요구를 밀어붙이는 결사의 맹주 네스테하임.

그가 내린 명령은 어느 때보다 지적할 곳투성이였기 때문이다.

우선 이 장소다.

마술사는 은둔 장소가 험지인 경우는 종종 있기에 그곳이 산중이든 바닷속이든 뭍의 고도(孤島)이든 문제없지만, 하필이면 결사에 있는 고지도에 이곳에 대한 기재가 전혀 없었던 것이 스이메이의 의문을 부추겼다.

결사의 고지도는 토지가 변할 때마다 항상 바른 지리를 정확히 옮기고, 그 정보도 추가된다. 그것은 반드시 꼭이라는 말과 함께라고 생각했지만 어째선지 스이메이가 있는 이곳은 지도에는 실려 있지 않았다.

어떻게 된 것인가 하고 그것에 대해 맹주에게 물었더니 언제나처럼 부드럽게 웃었을 뿐이다. 가보면 안다고만 할 뿐, 명확한 대답은 들려주지 않았다.

다음으로 그가 말한 「오랜 벗」이라는 말도 그렇다.

그렇다. 분명 맹주는 벗이라고 말했다. 그러나 맹주가 말하는 벗이란 수상쩍은 것이다. 그라면 같은 이상을 목표로 삼은 자는 모두 그의 벗이 되므로. 그것이 그에게 심취해 그 뒤를 쫓아온 자든, 그를 맹목적으로 숭상하는 자든. 예외는 단 하나도 없다.

이 앞에 있는 것이 과연 벗일지 제자일지 그를 신처럼 신봉하는 사람일지는 분명하지 않다.

그리고 마지막으로 가장 중요한 것은 보좌할 자를 받아 오라고 한 말이리라.

받아 와라. 그 표현에서 설마 사역마인가라는 생각도 했지만 애당초 자신은 사역마를 부리는 능력에 마력을 쓰지 않고, 그것은 맹주도 잘 아는 바다.

앞으로 일시적으로 쓸 때가 생길지도 모르지만, 기본적으로는 사역마를 상비할 생각은 물론 없다. 그 뜻도 그에게 분명히 전해졌다.

그렇다면 맹주의 말은 대체 어떤 의도를 담고 있는 걸까. 산길을 걸으면서 생각했지만 전혀 그 해답은 나오지 않았다.

이윽고 스이메이는 포석 길 끝에 도착했다.

"여긴가……."

목적지로 삼은 곳에 있던 것은 네오 르네상스 양식의 거대하고 오래된 저택이었다.

햇빛은 구름 뒤에 숨었는지 지금은 그 모습을 감추고 있고, 문에서 이어진 벽에 구름에 투과된 회색 빛이 탁하게 반사되고 있다. 그 탓인지 전체가 흑색과 백색, 회색으로 비쳐 초라한 모습을 두드러지게 하고 있었다.

나아가자, 쓸쓸한 철제 대문이 있었다. 거대한 저택에 걸맞게 크고 중후하며 새까맣게 탄 듯한 강철로 되어 있다. 시계 장치와 단순 기관을 모방했을까. 톱니바퀴(기어)와 왕복 기관(리시프로), 진자 따위가 대문과 동일한 소재로 여러 개

대어져 있었다.

대문에 달린 문고리를 두드리자 울림이 좋은 금속음이 양관(洋館)의 문을 향해 곧장 날아갔다. 마술사의 오래된 저택은 당연히 불가사의가 시행되어 있다. 지금 이 소리도 시술에 의한 것이리라.

머지않아 양관의 경첩이 역사가 느껴지는 소리를 퍼뜨렸다.

양문형 문의 한쪽 편에 그늘이 입을 벌렸다. 그 어둠 속에서 그림자 하나가 떨어져 나왔다. 나타난 것은 아름답게 장식된 에이프런 드레스를 입은 소녀다. 갈색의 긴 머리카락은 늘어뜨렸고, 키와 용모로 볼 때 나이대는 조금 아래로 보인다. 새침한 표정이 일견 어딘가 차가운 인상을 풍겼다.

대문을 끼고 앞에 선 소녀는 치마를 집어 올리며 우아하게 인사했다.

그에 스이메이는 방문자의 상례인 자기소개로 답하려 했다.

"나는……."

"결사의 야카기 스이메이 님이시죠. 이야기는 들었습니다."

스이메이가 "그렇군" 하고 그 자리에서 중얼거리자 소녀는 대문을 만졌다.

시곗바늘을 억지로 돌린 것처럼 도르래와 앙그루가 맞물리는 소리가 속도를 높였다. "틱틱틱틱틱……" 하는 경쾌한 소리가 멎자, 이어서 제롤 기어의 움직임과 함께 "캬앙" 하는 요란한 기어 소리가 맹회전과 함께 울려 퍼지고 이윽고 무거운 철문이 지면을 끌었다.

문이 열리는 소리가 산을 뒤흔들었다. 새들이 날아갔다. 날갯짓 소리와 새 울음소리가 산속에 메아리쳤다.

대문이 완전히 열리고, 조금 뒤늦게 소녀가 저택을 향해 손을 내밀었다.

"안에서 아버지가 기다리고 계십니다. 이쪽으로 오세요."

거기서 스이메이는 소녀에게 얼굴을 향했다.

"좀 묻고 싶은데."

"뭔데요?"

"여긴?"

"여기라뇨?"

"아니, 누구 집인가 해서."

"설마…… 듣지 못하신 거예요?"

스이메이의 물음에 소녀가 놀라는 것도 무리는 아니다. 보통은 자기가 방문하는 곳을 파악한 뒤 그 장소에 향하는 게 자연스러우므로.

"미안해. 우리 맹주님은 꽤나 장난치는 걸 좋아하거든."

난처해진 스이메이의 말에 소녀는 납득이 갔을까. "그렇군요" 하고 한숨을 쉰 뒤 조용히 말했다.

"——안내해드릴게요. 이곳은 알츠바인 시계 인형 공방입니다."

"알츠바인이라면, 여기가 그——."

그 유명한 환상 인형사의 거성인가.

스이메이는 다시 저택을 우러러봤다.

해가 다시 얼굴을 내밀자, 흑백 사진 속에 있던 영락한 저택이 붉은 색감을 되찾아간 듯했다.

★

──인형사. 동서고금, 꼭두각시나 종이 인형을 이용해 일을 이루거나 그것들을 만들어내는 마술사는 경외를 갖고 그렇게 불린다.

이 이명을 자칭하는 자는 많지만 유일하게 천야회에서 인형술사(돌 마스터)로 지정되고 그 이름이 붙은 것은 에드거 알츠바인 단 한 명뿐이다.

그 까닭은 그의 인형 제작 기술이 앞으로 얼마나 많은 인형술사가 탄생하든 뛰어넘을 수 없다고 말해질 만큼 탁월한 것이며, 그와 동시에 수년에 한 번 공방제 인형과 그 사용자를 보내 큰 공을 세우기 때문이다.

그래서 그 이름은 백 년이 지난 현재까지도 여전히 빛이 바래는 일 없다.

스이메이는 알츠바인이 가진 일화를 새삼 떠올리면서, 소녀의 안내를 받아 문보다 더욱 중후한 문짝을 지났다.

조용조용 걸어가는 소녀를 따라가자 먼저 어두컴컴한 현관홀이 나왔다.

눈앞에 진좌한 양계단의 위용에 압도되면서 주위를 둘러보자 양관의 오래된 외장과는 전혀 어울리지 않을 만큼 완전히 새로운 물건이 갖춰져 있는 것을 보고 두루 손질되어 있음을 알 수 있었다.

그대로 시선을 위로 향했다. 천장에는 어슴푸레한 빛을 켠 샹들리에가 설치돼 있다. 어둑한 것은 짐작건대 저걸로 빛의 양을 제한하고 있어서인 듯하다.

색이 들어간 유리가 마력을 띠고 있다. 그래선지 구석이나 물건 위에 장식된 비스크 돌들의 모습도 잘 보이지 않는다. 고명한 에드거 알츠바인이 만든 작품이기에 스이메이도 잘 봐두고 싶은데——.

불쑥, 앞장서서 안내하던 소녀가 걸음을 멈추고 스이메이 쪽을 향했다. 그리고 위를 보라고 재촉하듯 천장을 쳐다봤다.

"무슨 일이야?"

"——스이메이 님. 빛이 강하면, 보이고 싶지 않은 부분까지 보이게 돼요. 특히 소녀는 남자분이 무례한 시선을 보내는 걸 싫어하는 법이에요."

"……소녀?"

소녀의 맥락 없는 말에 스이메이는 의아한 듯 되물었다. 소녀—— 본인이 그렇고 그렇지 않고를 떠나 그녀가 자신을 가리킨다고 하기에는 납득이 가지 않는 표현이다. 그뿐 아니라 소녀의 목소리에는 어딘지 모르게 배려가 섞여 있었다.

방금 그게 누구를 가리키는 말인가 하고 인상을 쓰고 있는데, 소녀가 앞에서 시선을 뗐다. 그 앞에 있던 것은 비스크 돌이었다.

"흠. 저게 소녀…… 소녀들이군."

"네. 그러니 소녀의 외모를 예뻐하기에는 이 정도 밝기가 적당해요."

──과연. 이곳에 사는 사람은 인형도 모두 살아 있는 존재로 취급하는군. 스이메이는 그렇게 납득하고 소녀를 향해 말했다.

"그럼, 빤히 쳐다보면 안 되겠네."

"삼가시길 바랍니다."

소녀는 그렇게 말하고 다시 조용히 걷기 시작했다. 홀에 진좌한 양계단을 올라, 페르시아 무늬의 길고 긴 붉은 카펫이 깔린 복도를 램프 불의 따뜻한 빛에 의지해 나아갔다. 그리고 안쪽의 일실 앞에 도착했다.

소녀는 문을 경계로 안쪽에 서서 인사했다.

스이메이는 그녀에게 확인을 위해 물었다.

"여기에?"

"네. 주인이 기다리고 계세요."

주인. 다시 말해 그녀가 아버지라고 말한 상대이자 에드거 알츠바인이리라.

스이메이가 긴장으로 침을 삼키자 그녀가 말했다.

"스이메이 님. 마음을 편하게 하셔도 괜찮아요."

"……그렇게 말해도 말이야."

상대는 그 인형술사다. 긴장하지 말라고 해도 무리가 있다.

스이메이가 멋쩍게 웃자, 소녀는 눈을 감고 끄덕이고는 문을 향했다.

"아버지. 결사에서 오신 손님을 모시고 왔어요."

"들어와."

문 너머로 중후한 목소리가 들려왔다. 그 목소리에서 어쩐지 세월이 묻은 전나무의 묵직한 질감이 연상됐다.

이윽고 소녀가 문을 열었다. 방 안에는 나이를 먹은 남자가 있었다.

근사한 단안경을 끼고 조끼를 껴입은 그 남자는 지금은 소파에 앉아 있다. 받은 인상은 무뚝뚝한 얼굴 조각상 같은 답답함이다.

이 남자가 저택의 주인이자 이 공방의 인형들을 만든 마이스터(제작자)일까.

스이메이는 맞은편의 소파 뒤에 서서 조용히 예를 갖추었다.

"처음 뵙겠습니다. 결사에서 맹주 네스테하임의 대리인으로 찾아뵌 야카기 스이메이입니다."

"에드거 알츠바인이네. 멀리서 오느라 고생 많았네."

"신경 써주셔서 감사합니다."

다시 인사하자, 마이스터 에드거는 뭔가 우스웠는지 고집스럽게 굳히고 있던 표정을 다소 풀었다.

그리고 지금은 그 옆에 서서 위치를 옮긴 소녀에게 눈을 돌렸다.

"너를 여기까지 안내해준 건 내 딸 중 한 명——."

"안네리제입니다. 기억해주시길."

"아. 다시 한 번 잘 부탁해."

안네리제에게 그렇게 대답한 뒤 소파에 앉으려 한 스이메이의 눈에 문득 벽에 걸린 액자가 들어왔다.

안에는 흑백 사진이 끼워져 있고, 여러 명이 모여 찍은 단체 사진인 것을 알 수 있었다. 그러나 어째선지 가운데에 있는 인물의 얼굴만은 검게 칠해져 있어 볼 수가 없다. 그러나 그 사진에 찍힌 다른 사람들 때문인지 그 인물이 어떤 얼굴을 하고 있는지는 스이메이도 금방 알 수 있었다.

정체를 짐작한 스이메이가 의아한 표정인 채로 사진을 바라보고 있자, 에드거가 다소 유감스러운 듯한 모습으로 입을 열었다.

"저거 말이군. 지금은 저 남자 사진을 보면 모두들 불쾌한 표정을 짓지."

"그럼, 저기 찍힌 건 역시?"

돌아본 스이메이의 물음에 에드거는 조용히 끄덕였다.

스이메이는 다시 사진에 시선을 옮겼다. 그렇다. 분명 저 사진에 찍힌 것은 이곳 유럽에서는 가장 악명 높다고 알려진 인물이다. 이 남자 때문에 독일이나 그 주변 각국에서는 현재도 손을 드는 행위 자체가 금기시되고 있다.

그런 인물의 사진을 액자에 장식하고 하물며 안타까워하

는 것은, 아는 사이인 걸까.

스이메이가 눈빛으로 묻자 에드거는 끄덕였다.

"마이스터. 저 인물은 어떤 사람이었습니까?"

"어떤 사람……이라. 그것에 대해서는, 명확한 답은 낼 수 없어."

"……?"

에드거의 의미심장한 대답에 스이메이는 미간의 주름을 깊게 했다. 그러자 에드거는 지나간 언젠가를 떠올리듯 사진을 올려다보며 술술 말하기 시작했다.

"그는 어떤 때는 큰 콤플렉스를 갖고 있어서 항상 자신의 뿌리를 찾고 있었다…… 생각하면, 언제나 자신감이 넘치고, 주저하는 자들을 이끌고 있었어. 그때그때마다 변하는 건지 아니면 변했던 건지는 나도 잘 몰라. 어쩌면 그 남자 자신도 자기라는 존재를 찾고 있었던 걸지도 모르지. 다만, 나도 당시의 민중이 그 남자에게 가졌던 인상과 완전히 같은 인상을 품고 있었던 건 분명해."

에드거는 마치 그리워하는 것처럼 그 인물에 대해 밝혔다.

……사진에 찍힌 인물은 당시에는 많은 노동자를 매료했었다고 한다. 연설이나 연출로 사람의 마음을 장악하고 수많은 동지를 끌어들였다. 그러나 그들이 정권을 잡자, 수많은 자가 박해당하고 각지가 불행에 시달렸다. 그 상흔은 70년이 지난 지금도 남아 있다.

"동료였나요?"

"그래."

"그럼 마지막까지."

"아니. 중도에 결별했어. 결국 그 남자는 박사의 술수에 저항하지 못한 거야. 그래서 헤어지는 수밖에 없었어."

"…………."

세계적인 전쟁이 한창일 때 그 이면에서 마술사들의 싸움은 여러 번 있었다고 한다. 그중에서도 독일, 이탈리아, 영국, 러시아, 홍콩, 만주는 격전지였다고 한다. 눈앞의 남자도 그 싸움의 소용돌이 속에 있었던 인물 중 한 명인 것이리라.

에드거가 손안에서 만지고 있었던 듯한 라이히스마르크 동전을 책상을 향해 튕겼다.

그것으로 이 옛날이야기는 끝이라는 듯이.

이윽고 책상 위에서 회전하고 있던 동전이 멈추자, 에드거가 입을 열었다.

"……인연이 있는 자를 보낸다고 들었는데, 설마 그 남자의 아들이 올 줄은 몰랐어. 젊었을 적 카자미츠의 모습이 있어."

"아버지를 아세요?"

"그 남자가 젊었을 적에 두세 번 싫은 소리를 했던 적은 있지."

에드거가 우습다는 듯이 입꼬리를 일그러뜨렸다. 아버지의 나이가 스이메이 정도였을 때 상당히 짓궂었다는 이야기는 들었다. 분명 이 이야기는 그것과 관련이 있을지도 모른다.

"카자미츠 일은 유감이야."

"신경 써주셔서 감사합니다."

"그 얼굴에서 그런 공손한 말이 튀어나오는 건 다소 위화감이 있어."

"그건…… 적응해주시는 수밖에 없네요."

"너도 제법 말하는군."

에드거는 겁 없는 미소를 입가에 띠었다. 그런 그에게 스이메이는 이곳에 올 때까지 품었던 의문을 던졌다.

"마이스터. 맹주께는 오랜 벗이라고 들었습니다만."

그 물음에 에드거는 "또 네스테하임 님은 그런 소리를……" 하고 한숨을 토했다.

역시 이것은 스이메이의 예상대로였던 모양이다. 에드거는 『그』가 말한 대로의 벗이 아닌 것이리라. 맹주의 나이와 에드거의 이명이 세상에 나타난 시기를 생각하면 명백하긴 했지만.

"그래서. 네스테하임 님한테서 뭘 듣고 여기에 온 거냐?"

"맹주님은 보좌할 자를 받아오라고만, 하셨습니다."

"뭐. 그렇게 말씀하셨겠지."

예상대로라는 듯 에드거는 한번 끄덕였다. 그것은 스이메이가 도중에 품었던 의문 중 하나였지만, 어째서 그 표현에 납득이 간 표정을 짓는 걸까. 역시 스이메이는 미간의 주름을 깊게 하는 수밖에 없었다.

"무슨 말인지 모르겠다는 얼굴이군."

"네. 다소 어긋난 부분이 많아서요."

"확실히 그 네스테하임 님의 평소 말투에서는 나오지 않는 말이지만, 그래. 옛날에 내가 너 정도 나이였을 때 처음으로 만든 인형을 네스테하임 님한테 보여준 적이 있어. 지금 **우리**가 만들어낸 아이들에 비하면 상당히 뒤떨어진 거지만 말이야."

그렇게 말한 그는 천장을 바라보며 다시 입을 열었다.

"그걸 네스테하임 경은…… 뭐, 언제나 부드러운 태도였지만 물건 취급했었어. 당시, 물론 지금도지만『살아 있는 인형』을 만드는 게 목표였던 나한테는 그게 꽤나 분했어."

"맹주님이 그런 말을……."

인형술사(돌 마스터)의 작품을 물건 취급하며 깎아내렸다니. 심한 정도가 아니다.

"생각해보면 그건 네스테하임 님의 견책이었어. 스승 밑에서 도망쳐서 그 남자 밑에 붙은 나에게는 교만의 길밖에 없었어. 그 무렵은 손이 닿는 범위 이상으로 모든 걸 지배할 수 있다고 생각했어. 그러니 그 표현은 그 당시의 영향일 거야. 언제까지나 자신을 규제하고 경계하라는 네스테하임 님의 훈계와 훈시야."

말을 해준 것이 기쁜 건지 에드거는 유쾌하게 입가에 미소를 짓고 있다.

"이야기가 옆으로 샜군."

"아뇨. 흥미로운 이야기였습니다. 그런데 조금 전 아이들이라고 하셨는데 설마."

"네. 저도 이 집의 주민이에요."

안네리네는 에이프런 드레스 자락을 집어 들고 우아하게 인사했다. 즉, 그녀는—— 아니, 그녀도 에드거의 작품인 인형인 거다.

그렇다면 어딘가에 동력인 마력원이 있을 터다. 인형은 움직여주는 사람이 없으면 움직이는 것이 아니므로. 그러나 눈앞의 에드거를 포함해 그녀를 조종하고 있는 마술사는 이 방 어디에도 없다.

그렇다면 생각할 수 있는 것은 만들었을 때 이미 신비성을 갖고 있어서 술사가 없어도 자력으로 마력을 만들어낼 수 있다는 것이다.

자립 형태(스탠드 어론). 그 해답에 이른 스이메이의 눈동자에는 경외가 깃들어 있었다.

"이 집에 있는 자들(인형) 대부분은 아내와 내 자식이야."

에드거가 그렇게 말하며 눈짓한 곳에는 책상이 있었다. 그 위에는 사진이 세워져 있었다. 찍힌 것은 젊은 남녀. 남자는 지금 에드거의 얼굴이 있고, 여자 쪽은 안네리제를 닮은 부분이 있다.

"아내는 아이를 낳을 수 없는 몸이었어. 우리의 뭔가를 남긴다고 한다면 이것밖에 없었어."

"그럼 오늘 결사로 보내질 자도?"

"그래. 내 딸 중 한 명이야."

에드거의 말 뒤 안네리제는 그를 향해 난처한 듯 자기의 뺨에 손을 댔다.

"하지만 그 애는 우리 자매들 중에서는 가장 제멋대로 자라버렸어요. 막내라서일까요……."

"그 애는 아직 젊어. 그건 모두하고 같아. 앞으로 배워가겠지."

"그럼 따님도 아직 마술사로서 자립할 수 있는 단계는 아닌 겁니까?"

"그렇지. 그래서 너를 보좌하는 한편, 지도받는 데 특별히 뽑힌 거야."

"하지면 저도 아직."

"──겸손을. 스이메이 님은 그 적룡을 없앤 희대의 마술사. 누구도 미숙하다고 말하지 않아요."

"하지만 그건 나 혼자서 한 게……."

그렇다. 혼자서 쓰러뜨린 게 아니다. 그 승리는 수많은 마술사가 목숨을 걸었기에 탄생한 것이다. 자신 덕이라고는 입이 찢어져도 말할 수 없고, 게다가 자신이 마술사의 스승이 될 수 있는 단계가 아니다. 아무리 마술사로서의 계급이 높아졌다고 해도 제자를 갖는 데 필요한 건 지도 능력과 축적된 경험이다. 마술사가 된 지 10년 정도밖에 되지 않은 자신에게는 아직 너무 이르다.

그러나 에드거는 말한다.

"스이메이. 앞으로는 너도 상응하게 제자를 들이게 되겠지. 이건 그 제자에게 마술을 가르치게 될 때까지의 예행연습이라고 생각해주면 돼."

"……정말 저로도 괜찮으시겠어요?"

"괜찮아. 카자미츠의 아들이라면 나쁘지 않아."

"…………."

에드거의 말을 들은 스이메이는 쑥스러움을 머리를 긁으며 얼버무렸다. 아버지를 칭찬해준 모양으로, 그 아들로서는 어딘지 모르게 낯간지러운 것이 있었다.

"그리고 이제부터 너에게 소개할 녀석이 자매들 중에 유일하게, 다르거든."

"다르다?"

"그 애는 프라스코에서 태어난 아이예요."

프라스코에서 태어났다. 그 안네리제의 표현에 스이메이는 퍼뜩 깨달았다.

"호문쿨루스입니까."

"생전에 아내가 이론을 정립해뒀어. 운 좋게 기회를 만났고 또 내 기술이 수준에 도달하기도 해서 그 애는 연금술로 낳기로 했어."

"그렇군요. ……하지만 마이스터가 **도달했다**는 건 또 뭐라고 해야 할지."

에드거의 입에서 나온 이야기 내용의 어마어마함은 스이메이로서는 너무나도 말로 표현하기 어려운 것이었다. 인형술사로 불리는 남자의 기술이 수준에 도달했다. 그 말이 진실이라면 대체 그 소녀의 완성도는 어느 정도일까. 짐작하고도 남음이 있다.

"나는 이래 봬도 인형술사야. 연금술에는 상응한 조예가 있었지만, 아내는 그 점에서 당대 제일이었으니까."

"그럼, 지금도 그걸 뛰어넘는 자는."

"니콜라스 님 정도겠지. 하지만 당시에는 그도 감탄했을 정도였으니까."

에드거의 굳은 표정에서 나온 것은 팔불출 같은 말이다. 그 요괴 박사가 감탄할 명수라니 무시무시할 따름이다.

그러자 그는 안네리제를 향해 지시를 내렸다.

"그럼, 안."

"네. 스이메이 님. 이쪽으로 오세요."

에드거의 옆에 대기하고 있던 안네리제는 먼저 문 앞으로 가 스이메이를 재촉하듯 예를 갖추었다. 안내해주는 것이리라. 스이메이는 에드거에게 가볍게 인사하고 안네리제를 뒤따라갔다.

보통 손님이 집에 방문했을 때 그 손님과 집안사람을 만나게 해줘야 하는 상황이 된 경우 그 집안사람을 손님을 안내한 공간으로, 즉 응접실로 부르는 법이다.

그러나 현재 스이메이는 그 손님의 범주에 있음에도 불구하고 집안사람의 방까지 걸음을 옮기는 다소 예외적인 상황에 처해 있다. 스이메이가 에드거보다 낮은 위계에 있는 마술사라고 해도 맹주 네스테하임의 대리인으로 방문했기에 대우로서는 예의에 어긋난 것이리라.

그럼에도 스이메이를 방까지 향하게 한 것은 오로지 앞으로 만날 자의 사정 때문이다.

──호문쿨루스. 일반적으로는 라피스 필로소포룸(철학자의 돌)의 제조 이론을 증명하기 위해 연금술에 의해 탄생한 의사(疑似) 생명체를 가리킨다. 그들은 갓 태어난 상태에서도 인간의 언어를 말하고 온갖 지식을 갖추고 있다고 한다. 그러나 그 반면 작은 몸은 무르고 약해서 태어난 장소인 프라스코 안에서만 살 수 있다는 제한도 있다.

십중팔구 그것이 스이메이가 방으로 가야 하는 이유이며, 앞으로 만날 자가 아직 모습을 보이지 않고 있는 이유리라.

이층 모퉁이 방 앞에 도착하자 안네리제는 에드거 때와는 달리 문을 내어주듯 서서 에이프런 드레스 자락을 잡고 인사했다.

"──여기가 우리의 가장 막내 하이데마리가 있는 방이에요. 그럼 스이메이 님, 들어가 보세요."

안네리제의 말에 스이메이는 문손잡이를 잡았다. 그러나 그녀는 어쩐지 움직이려 하지 않았다. 에드거가 있던 방에 들어갔을 때처럼 먼저 양보하고 뒤따라 들어올 줄 알았더니 아무래도 그런 분위기가 아니었다.

"안네리제. 넌 안 들어가?"

"죄송하지만, 이 방은 스이메이 님 혼자 들어가 주세요."

"……뭐, 딱히 상관없지만 그 이유를 물어도 될까?"

"스이메이 님 혼자 들어가시게 하는 건, 그 애의 고집이에요. 그 이상은 안에서 들어주세요."

전부 알 수 있는 걸까.

"알았어."

이렇게까지 굼뜬 절차를 밟는 데는 어떤 이유가 있는 것이리라. 스이메이는 안네리제가 재촉하는 대로 문을 열고 안으로 들어갔다.

방에 들어오자, 문득 향기가 콧속에 퍼졌다. 심하지 않고 부드러운 자단(로즈 우드)이 섞인 향이 피워져 있다. 마음을 안정시켜주는 향이지만 그와 동시에 최음 효과가 있어 음탕함을 풍기는 향기기도 하다. 일랑일랑이나 노산백단 같은, 마녀가 다루는 미약으로 잘 알려진 것이다.

한편 방 안은 프랑스에서 들여온 듯한 고급스러워 보이는 흰 가구로 둘러싸여 있고, 인형(비스크 돌)이 옆의 물건 위나 정면에 놓인 침대 위, 의자 위 등에 여러 개 장식돼 있다.

꽃무늬와 흰색. 인상으로는 공주님이나 양갓집 자녀의 방 같은 분위기의 인테리어다. 그러나 안을 둘러봐도 그 어디에도 호문쿨루스의 공간인 프라스코 같은 물체가 없다.

스이메이는 턱을 내리고 이와 이 틈새로 습 하고 숨을 들이쉬는 소리를 내며 상황을 추측했다.

"어떻게 된 거야."

그렇게 혼잣말한 스이메이는 일단 안네리제에게 이야기를 들으러 돌아가려 문손잡이를 잡았다.

"응?"

무심코 입에서 튀어나온 것은 의문의 목소리였다. 문손잡이를 돌려도 어째선지 문은 꿈쩍도 하지 않는다.

"어이. 문이 잠겼어! 어떻게 된 거야!"

문을 두드려도 밖에서 돌아오는 목소리는 없다. 그 대신 방 안에 부딪혀 울리는 자신의 목소리를 들으면서 마술사의 눈으로 자세히 보니 결계가 쳐져 있는 것을 깨달았다.

이윽고 문손잡이가 문에 묻혀가고, 문과 벽의 틈새도 사라져갔다.

──갇혔다. 그렇게 뒤늦게 깨달은 순간, 별안간 등 뒤에서 마력의 낌새가 높아졌다.

혀를 찬 스이메이는 곧바로 문손잡이에서 손을 떼고, 재빠른 움직임으로 돌아봤다.

물론 방 안에는 아무도 없다. 그러나 마력은 스이메이가 위협을 느낄 만큼 높아져 있다. 이 방의 주인이 어딘가에 숨어 있는 걸까, 아니면 이것은 어떤 다른 마력일까. 스이메이는 눈을 가늘게 뜨고 신중히 주위를 살폈다.

······보는 한 비싸 보이는 방이라는 감상이 먼저 나오지만, 이 방에는 인형이 있다. 조금 전에는 그것들 대부분이 에드거가 만든 것이라고 들었지만, 안네리제를 생각하면

이것들이 마력의 원인일 확률은 높다.

높지만, 그 어느 것에서도 마력의 근원은 느껴지지 않는다.

그때.

"――Los gehts."

"――!!"

방 안에 울려 퍼진 것은 여자의 것인 듯한 조용하고 평탄한 목소리다. "자, 움직여"라는 말에 주위에 장식돼 있던 여러 개의 인형이 벨트 바인드 서클(대상 원환 마법진, 帶狀圓環魔法陣)을 띠고, 실로 당겨진 꼭두각시 인형처럼 어색한 움직임을 보이기 시작했다.

그 모습은 마치 인형 자신이 자신의 움직임을 확인하고 있는 듯한 그런 움직임이다. 팔을 움직이고 다리를 움직이고 몸을 비틀었다.

이윽고 어떤 준비 동작이 끝났는지 인형이 스이메이를 노리고 일제히 달려들었다.

"큭!"

스이메이는 대강 팔을 휘둘러 마력으로 인형들을 물리쳤다.

인형들은 스이메이의 마력을 튕겨냈지만, 그 반동으로 벽으로 날아갔다.

그러자 곧바로 다음 목소리가 울려 퍼졌다.

"――Sie kommen. Meine niedlich bär kuscheltiere(자, 이리 온. 나의 귀여운 곰인형아)."

들려온 목소리에는 신비성이 있었다. 주문치고는 상당히

장난스러운 말의 나열이지만, 틀림없는 주문 영창이다.

평탄한 목소리의 주인이 그렇게 외친 순간, 짠 하고 곰인형이 공중에 나타났다. 그 깜찍한 모습은 언뜻 위협적으로는 보이지 않지만 공중에 인형을 만들어낸 술식은 어느 마술 계통에도 속하지 않는다. 그것을 오리진 매직이라고 판단한 스이메이는 인형을 떨어뜨리려 왼손으로 지탄의 마술을 발동하려 했다.

그러나——.

"——Packen(공격해)!"

"무슨——?!"

명령과 함께 곰인형이, 내뻗은 왼팔에 눈치 빠르게 달라붙었다. 그 순간, 팔에 무시무시한 무게가 실렸다.

(큭——! 이 녀석은…… 마력의 족쇄군!)

곰인형은 그 자체가 저주의 술식으로 구성된 걸까. 뿌리치려 해도 풀 수 없고 왼팔에 마력을 흘려 넣을 수 없다. 왼쪽 절반이 바닥으로 힘껏 끌려갔다.

스이메이는 주술 해제를 시도했지만, 그사이에 벌떡 일어난 인형들이 태세를 재정비하고 서서히 다가오고 있는 것이 보였다.

이 인형들도 주력(힘, 呪力)이 있는 걸까, 아니면 다른 힘을 가진 걸까. 서서히 다가오는 인형은 다섯. 다음 마술 행사의 전조일까. 테이블 위에서는 카드 상자가 달그락거리며 날뛰었다.

그러나 여러 개의 마술 행사가 화근이 됐다.

숨길 수 없는 사이킥 콜드(심령 한기)의 발생원, 그리고 마력의 움직임으로 역산해서 산출한 술자의 장소는, 정면이다.

"너로군——."

스이메이는 왼팔에 달라붙은 인형을 제쳐두고 침대 위에 있던 인형을 향해 오른손으로 지탄의 마술을 쐈다. 실내에 팡 하고 핑거 스냅의 경쾌한 소리가 울려 퍼졌다. 그러나 매지션 차림을 한 인형은 충격에서 도망치듯 뛰어올라 방 안쪽에 착지했다.

"아이코. 들켜버렸네."

그렇게 무심히 말하며 일어선 것은 소녀였다. 평탄하고 중성적인 목소리. 아무래도 커다란 인형을 흉내 내고 있었던 모양이다. 실크해트, 연미복, 지팡이. 자못 매지션풍의 차림을 하고 긴 흑발을 늘어뜨리고 인형처럼 도자기 같은 아름다운 흰 피부를 갖고 있다.

안네리제보다 키가 크고 자신보다 조금 작은 정도일까.

지팡이를 한 번 돌린 소녀는 왼손으로 모자를 벗고 스이메이를 향해 가볍게 목례했다.

그 모습은 완전히 무대에 오른 기술사의 인사다.

"안녕. 네가 결사의 마술사(마기우스)구나?"

"으응. 그런데. 네가 나한테 온다는 조수라는 애야?"

"글쎄? 그건 너 하기 나름이야."

소녀는 그런 얕보는 듯한 말로 대꾸했다. 에드거의 이야기와 이 애의 말씨대로라면 이 애가 예의 그 호문쿨루스리라. 그러나 설마 프라스코 안에서만 살 수 있을 터인 존재가 그 이치에 반해 자유롭게 움직일 수 있다니. 에드거 그리고 그의 아내인 연금술사의 가공할 역량을 가늠할 수 있다.

그러나 하이데마리의 마력이 여전히 가라앉지 않는다. 설마 아직 마술 합전에 임하려는 걸까.

"너 손님한테 너무한 거 아냐?"

"꽤 강한 마술사 선생이잖아? 이름에 걸맞은 도량을 보여 줘. 마술사, **야락 기라성**."

"──흠."

누군가가 붙인 이명을 언급당한 스이메이는 마음에 들지 않는다는 듯 콧방귀를 뀌었다. 재시합 후의 선수는 자신이 가져가겠다며 마술 행사에 자진해 나섰다.

"Augoeides sagittent trigger(광휘 술식 전개 및 발사)!"

스이메이가 공중에 떠오른 소마법진에서 마구 발광하는 마력의 빛줄기를 쐈다.

그러자 소녀의 앞에 곧바로 장벽이 전개됐다. 마력의 빛줄기와 장벽이 충돌하자 마력이 나타내는 빛의 입자가 튀었다. 방 안에 청색과 백색의 명멸(明滅)이 덮쳤다.

그러나 빛줄기가 장벽을 뚫은 낌새는 없다.

스이메이가 막힌 것을 확신한 직후, 소녀의 즐기는 듯한 목소리가 실내에 울려 퍼졌다.

"답례야."

그렇게 말한 소녀는 조금 전 스이메이가 공중에 띄운 마법진을, 마찬가지로 바로 위에 그렸다. 분명 완전히 똑같은 마력의 빛줄기를 쏘리라. 능숙하다. 지금의 충돌로 술식을 간파했을까. 아니, 단순히 그대로 거울에 비춘 것처럼 베낀 걸지도 모르지만──.

"Defense shift. Overlay(방어 장벽, 외주 전개)."

스이메이는 도인을 위에서 아래로, 오른쪽에서 왼쪽으로 재빨리 십자로 그어 발밑에 펜타그라마(육망성장, 六芒星章)을 현계시켰다. 마법진의 전개형은 구형 위요(球型圍繞). 육망성장이 옅은 남빛으로 빛나고 발밑 마법진의 바깥 테두리가 구의 형태를 이루며 스이메이를 에워싼 직후, 빛줄기가 방어 장벽과 충돌했다.

방어해냄과 동시에 스이메이는 움직였다. 파고들듯 옆으로 뛰어들어 직각으로 이동했다. 오른 주먹에 마력을 모으고 술식을 할당했다. 행사된 것은 벨트 바인드 서클이 오른손 주위에 회전하면 완성되는, 오즈필드 경이 직접 전수해준 라그라인베르제(패자의 권)이다.

한편 소녀는 그 움직임을 파악하고 있었는지 옆구리를 노린 주먹은 장벽에 의해 막혔다.

그러나 부도왕(비트렉스)으로 불리는 남자가 짜낸 마술의 정교함은 방어 장벽(그런 짓)으로는 막을 수 없다──.

"크로스 사이트……."

울려 퍼진 것은 소녀의 평탄한 목소리다. 눈 깜짝할 사이에 이 마술의 비결을 간파한 걸까. 적확한 단어를 짜냈다. 상대의 방어 마술을 주먹의 진에 순간적으로 모사 전개함으로써 그 취약성을 드러내 약점을 찌르는, 마술을 부수는 마술이다.

"Puppe puppe(인형극)!"

소녀가 외쳤다. 건언뿐인 걸까. 마권(魔拳)이 그녀의 장벽을 부순 직후, 소녀의 몸이 어느새 다른 인형으로 바뀌었다.

스이메이는 인형을 마권으로 날리고, 조금 전의 마술의 덤으로 달려든 인형도 물리치고 뒤쪽으로 날아서 착지했다.

한편 소녀는 다친 데도 없이 말짱하다. 주먹에 나동그라진 인형도 튼튼한 것인지 부서지지도 않았다. 과연 원조인 패자의 권과는 격이 크게 다르다고 하나, 이렇게 간단히 대처해버리는 것은 기가 질린다.

"금색 마그나리아는 보여주지 않는구나."

"그렇게 뭐든 척척 보여줄 거라고 생각하지 마."

"쩨쩨하네. 혹시 구두쇠야?"

"시끄러워."

스이메이는 언짢은 듯 소녀의 매도를 물리쳤다.

새침한 얼굴을 하고 농담은 어른 못지않다. 뭐, 이 정도도 말할 수 없으면 거친 일이 많은 마술계에서는 살아남지 못하겠지만.

──어쨌든. 확실히 이 소녀는 알츠바인이라는 이름에 걸맞은 실력이다. 마술 행사도 이쪽의 마술에 대한 대처도 훌

류하다. 물론 그녀의 방이라서라는 것도 요인에 있겠지만 그럼에도 잘 처신하고 있는 것은 변함없다.

강하다. 그러나 반드시 약점이 있을 터다.

"Tanz Tanz. Werden Sie ein Kreis(춤춰라, 춤춰라, 원이 되어)."

다시 영창이 있었다. 아니, 이건 지시일까. 소녀가 외친 직후, 스이메이의 주위에 쓰러져 있던 인형들이 벌떡벌떡 일어나 손을 잡고 원을 만들었다. 즉, 그것은 원환이다. 원을 만드는 신비적인 행위 그 대부분은 마법진의 바깥 테두리에 있는 원을 나타내는 것으로 알려진다.

손을 잡고 만든 고리로 바깥쪽의 원을 본뜬 것이리라. 유사 법칙에 따라 마법진의 원이 나타내는 마력의 순환이 발생하고, 모든 인형이 가진 마력의 총량이 통합되어 하나의 거대한 물결이 됐다.

가공할 힘의 현계였다. 이대로 내버려 두면 마나필드 바이브레이션(신비 역장 요동)이 일어나리라는 것은 상상하기 어렵지 않다.

신비 역장 요동이 발생하는 마술은 그 엄청난 효과는 물론이거니와 다른 마술에 비해 신비적인 위계가 한층 상승한다. 그에 따라 저위의 마술 행사가 위격차 소멸(디스패리티 아웃)에 의해 가로막히는 사태로도 이어진다.

아직 어떤 신비가 일어날지는 분명하지 않다. 그러나 그것을 명확히 깨닫게 됐을 때는 어쩌면 자신의 몸이 날아가 있을 가능성도 있다.

따라서 스이메이의 대처는──

"──Violentus tempestatem vim. Emittit clamor. Disperdam omnem Iudam(내가 바라는 것은 맹위의 폭풍 앞에 있으니. 바람이여 휘몰아쳐라. 절망의 절규를 외쳐라. 모든 것은 내 눈앞에 날뛰는 모든 것을 없애기 위해서)……."

스이메이가 영창을 외치기 시작하자 주위의 공기가 흘러 움직였다. 종이와 가벼운 것이 온 방에 흩어져 날아가고, 커튼과 천, 레이스 따위가 펄럭펄럭 나부꼈다.

이윽고 스이메이가 아래쪽으로 뻗은 손 앞에 공기가 응축되어갔다.

"잠깐. 그런 마술은 기쁘지 않은데~."

"사람을 속여놓고 잘도 말하는군."

마술 행사는 멈추지 않은 채다. 실크해트를 붙잡는 소녀의 몹시 질린 말투에, 네가 할 소리냐며 내뱉었다. 그리고.

"Glauneck air!"

행사하는 마술은 그라우넥 에어. 속성은 바람. 안에 마를 내포한 폭력적인 마술이다.

압축된 공기 덩어리가 스이메이 앞에서 폭발하자, 거대한 충격파가 주위에 흩어졌다. 충격파는 인형과 가구를 휩쓸고 질량도 저항도 관계없이 **다짜고짜** 방 끝까지 날렸다.

그때 문득 침대 안쪽의 꽃무늬 태피스트리의 일부가 젖혀졌다.

"___."

스이메이는 그것을 소녀를 보는 한편 시야 끝에 포착했다.

그 직후였다. 이번에는 스이메이를 향해 소녀가 달려들었다. 그라우넥 에어의 2차 효과(세컨드 이펙트)인 강제 이동에 의해 공격은 벽 쪽에서 시작된 것으로 거리는 바로 근처는 아니었지만 금세 눈앞으로 다가왔다. 상당한 도달 속도다.

지금까지의 그녀의 방침에 비추어볼 때는 예상 밖이지만 지금은 근접전을 바라는 모양이다.

그림자를 끌며 옆에 나타난 소녀가 곧바로 지팡이를 뻗었다.

"Schock oder Schock(전기 스티키)."

스이메이는 재빨리 피했지만 머릿속에 그린 『전기 충격을 띤 지팡이 구타』라는 예상은 빗나갔다. 지팡이에서 몇 개의 전류가 뿜어져 나왔다 했더니, 뻗어 나온 눈부신 전류의 빛이 주변의 물체에 전기를 띠게 하고, 더욱이 그것들을 움켜쥐듯 들어 올리고 휘둘렀다. 지팡이에서 뻗어 나오는 전류는 계속 발생하는 채다. 그것들의 끝이 들어 올린 물체도 전기를 띤 채다. 끊임없이 흐르는 전하가 번갯불을 흩뿌렸다. 앤티크 의자가, 찻잔이, 꽃무늬 쿠션이 방 안을 마구 날뛰었다.

뻗어 나온 전류는 스티키 핑거를 떠오르게 했다. 아까부터의 마술을 볼 때 아무래도 장난감이 그 이치의 근간인 모양이다.

전기를 띤 의자가 쇄도해왔다. 전기를 띤 물체라는 위험한 것으로서도, 기세로는 구살 병기로서도 양쪽 다 충분한 상태다.

그것을, 스이메이는 피하려 했지만——.

"——쯧?!"

팔에 달라붙은 곰인형이 마치 전기에 끌어당겨지는 것처럼 팔을 쭉쭉 잡아당겼다.

(무거워지기만 하는 게 아니라 잡아당기기까지 하는 거냐!)

움직임을 곰에게 제한당한 스이메이는 혀를 차면서 회피 행동을 취했다.

크게 몸을 굽히며 피했다. 자세를 크게 무너뜨리는 것은 악수지만, 지금은 어쩔 수 없다. 그러자 이번에는 곰이 다른 방향으로 몸을 잡아당기려 했다. 잡아당기는 장소에는 전류도 전기를 띤 물질도 물건도 아무것도 없지만, 그곳에 상대가 있으면, 아무것도 없는 만큼 전기를 띤 물체를 던지기 쉬우리라.

스이메이의 머릿속에 스탠드 어론이라는 글자가 스쳤다. 곰인형도, 주변을 기어 다니는 인형도 지금은 전부 멋대로 움직이고 있다.

주인의 생각에 호응하여 돌아다니는 귀여운 병대다.

——물론 지금의 스이메이에게는 귀엽고 뭐고 없지만.

생각대로 움직일 수 없다. 그렇다면 될 대로 되라 하고 곰이 잡아당기는 방향으로 스스로 뛰어들었다. 향하면 공격이 집중된다. 거기까지 알고 있으면, 나머지는 수비에 전념하면 그만이다.

전기를 띤 장난감이며 가구며 물건들이 쇄도했다. 그에 스이메이는.

"Primum ex Secondom excipio(제1, 제2장벽, 국소 전개)!"

스이메이가 공중에 뻗은 손을 기점으로 마법진이 전개됐다. 원형의 마법진에 포개지듯, 돌출된 원형의 마법진이 전개됐다. ─ 어큐뮬레이트 서클 와이드 스퀘어(다중 집적 마법진·광역형). 완성과 동시에 마법진이 단숨에 금색의 빛을 쏘기 시작했다.

현란한 금빛 요새, 마그나리아(마술의 방패)가 소녀가 투입한 모든 공격을 튕겨냈다.

그녀의 옆을, 전기로 감고 있던 물체가 튕겨 날아가 뒤쪽의 벽에 부딪혔다.

"겨우 보여줬네."

"속셈대로 되는 건 전혀 본의가 아니야."

자, 어떻게 할까. 그라우넥 에어(마의 바람)에 이어 금빛 요새의 성벽을 전개함으로써 장소의 은비학적 엔트로피는 한계에 도달하고 있다. 마술 융해(매직 멜트) 현상이 발생할 우려가 있기에 위력이 과한 마술은 쓸 수 없다. 그렇지만 잔마술도 상대의 역량을 감안하면 적당하다고는 생각할 수 없다.

(아니야. 여기서는──.)

조금 전에 본 것. 그라우넥 에어가 불러온 승리의 광명을 지금 끌어당길까. 그렇게 결론을 낸 스이메이는 공격에 들어갔다. 오른손에 다시 마력을 깃들게 하고, 향하는 곳은 소녀 곁이다.

"또 그거야? 게다가 마술사가 정면 공격이라니. 난센스야!"

곧장, 겉보기대로 접근전을 시도하는 스이메이에게 흥이 깨진 목소리로 말했다. 행동이 단순하고 단조롭다고 생각하는 것이리라.

스이메이가 마술을 쏘는 자세를 취하듯 오른손을 내밀었다. **정면의 경대에.**

그와 동시에 정면에 도달한 스이메이에게 소녀가 조종하는 인형이 달려들었다.

"안됐구나. 그런 엉뚱한 방향에 마술을 쏴본들 무승부조차 안 돼."

"아니. 내가 이겼어."

"무슨 말을——."

스이메이가 뻗은 오른손의 도인 끝에는, 거울이 있었다. 그러나 딱히 거울이 깨진다고 소녀가 지는 것은 아니다.

그럼에도 스이메이의 자신에 찬 표정이 무너지지 않는 것에서 비로소 소녀는 깨달았다.

그 각도에서 보이는 경대. 그것이 비춘 끝에는 꽃무늬 태피스트리. 아니, 그것에 가려져 있던 거대한 프라스코가 있는 것을.

371

스이메이는 그것을 향해 턱짓했다.

"저게 네 프라스코(약점)지? 급소를 제압한 건 나야."

"……흠. 그럼 이 마술은 거울에 반사시킬 수 있는 유형이구나. 그럼 지금 돌격은 위장이었구나."

"빤히 보였잖아? 의심하지 않은 건 네 실수야."

조금 전의 움직임은 괴이함을 자랑한 정도의 것도 아니다. 분명 상대의 착각을 기대한 부분도 있었지만, 수법으로서는 물론 상책이라고는 볼 수 없다. 당연하다.

"무승부 각오지?"

"한 번은 버틸 수 있어. 다치면 널 쓰러뜨린 뒤에 치료하든 하면 돼. 아픔 없는 승리를 가져갈 수 있을 만큼 쉬운 상대라면 그럴 일은 없겠지만."

──너는 그렇지 않아.

그렇게 칭찬 같은 말을 하자 소녀는 비로소 납득한 듯 끄덕였다.

"제법인데. 좋아. 일단은 합격인가."

"일단 합격이라니. 너……."

무슨 말이야. 그렇게 스이메이가 물으려 했을 때.

"이건 내가 보좌할 만한 가치가 있는 사람인지 아닌지 확인하는 테스트야."

"테스트라니…… 혼자서 들어오게 한 건 그것 때문이었냐."

"그래. 그야 그렇잖아? 갑자기 만난 적도 없는 사람을 보좌하라는 말을 들었어. 보통은 납득할 수 없는 일이야. 그래서 아버지랑 언니한테 부탁했어."

그렇게 자못 당연한 듯 말하는 소녀 앞에서 스이메이는 얼굴을 험하게 일그러뜨렸지만.

"뭐……."

마음은 이해했다. 마술사로서는 스승으로 모실 상대나 공동 연구가는 고르고 싶은 법이다. 그러나 동정을 살피는 것도 아니고 첫 대면한 상태에서 시험하다니. 과연 안네리제의 말대로 제멋대로다.

복잡한 표정을 짓고 있는 스이메이를 향해 소녀는 다시 실크해트를 벗었다.

"내 이름은 하이데마리 알츠바인. 너는?"

"야카기 스이메이."

"야카기 스이메이…… 스이메이구나. 흠. 별난 이름이라는 말 듣지 않아?"

"어떻게 알아?"

"사람 이름은 대강 **머릿속에 들어 있어**. 일본인치고도 꽤 드문 이름이잖아."

"아. 그런 거군."

들어 있다. 호문쿨루스는 태어날 때 그 신비성에 따라 제작자의 의도와 관계없이 그에 걸맞은 지성이 구성된다.

따라서 아는 것도 호쿤쿨루스가 가진 예지(叡智)의 일부리라.

스이메이는 미지의 지식에 "흠" 하고 감탄했다.

그러자 하이데마리가 말했다.

"그런 그렇고 전혀 관계없는 이야기긴 한데 말이야."

"뭔데?"

무심코 대꾸한 스이메이에게 하이데마리는 무뚝뚝한 얼굴로.

"염세적으로 생겼구나, 너."

"뭐어?!"

"무서워."

하이데마리가 전혀 그렇게 생각하지 않는 얼굴로 깜짝 놀란 거동을 했다.

놀리는 걸까. 몸을 감싸고 뒷걸음질 쳤다.

그러나 아무래도 아까부터 말하는 것에 비해 표정의 변화가 부족하다. 그녀가 호문쿨루스라서일까 하고 생각하면서 스이메이는 성대한 한숨을 쉬며 자신의 왼팔을 가리켰다.

"저기. 슬슬 이거 좀 풀어주지?"

"아. 내 인형 귀엽지? 베어트땅이라고 해."

"아니, 그러니까……."

대화가 전혀 맞물리지 않는다. 자랑스레 말하는 하이데마리에 스이메이는 넌더리 난 표정을 했다.

"귀엽지?"

"나한테는 흉악한 이미지밖에 안 들어."

"엥──."

잘도 이런 상황에서 엥 같은 소리가 나오는구나 말해주고 싶다. 이 봉제 인형은 귀여운 생김새와는 반대로 달라붙으면 마력의 족쇄가 된다. 마력을 넣으면 무거워지는 데다 마력의 순환을 막는다. 그러나 마력을 쓰지 않으면 해제할 수 없다. 전투 중에 이것에 붙잡히면 상당히 위험하다.

스이메이가 무뚝뚝하게 있자 하이데마리는 봉제 인형을 양손으로 떼고 고개를 갸웃했다. 진심으로 귀엽다고 말해 줄 거라 생각한 걸까. 그녀는 마술에 대한 이쪽의 찬사를 액면 그대로는 받아들일 수 없는 모양이다.

스이메이는 그런 그녀에게 정식으로 물었다.

"네가 쓰는 마술은 오리진 매직이야?"

"응. 부러워? 부럽지?"

우쭐대며 물어보는 하이데마리에게 스이메이는 반쯤 뜬 눈을 향했다.

"너. 아까부터 자신감이 상당하구나."

"그야 나는 천재니까. 아까 마술 행사하는 거 봤잖아?"

"뭐……."

분명 그녀가 말한 대로 조금 전의 마술 행사는 훌륭했다. 그녀의 마술 자체도 놀라운 것이지만, 여러 개의 마술을 동시에 행사하는 것도 고도의 기술이기 때문이다. 오리진 매직에 듀얼 스펠. 이 정도 기술을 가졌으면 스스로를 천재라고 불러도 어디서 트집은 잡히지 않을 거다. 게다가 그녀는 자신의 역량을 과신하고 그런 말을 하는 게 아니다. 그녀의 태도나 말끝에는 교만이나 빈정거림이 섞여 있지 않았다.

분명 자신을 평가하는 말이 그것밖에 생각나지 않는 것이리라. 호문쿨루스이기에 가능한 무죄다.

뭐, 사람을 시험하는 말과 행동에 대해서는 스이메이도 당연히 화가 나지만.

거기서 문득 스이메이는 그녀가 호문쿨루스라는 사실에 착안했다.

"……어이. 너, 몇 살이야?"

"음. 몇 살이냐는 건 나이를 말하는 거지? 나는 아버지가 만든 지 6년 됐으니까, 여섯 살인가."

"여…… 진짜냐."

"응. 납득했어?"

"으응. 확실히 말도 안 돼."

호문쿨루스는 방대한 지혜를 갖고 태어나는 게 보통이지만, 몇 년 단위로 지금의 하이데마리처럼은 되지 않는다. 만들어낸 에드거의 힘이 크고, 본인이 하늘에서 받은 것도 상당하리라. 프라스코에서 독립해서 움직이는 시점에서 상식의 범주에 사로잡히지 않는 것은 명백하지만.

하이데마리가 부서진 물건을 마술로 고쳐갔다. 신속히 그리고 정성껏. 군더더기가 없고 완벽하다. 역시 마술을 쓰니 보여주는 효과의 단면 단면에서 높은 역량이 엿보였다.

그게 끝나자 이번에는 인형과 봉제 인형들을 손짓해 불러모으고, 그것들 하나하나를 마치 깨지기 쉬운 물건을 다루듯 마술로 고쳐갔다── 아니, 치료해갔다.

만세를 하는 인형이나 뺨을 비비는 인형, 다양한 동작을 하는 인형을 한바탕 쓰다듬고 귀여워해줬다. 그리고 의자에 걸터앉아, 테이블 맞은편의 의자를 스이메이에게 권했다.

"앉아. 나랑 잠시 이야기하자."

"…………."

그렇게 말하고 어디선가 과자와 보온병을 꺼내는 하이데마리를 경계하면서, 스이메이는 그녀가 권하는 대로 의자를 당겼다.

★

"왜 그래? 앉아."

스이메이의 눈앞에서 이 방의 주인인 마술사 하이데마리 알츠바인이 재차 의자를 권했다.

지금은 테이블에 앉아 무기질적인 표정인 채 어디선가 꺼낸 차기를 그 다소곳한 입술에 대고 우아하게 안에 든 것을 마시고 있다.

생김새는 아름답다. 그러나 그 이상으로 차림은 기묘한 것이었다.

긴 흑발, 연미복, 침대에 아무렇게나 던져진 실크해트와 구부러진 지팡이. 매지션풍으로 방의 인테리어와는 어울리지 않는다. 게다가 주위의 비스크 돌과 마찬가지로 그녀의 표정은 무기질적으로 아름다운 외모와도 조화를 이루지 못하고 있다.

그것이 매력으로서 흔들림 없는 것 같은 기분도 들지만, 천진함이 있기에 조화로운 거겠지라는 생각도 들었다.

그런 하이데마리가 권하는 대로 스이메이는 직접 뺀 의자에 앉았다.

"그렇게 경계하지 말아줘. 아까도 말한 대로, 아까 그건 이를테면 테스트야. 주인님 시험 같은 거랄까. 난 이제 너한테 위해를 가할 생각은 없어."

"그래서? 그 의문의 시험을 당한 내 평가는 어떤데?"

"이 몸이 인정할 수 있을 정도의 실력은 갖췄다는 건 알았나."

"그거 고맙군."

스이메이는 그렇게 대충 대답했다.

"아무튼, 나는 널 데리고 오라고 들었어. 얌전히 따라올 거야?"

스이메이가 묻자, 하이데마리는 거기에는 자신의 물음을 덧씌웠다.

"──그전에 내가 묻고 싶은 게 있는데, 괜찮아?"

"아까 말한 이야기하자는 거야?"

"맞아, 맞아."

스이메이의 물음에 하이데마리는 천연덕스럽게 대답했다. 그러고는 들고 있던 찻잔을 내려두고 물어왔다.

"내가 묻고 싶은 건 너희 결사의 마술사에 대해서야. 분명, 별난 마술 이론을 쓰고 있다지?"

"현대 마술 이론 말이야?"

"그래. 그렇게 불리고 있지. 타계통끼리의 마술을 복합시키는 얼토당토않은 발상의 마술이지?"

"뭐 그렇지."

"다른 계통의 마술들을 동시에 쓰는 것도 아니지?"

"아까 네가 본 대로야. 그런 조잡한 마술 행사였어?"

하이데마리는 "전혀 아니야" 하고 말하면서 고개를 저었다. 그녀의 말대로 현대 마술사가 쓰는 마술은 다계통의 마술들을 혼합시키는 마술 이론을 기초로 삼고 있다. 예를 들자면, 문자가 나타내는 의미를 강제력으로 삼고 사물에 새겨 그 힘을 발휘시키는 룬 마술과 그것과는 전혀 다른 이론을 갖는 카발라 수비술── 모든 사상과 현상을 수식과 숫자의 나열로 규명하고 세상에 생각대로 재현하는 마술──을 하나로 섞어, 전혀 다른 계통의 마술로 만들어버리는 거다. 현대 사회의 뒷면에 있는 마술계에서도 상당히 이단으로 알려진 마술 계통이다.

별나다고 칭한 이 소녀가 쓴 마술도 **상당히 별나지만**, 어쨌든.

"아무튼, 너희는 맹주 님인지가 노리는 이념을 다 같이 좇고 있지?"

"그래."

끄덕이자, 하이데마리는 마치 천진난만한 아이처럼 고개

를 갸웃했다.

"그게, 뭐야?"

"그건 차차 알게 될 거야. 뭔가를 하라고 강제하고 있는 것도 아니고, 내가 여기서 말할 만한 것도 아니야."

"그렇구나."

말하는 만큼 마음이 있어 보이지 않는 눈빛은 그녀의 표정이 부족해서일까. 이윽고 하이데마리는 또 뭔가 묻고 싶은 게 생각났는지 물어왔다.

"……저기. 너는 스스로가 마술을 쓸 수 있게 됐을 때를 기억해?"

"갑자기 무슨 소리야?"

"너희들 인간이 마술에 눈떴을 때라는 게 어떤 건지 궁금해서."

"마술을 쓸 수 있게 됐을 때의 기분 말이야?"

"그것보다 마술을 쓸 수 있게 됐을 때의 헤우레카 말이야."

묘한 표현이지만 요컨대.

"이 경우는 도달했을 때의 번쩍임을 말하는 건가."

"나는 **원래 마술을 쓸 수 있는 존재니까**, 그런 퀄리아는 몰라."

그녀의 물음에 스이메이는 의문을 나타냈다.

"마이스터한테 물어보면 되잖아? 나한테 묻는 것보다 높은 위계에 있는 마술사한테 묻는 게 낫잖아?"

"아버지는 대답이 애매해."

하이데마리는 그렇게 말하며 찻잔에 입을 댔다. 애매하다고 했지만, 스이메이도 그 마이스터의 대답은 수긍이 갔다.

"마술을 쓸 수 있게 됐을 때라……."

스이메이도 자신이 마술을 쓸 수 있게 된 경위는 사실 잘 기억나지 않는다.

아버지의 마술을 보고 그 힘── 다시 말해 신비를 품은 사물과 접촉하고, 마술을 쓰기 위한 자세한 지식을 익혔더니 어느 날 「할 수 있다」는 감각이 어느새 그곳에 있었고, 자신도 아버지와 마찬가지로 마술을 쓸 수 있게 되어 있었다. 얻은 감각이라면 그것뿐이다. 언제 쓸 수 있게 됐다 같은 명확한 건 모른다. 마술을 쓸 수 있게 되기 위한 요인은 결국 쓸 수 있게 되고 나서 쓸 수 있게 되는 요인을 고찰할 뿐인, 나중에 덧붙이는 것뿐이라고 지금도 그렇게 생각하고 있다.

마력의 존재도 마술을 쓸 수 있게 된 다음에야 비로소 깨치는 것이고, 마력로도 그 후에 만드는 것이다. 자전거를 타는 법과 마찬가지로 한번 익히면 다시는 잊지 않는 그 균형 감각처럼 모호한 것이기도 하고, 타로점처럼 하면 할수록 결과를 끌어당기는 감을 단련할 수 있는 것이며, 기술(奇術)처럼 기술(技術)의 연장선상에 있는 것이기도 하다.

한마디로는 말하기 어렵다. 그러나 다만 한 가지 진짜 말할 수 있는 것은 마술은 신비와 접촉하지 않으면 결코 다룰 수 없는 것이다.

"······왜 그래?"

"아니. 나도 잘 몰라."

"신비를 추구하는 사람이 그래도 되는 거야?"

목소리는 평탄하지만 어딘가 수상쩍어하는 말씨다.

"뭐 어때. 대체로 다들 그런 거야. 그러니까 마이스터도 대답은 애매했잖아? 이론과 실천이 합치하는 그 감각은 말로 표현하기에는 어려운 데가 있어. 뭐, 다들 반드시 한 번은 경험하는 감각이니까 소상히 밝히는 녀석도 없었겠지만."

"그런 걸까······."

분명 무엇이든 그냥 돼버리기에 그런 감각을 경험할 수 없는 것이리라. 그녀의 머릿속에는 미리 모든 매뉴얼이 입력되어 있고, 무엇에든 그걸 쓰면 그만인 상태인 거다. 그래서는 발상의 감동을 얻을 수 없는 것은 당연하겠지.

문득 하이데마리가 눈을 맞춰왔다. 무슨 생각에서 나온 행동일까. 눈동자에는 무기질적인 회색빛. 열의는 조금도 보이지 않지만 희미하게 생기를 뿜어내고 있다.

한동안 눈을 맞추고 만족했을까. 하이데마리는 크게 끄덕였다.

"좋아. 알았어. 나는 너를 따라갈 거야."

승낙은 받았다. 무엇으로 좋다고 판단했는지는 모르지만 그녀는 또 덧붙였다.

"스이메이, 랬나? 나를 제대로 숙녀로 대우해주도록 해."

"그 언급은 뭐야?"

"그냥. 그저 제대로 대우해달라는 소리야."

그것은 프라스코에서 태어난 호문쿨루스라서 한 말일까. 물건 취급은 싫다는 의사 표현이리라. 이윽고 하이데마리는 갑자기 기지개를 켰다.

"후아~ 암."

그것은 아이가 할 법한 크고 요란한 하품이었다. 그런 너무도 스스럼없는 행동에 인상을 쓴 스이메이가 쓴소리를 한마디 해주려 했을 때, 하이데마리는 졸린 듯 눈을 비비며 이런 말을 했다.

"나 졸리기 시작했으니까 잘게."

"뭐?"

갑자기 뭘까. 스이메이가 곤혹스러움을 전할 새도 없이 하이데마리는 자리에서 일어났다.

"잘 자."

그렇게 말하고는——.

"쿨——."

침대 위에 무방비하게 드러누워 귀엽게 새근거리는 소리를 냈다.

"어, 어이어이. 뭐냐고, 너……."

사태가 여기까지 이르면, 해소되지 않는 곤혹감 속에 있는 수밖에 없다. 잠들어버렸으면 어쩔 수 없나 하고 스이메이도 자리에서 일어나 뒤를 향하자——.

이 방에 들어왔을 때 갇힌 그대로 출입문이 없다.

"……어이. 어떻게 나가면 되는 건데."

결국 스이메이는 하이데마리가 일어날 때까지 방 안에서 기다려야 했다.

그리고 일어난 후.

"……너, 누구야?"

"너, 한 대 패버린다……."

"아주 꿀잠을 자고 말이야……."

"미안, 미안."

진심으로 그렇게 생각하는 거냐. 스이메이는 하이데마리에게 수상쩍은 눈빛을 보내며 속으로 그렇게 비난했다.

하이데마리의 요청으로 한바탕 이야기한 후 그녀는 갑자기 **쿨쿨** 시간이 되어버린 모양으로 침대로 들어가 잠들어버렸다. 게다가 스이메이는 방에 갇혀 있었기에 결국 그녀가 깰 때까지 기다리는 수밖에 없었다.

사과하는 것치고는 신경 쓰는 기색도 없는 호문쿨루스를 곁눈질하며 스이메이는 성대한 한숨을 쉬었다.

스이메이와 하이데마리가 방에서 나가자, 방에 들어갔을 때와 마찬가지로 안네리제가 그곳에 서 있었다.

두 사람이 나온 것을 안 안네리제는 곧바로 하이데마리 쪽을 향했다. 아무래도 하이데마리의 겉옷이 휘어진 것을 알아차린 모양으로, 그녀의 앞에 서서 잘 챙겨주는 여자처럼 흐트러진 옷매무새를 고쳐줬다.

"마리. 시간이 꽤 많이 걸렸네요."

"스이메이랑 이야기하는데 졸려서 말이야."

"무슨?! 설마 마리, 손님 앞에서 잠들어버린 거예요?!"

"응."

"맞아. 그 설마야."

부른 뜬 눈으로 쳐다보는 안네리제에게 스이메이는 넌더리 난 모습으로 끄덕여 보였다. 그런 실례를 범할 줄은 생각도 못 한 것이리라. 그녀는 질림을 넘어 넋이 나갔다.

그러나 금세 마음을 다잡듯 헛기침을 하고는 말했다.

"어, 어쨌든. 아버지께서 기다리세요. 방으로 가요."

"네에."

하이데마리의 맥 빠진 대답과 함께 스이메이도 뒤따라 걸어갔다.

이윽고 처음 안내받은 방에 도착하자, 에드거는 기다림의 무료함을 달래기 위해 읽고 있던 책을 덮고 하이데마리에게 물었다.

"어떠냐? 마리. 납득이 됐느냐?"

"응. 아버지. 합격점은 넘었으려나."

"그러냐."

에드거는 납득이 가는 것이었던 것이 만족스럽다는 듯 입꼬리를 끌어 올렸다.

그러나 반대로 가장 큰 언니는 방금 한 말이 마음에 들지 않은 모양으로 하이데마리를 나무랐다.

"마리. 스이메이 님에게 무슨 말버릇이에요. 게다가 자고 있었다니…… 손님을 시험하는 것만 해도 실례인데, 폐가 지나쳐요."

설교를 시작하는 안네리제에 하이데마리는 토라진 듯 입을 삐죽거렸다.

한편 그것을 들은 에드거가 말했다.

"마리. 잤던 거냐."

"응."

"응, 이 아니에요."

"죄송해요."

목소리를 들으면 감정이 없는 사죄지만, 그렇지는 않으리라. 사죄하는 상대가 확실히 틀렸지만, 두 사람은 신경 쓰는 기색도 없다. 이윽고 하이데마리는 입을 쭉 뺀 안네리제에게 어리광을 부리듯 안겼다.

그리고 그녀의 가슴에 뺨을 비볐다. 그런 하이데마리에 안네리제는 앙 다문 입꼬리를 아래로 쭉 늘어뜨렸다.

"정말……."

안네리제는 난감한 듯 한숨을 쉬면서, 몸을 비벼오는 하이데마리의 머리를 부드럽게 쓰다듬었다. 그 모습에서 아주 싫지만도 않은 모습이 엿보인다. 아무래도 하이데마리의 제멋대로인 구석은 그녀에게도 원인이 있는 것 같다.

한편 그것을 부모의 얼굴을 하고 바라보고 있던 에드거가 순간 표정을 굳히고 스이메이 쪽을 향했다. 얼굴은 조금 전과 같은 노령의 전나무처럼 묵직한 질감. 그 경질감. 무뚝뚝한 얼굴이다.

"여러모로 미안하군. 스이메이."

"억지로 산속까지 오고 시험당하고 기다리고. 정말 말도 안 되는 대우예요."

"마술사한테 부조리는 부록 같은 거야. 너무 신경 쓰지 마."

에드거가 무뚝뚝한 얼굴에 어딘가 "해냈어"라는 듯한 미소를 지었다. 의외로 장난을 좋아하는 걸까. 스이메이로서는 잘도 그런 말을 하네라고 말해주고 싶었지만, 뭐 그 부분은 참을 수밖에 없는 것이 그의 입장이기는 했다.

말을 꾹 삼키고, 속으로 생각나는 모든 불평을 열거해서 기분을 풀었다.

한편 에드거는 그 마음속까지 훤히 들여다봤을까. 웃음을 거두지 않는다. 그 부분만은 스이메이는 아버지를 원망했다.

스이메이는 금방 기분을 새로이 하고 에드거에게 물었다.

"하이데마리의 방에는 인형이 있었는데요, 그건."

그 물음에는 하이데마리가 답했다.

"그건 내가 만든 애들이야."

"마리는 자매들 중 유일하게 인형을 만들 수 있어요."

"유일? 아아……."

묻자마자 짐작이 갔다. 안네리제는 유일하다고 했다. 하이데마리가 다른 자매와는 다른 점. 즉, 그런 거다.

"인형은 인형을 만들 수 없다는 거군."

"네. 물론 생명을 불어넣을 수 없다는 의미지만요."

"그런 걸 척척 할 수 있으면 말도 안 되지."

스이메이가 반쯤 질려서 말하자 히아데마리가 안네리제를 봤다.

"그래도 언니한테는 타우젠트 알프토라움(천가 극장, 千街劇場)이 있잖아?"

"후후. 고마워."

가족을 칭찬하는 하이데마리에 안네리제는 자애에 찬 미소를 지었다. 천재라고 말하기를 서슴지 않는 소녀가 겸손하게 나오는 것은 상대가 가족이기 때문이리라. 한편 안네리제의 그 태도는 그녀가 하이데마리의 어머니 대신이기 때문일까.

그런 모습을 보면서 이번 임무를 마친 것을 확인한 스이메이는 에드거에게 머리를 숙였다.

"그럼 저는 이만 가보겠습니다."

"그럼, 나도 다녀올게."

그렇게 말하며 안네리제에게서 떨어진 하이데마리를 에드거가 불렀다.

"마리."

"네. 아버지."

"잘 배우거라."

"나한테 모르는 게 있으면 말이지."

에드거는 그렇게 자신만만하게 큰소리치는 하이데마리의 머리를 부드럽게 쓰다듬었다.

"스이메이 님. 마리를 잘 부탁드립니다."

안네리제가 우아한 동작을 섞어 머리를 숙였다. 그 뒤에 하이데마리가 "내가 부탁받을 입장일지도!"라고 말한 것은 말할 것도 없다.

후기

여러분. 오래간만입니다. 히츠지 가메이입니다.

이번에도 많이 기다리게 하여 정말 죄송합니다. 뭐든…… 하지 않겠지만 부디 용서해주세요.

이번에는 기대하셨던 분도 많았던 현대편! 마구 발전한 문명을 접한 이세계 조가 놀라고 환희하고, 계속 이름만 나왔던 그 사람이나 이 사람이 등장하는 회입니다.

등장인물 중에는 읽다가 "어라?" 하는 캐릭터도 나오니 그 부분도 포함해서 즐겨주시길.

……등장인물이 점점 늘고 있지만, 현대편의 인물들은 이런 포지션의 인물들이 있었구나 정도로 기억해주시면 문제 없습니다.

마리만 기억하면 돼!(폭론)

그럼 끝으로 감사 인사를. 담당 편집자 Y 님, 일러스트레이터 유나기 님, 장정의 cao, 교정 회사 오라이도, 감사합니다.

The Different World Magic is Too Behind! 9
© 2019 by Gamei Hitsuji/OVERLAP
First published in Japan in 2019 by OVERLAP, Inc.
Korean translation rights reserved by Somy Media, Inc.
Under the license from OVERLAP, Inc., Tokyo JAPAN

이세계 마법은 뒤떨어졌다 9

2020년 4월 8일 1판 1쇄 인쇄
2020년 4월 15일 1판 1쇄 발행

저　　　자 히츠지 가메이
일 러 스 트 유나기
옮 긴 이 김보미
발 행 인 유재옥
본 부 장 조병권
담당편집자 김민지
편 집 1팀 정영길 김민지 조찬희
편 집 2팀 김다솜 이본느
편 집 3팀 오준영
라이츠담당 김슬비 한주원
디 지 털 박상섭 박지혜 이성호
미　　　술 강혜린 박은정
발 행 처 ㈜소미미디어
인쇄제작처 코리아피엔피
등　　　록 제2015-000008호
주　　　소 서울시 마포구 토정로 222, 403호 (신수동, 한국출판콘텐츠센터)
판　　　매 ㈜소미미디어
마 케 팅 한민지
경 영 지 원 김서진
물　　　류 허석용 최태욱
전　　　화 편집부 (070)4164-3962, 3963 기획실 (02)567-3388
　　　　　　 판매 및 마케팅 (02)567-3388, Fax (02)322-7665

ISBN 979-11-6507-514-9 04830
ISBN 979-11-5710-085-9 (세트)